아이와 함께,
아일랜드 영국

아이와 함께,
아일랜드
영국

정유선 지음

mu∫intree
뮤진트리

차례

    나와 아이가 함께 처음으로 크로아티아를 다녀온 후, 사람들은 하나같이 말했다.

    "안 힘들었어? 다섯 살 아이랑 어떻게 한 달을 여행해?"

    그때마다 나는 엄살을 부렸다.

    "왜 안 힘들었겠어. 아빠 보고 싶다, 김치 먹고 싶다, 친구 만나고 싶다, 나를 들들 볶았지."

    하지만 아이와 나는 눈만 마주치면 두 번째 여행을 이야기했다.

    "엄마, 미국은 어때?"

    "미국은 너무 커, 지안아. 독일은 어떨까?"

남편이 기막히다는 듯 쳐다봤지만 우리는 아랑곳하지 않고 떠들었다.

"힘들었다면서 또 가고 싶다는 생각이 들어?"

남편의 말에 우리는 빙그레 웃었다.

가보지 않은 사람은 모른다. 낯선 흙, 낯선 공기, 낯선 사람들 속에서 한결 또렷이 드러나는 나와 우리, 그리고 세상. 보이는 모든 것이 신기했고, 들리는 모든 것이 감동적이었으며, 느끼는 모든 것이 새로웠다. 그래서 우리는 또 떠났다. 이번에는 아일랜드와 영국이다.

서유럽의 끝자락에 있는 아일랜드는 내가 한 번도 밟아보지 못한 미지의 땅, 요정이 살고 있고 엔야의 노래가 몽롱하게 번지는 신비한 초록의 섬이다. 내가 그곳을 동경하게 된 것은 엄마의 유년시절 이야기 때문이었다.

어릴 때 엄마는 성당에서 아일랜드인 신부님과 수녀님으로부터 아일랜드 민속춤을 배우셨던 모양이다. 언젠가 아일랜드 이야기가 나오자 엄마는 탭댄스의 원형이 아일랜드 춤이라는 설명을 곁들이며 내 앞에서 "123, 123!" 박자를 외치면서 스텝을 밟으셨다. 스텝이 엉키면 "어휴, 다 까먹었네" 하며 손사래를 치시다가도 끝까지 이렇게 저렇게 흉내를 내 보며 온몸으로 웃으시던 엄마. 눈가에 주름이 선연해도 눈빛만은 그대로 소녀였다.

내 상상 속에서 엄마는 켈틱 하프 연주에 맞춰 민속춤을 추는 아일랜드 소녀, 양손을 허리춤에 얹고 꽃발을 내딛는 어여쁜 여자아이였다. 엄마의 마음속 어딘가에서 여전히 원을 그리며 수줍게 스텝을 밟고 있을 그 소녀와 함께 초록의 섬으로 떠날 수 있다면 얼마나 좋을까. 그런 생각과 함께 자연스럽게 아일랜드가 내 마음 속에 들어왔던 것 같다.

영국은 내 속에 있던 여행 유전자의 불씨를 당겨준 곳이었다. 대학 4학년 때 영국으로 첫 외국 여행을 떠났던 나는 어마어마한 대영 박물관에 틀어박혀 하루 종일 나올 줄 몰랐다. 이층버스를 타고 아무 곳에서나 내렸다 다시 탔다 하며 종점까지 갔던 기억이며, 밤에 뛰쳐나가서 보았던 타워 브릿지의 야경과, 생전 처음 본 으리으리한 리무진과, 거리에서 구걸을 하면서도 더없이 당당한 걸인의 모습까지, 그곳은 스물네 살의 내가 처음으로 맞닥뜨린 신세계였다.

오랜 동경의 땅 아일랜드와 최초의 여행지 영국, 거기에다가 이번에는 치마 입은 남자들이 있는 스코틀랜드와 촌스러우면서도 유유자적한 사람들이 있을 것 같은 웨일즈 지방까지 둘러볼 계획이니, 떠나기 전부터 설렘의 지수가 측정조차 안 되었다. 서로 다르지만 때로는 하나로 느껴지는 브리티시 잉글랜드로 여행 계획을 짜면서 나는 한 가지만 다짐했다. '아이와 함께 하는 여행'.

이번에는 제대로 아이를 위한 여행을 만들어보리라. 엄마가 욕심 낸 여행에 아이가 어쩔 수 없이 따라나선 것이 아니라, 아이가 주체가 되어 보고 듣고 뛰어놀게 하고 싶었다. 그리하여 스펀지가 물을 빨아들이듯 아이가 오감을 활짝 열어 호흡하고 느끼고 생동하는 여행을 만들어보고 싶었다. 그래서 나는 이번 여행의 콘셉트를 이렇게 명명했다. '아이와 함께 하는 동화나라 여행'이라고.

***

이미 오래 전에 성인이 된 내가 다시 동화책을 잡은 것은 서른일곱 살이라는 적지 않은 나이에 임신을 하면서였다. 태교를 위해 밤마다 동화책을 펼쳐들었는데 짧게 요약된 이야기여서일까, 내용이 영 이상했다. 어린 시절 눈물을 글썽이게 했던 감동과 두고두고 되새기고 싶은 교훈과 상상의 날개를 펼치게 해주었던 동화는 온데간데없고, 공감할 수 없는 캐릭터와 부조리한 상황 설정, 황당무계한 결말뿐이었다.

걸핏하면 등장하는 새엄마들은 아이를 버리거나 일을 시키며 구박했고, 아빠들은 일찍 죽었거나 살아 있어도 유약한 방관자 또는 동조자였다. 그런가 하면 세상엔 어쩌면 그렇게 왕자와 공주가 많은지 웬만한 명함으로는 주인공 한 번 해볼 수 없고, 그 모든 왕자와 공주는 하나같이 잘생기고 예쁘고 착하기까지 했다. 게다가 첫눈에 사랑에 빠지기를 좋아하며 그대로 결혼에 골인, 오래오래 행복하게 잘 살았단다.

이렇게 비현실적인 내용들은 아이의 인격형성에 오히려 해가 된다는 생각까지 들었다. 하지만 내가 회의해봤자 동화는 예전에도 있었고 앞으로도 있을 것이다. 그러다 내린 결론. 그래, 오랫동안 전해져온 이 동화들이 잘못된 게 아닐 거야. 내게 이러한 것들을 이해하고 받아들일 만한 동심이 사라져버린 거겠지. 그런 결론에 이르자 어쩔 수 없이 서글퍼졌다.

아이들을 상대할 때 가장 좋은 태도는 그들의 마음에 고스란히 공감해주는 것이라고 한다. 아이와 함께, 아이를 따라 동화나라 여행을 하다보면 나도 세상을 바라볼 때 내 사건으로 오해하고 재해석하는 대신, 아이처럼 순수하게 있는 그대로 받아들일 수 있지 않을까. 영혼 없이 고개를 끄덕이는 엄마가 아니라, 진심으로 아이의 마음을 이해하는 친구 같은 엄마가 될 수 있지 않을까.

다행히 아일랜드와 영국은 누구나 고개를 끄덕일만한 유명한 동화가 가득한 곳이다. 걸리버부터 앨리스, 피터팬, 피터 래빗, 그리고 해리 포터에 이르기까지, 한 시절 우리를 두근거리게 하고 설레게 했던 그 모든 캐릭터들이 살아 숨 쉬는 곳이다.

출발하기 전부터 우리는 밤마다 아이의 책장에서 꺼낸 동화 한 편으로 두근거리며 여행을 꿈꿨다. 그리고 마침내 피터팬을 만나기 위해 네버랜드로 날아간 웬디처럼, 이미 마음은 소녀인 여섯 살 아이와 언제나 소녀이고 싶은 마흔두 살의 엄마가 날아올랐다. 동화 속 나라로.

1장
아일랜드

"타인의 슬픔을 헤아릴 줄 아는 행복한 왕자가 되렴."

아이의 책장에 있는 80여권의 세계 명작 동화 중 한 작가의 책이 두 권 이상인 경우는 셋뿐이다. 덴마크의 안데르센, 독일의 그림형제, 그리고 아일랜드의 오스카 와일드.

오스카 와일드는 '예술을 위한 예술'을 주창한 탐미주의자이자, '남자는 일단 여자를 사랑하게 되면 무엇이든 해주지만 단 한 가지 해주지 않는 것은 언제까지나 계속 사랑하는 일이다'는 말을 남긴 독설가이다. 결혼까지 했으면서 남색가로 재판에 회부되어 감옥생활을 하다가 불행하게 생을 마감한 인물이기도 하다.

　일단 세 가지 사실에 놀랐다. 하나는 그런 오스카 와일드가 동화를 썼다는 사실, 그런데 그 동화가 내가 난생 처음 울면서 읽어 내려간 《행복한 왕자》라는 사실, 그리고 그가 영국 작가가 아니라 아일랜드 작가라는 사실. 반은 배신감과 실망감으로, 반은 호기심과 사실 확인에 관한 사명감으로, 우리는 아일랜드 더블린에 도착하자마자 오스카 와일드부터 찾아 나서기로 했다.

　"당신은 누구세요?" 작은 제비가 물었습니다.

　"난 행복한 왕자란다." 왕자가 대답했습니다.

　"행복한 왕자라면서 왜 울고 있죠? 당신 때문에 내 몸이 흠뻑 젖었어요."

　"내 심장이 살아 있을 때 나는 눈물이 뭔지 몰랐단다.

　그런 나를 사람들은 '행복한 왕자'라 불렀지.

　그런데 죽어서 이렇게 높은 곳에 세워지니 이 도시의 온갖 슬픔이 다 보이는구나.

　비록 지금은 납으로 된 심장을 가지고 있지만 자꾸 눈물이 흘러."

－《행복한 왕자》 중에서

　혹시 이것은 행복한 왕자의 눈물? 오스카 와일드를 만나러 가는 날 아침부터 추적추적 비가 내린다. 회색으로 뿌옇게 흐린 하늘, 한여름인데도 스산한 기운이 감도는 하늘과 공기, 그리고 빗물을 매몰차게 스치고 지나가는 자동차 바퀴의 물기 가득한 마찰음. 아, 이런 날씨! 조심해야 한다. 방심했다가는 짙게 가라앉은 회색 분위기에 대책 없이 우울해질 수 있다.

숙소를 나와 더블린 북쪽의 랜드마크인 스파이어 첨탑을 바라보며 걷다보니, 지팡이를 짚은 채 다리를 꼬고 서 있는 제임스 조이스 동상이 나타난다. 그 앞으로 시원스레 펼쳐져 있는 오코넬 거리에는 오늘도 빨간색과 연두색 이층버스가 부지런히 내달리고 있다.

"엄마, 오늘은 이층버스 타는 거야?"

벌써 아일랜드 여행 사흘 차. 이곳에 와 이층버스를 처음 본 아이로서는 당연히 타보고 싶겠지. 더구나 오늘은 비까지 내리니 엄마의 마음도 흔들린다. 버스를 탈까….

하지만 더블린에서 기네스 스토어를 제외하면 웬만한 곳은 걸어다닐 수 있는 거리에 있다. 우리나라처럼 교통비가 저렴하지도 않다. 비가 내리기는 하지만 우악스러운 장대비 아니고 보슬비니, 이런 비쯤이야 우산을 쓰지 않아도 그만이다. 나는 흔들리던 마음을 다잡고 최대한 부드럽게 엄마의 뜻을 전한다.

"지안아, 이층버스는 런던에 가면 실컷 탈 수 있어. 그땐 정말 매일매일 타고 다닐 거야. 그러니까 조금만 기다려줘. 오늘은 비도 오니까 우리 둘 다 똑같이 우비 입고 첨벙첨벙 걸어 다니자, 웅?"

아이는 엄마의 제안이 썩 마음에 들지 않는 표정이다. 하지만 이게 웬일일까, 순순히 고개를 끄덕여준다. 한국에서라면 분명 떼를 쓰거나 토라졌을 것이다.

일종의 여행이 주는 선물이 아닐까. 감정이 앞서는 여섯 살 아이도 엄마와 함께 낯선 곳에 오자마자 자신의 주파수를 알뜰한 여행자 모드로 맞춰놓은 것이다. 이것은 엄마와 둘만의 여행이라고, 우리 둘이 서로를 생각하고 배려해줘야 한다고, 하고 싶은 것을 다 할 수는 없다고 말이다.

더블린의 중심부이자 이 나라 유명 인사들의 동상이 띄엄띄엄 서 있는 오코넬 거리를 걸어 리피강까지 내려갔다. 맑은 날 파란 하늘을 배경으로 바라보는 강과, 가장 아일랜드다운 회색 하늘을 배경으로 바라보는 강은 사뭇 다르다. 한강과는 비교도 되지 않는 좁은 강을 사이에 두고 6층을 넘어서지 않는 낮은 건물들이 늘어서 있다. 300미터 정도의 간격으로 걸쳐져 있는 좁은 다리 위로 사람들이 바삐 오간다.

더블린의 분위기는 일반적인 유럽과 다르다. '감자 기근'이라는 단어와 영국 식민지였다는 인상 때문일까. 내 느낌에 더블린의 리피강은 세느강이나 도나우강처럼 낭만과 여유가 흐르는 사색의 공간이 아니다. 일상의 분주함과 치열함이 엉켜 흐르는 생활의 공간이다.

다리를 건너자 왼쪽으로 아일랜드 최고의 대학이자 작가들의 산실인 트리니티 대학이 보인다. 우리가 세계 문학 전집에서 만났던 예이츠와 버나드 쇼, 조너선 스위프트와 오스카 와일드가 모두 이 학교 동문이다.

트리니티 대학은 더블린에 온 여행자라면 꼭 방문해야 할 장소 중의 하나이다. 아일랜드에는 동화작가들의 자취를 따라갈 수는 있지만 영국처럼 동화 속 인물을 만날 수 있는 장소가 따로 없다. 거인의 동상까지는 아니라도 공원에 행복한 왕자와 제비의 동상 정도는 있을 법한데, 메리온 스퀘어 공원에 오스카 와일드의 동상만 있을 뿐이

다. 그러다 보니 먼 곳에서 온 여행자는 트리니티 대학처럼 작가의 발자취가 느껴지는 장소면 꼭 들러보고 싶다.

더구나 트리니티 대학의 도서관에는 세상에서 가장 아름다운 책 《켈즈의 서》가 있다고 했다. 《켈즈의 서》는 9세기에 수도자들이 기록한 성서 필사본. 도대체 어떻게 만들었기에 '세상에서 가장 아름다운 책'이라는 수식어구가 붙었을까. 기대가 크면 실망도 크다는 사실을 알지만 《켈즈의 서》를 향한 기대치가 올라가는 것을 막을 수가 없었다. 세상에서 가장 아름다운 책이 있는 이곳은 분명 예술 지상주의를 외쳤던 오스카 와일드와도 썩 잘 어울리는 장소일 것이다. 그런 생각을 하며 우리는 트리니티 대학의 관광객 대기줄에 합류했다.

긴 행렬 끝에 매달려 마침내 만난 《켈즈의 서》. 세상에서 가장 아름다운 책은 유리 상자에 담겨 낮은 조도의 불빛을 받으며 방 한가운데 놓여 있었다. 보석을 바라보는 사람들의 눈빛과 몸짓이 이러하지 않을까. 《켈즈의 서》를 바라보는 사람들의 눈빛이 흡사 미사나 예배를 보는 종교인 같다. 사진을 찍을 수 없는 대신 망막에라도 그 오묘한 색감을 담아 두려는 듯 다들 얼굴을 기울여 한없이 진지한 표정으로 책을 바라본다. 양피지 위에 한 자 한 자 새겨진 문자는 그냥 문자가 아니다. 그림이고 예술이고 오랜 옛날 신을 숭배했던 사람들의 영혼이 깃든 메시지이다.

하지만 아이에게 《켈즈의 서》는 자기가 보던 알록달록한 그림책보다 예쁘지 않나 보다. 저보다 훨씬 키가 큰 어른들 사이를 파고들어가 책을 힐끗 보더니 금방 엄마 손을 당기며 빨리 다른 데로 가잔다. 옆방으로 간 아이는 오히려 다른 곳에 시선을 빼앗긴다. 한쪽 벽에 양피지 책의 제본 과정을 보여주는 영상이 흐르고 있었는데, 아이는 그 앞에 멈춰 서서 움직일 줄을 모른다. 화면 가득 클로즈업 되어 있는 것은 빛바랜 가죽을 매만지는 투박한 장인의 손. 그 어떤 배경음악도 나레이션도 없지만 거기에는 보는 이를 압도하는 경건함과 엄숙함이 서려 있었다.

"엄마, 저게 뭐하는 거야?"

"뭐하는 것 같아?"

"책 만드는 것 같아."

"맞아. 옛날에는 저렇게 손으로 한 장 한 장 엮어서 책을 만들었대."

아이의 취미는 책 만들기이다. 툭하면 여러 장의 종이를 접착용 테이프로 붙여 그림을 그리고 글씨를 써서 엄마에게 내밀었다. 그런 아이에게 책을 만들고 있는 영상은 신기함 그 자체였나 보다. 똑같은 화면을 질리지도 않는지 계속 보고 서있다. 덕분에 나는 세상에서 가장 아름답다는 책을 보러 와서는 솥뚜껑만한 장인의 손만 실컷 감상한다. 굳은살이 가득 박인 손, 손톱 밑에 때도 조금 끼어 있는 손, 그렇지만 세상에서 가장 숭고한 그 손을 말이다. 아이가 방을 나오며

여지없이 내게 속삭인다.

"엄마, 엄마도 책 갖고 싶지? 내가 숙소에 돌아가면 만들어줄게."

《켈즈의 서》를 전시한 방에서 나오니 오래된 도서관이다. 어쩐지 아까부터 낙엽 타는 냄새, 마음을 차분하게 만들어주는 향기가 난다 했다. 기다란 복도를 사이에 두고 양 옆으로 늘어선 월넛 색깔 책장들은 목을 한껏 젖히고 올려다봐야 할 만큼 높다. 천장까지 닿은 책장에는 수백 년쯤 묵은 듯한 빛바랜 책들이 분야별로, 알파벳 순으로, 빽빽이 꽂혀 있다. 세월의 흔적과 더불어 지혜의 무게를 재어보고 싶게 하는 아름답고도 묵직한 공간. 가만히 서 있는 것만으로도 감동인데, 아이는 엄마를 잡아당기다 못해 온몸으로 끌고 가며 소리친다.

"엄마, 책 그만 보자. 이따 내가 만들어준다니까!"

트리니티 대학을 나와 우리는 곧장 오스카 와일드가 있는 메리온 스퀘어 공원으로 향했다. 좁은 인도 위에서 우산을 들고 오가는 사람들 때문에 아이와 나란히 걷는 것이 영 불편하다. 아이의 걸음에 신경 쓰느라 발만 보며 걷고 있는데 갑자기 아이가 걸음을 멈춘다.

"엄마, 여기가 아일랜드라구? 이 나라는 왜 이렇게 문이 예뻐? 색깔이 다 달라."

고개를 들어 보니 길가에 있는 건물 현관문들의 색깔이 총천연색이다. 생각해보니 어제 기념품 가게에서도 이렇게 색깔 환한 현관문 사진만 쭉 이어붙인 예쁜 엽서를 보았다.

원래는 아일랜드도 현관문 색이 다 똑같았다고 한다. 그런데 술을 좋아하는 아이리시들이 밤이면 술에 취해 자꾸 남의 집 문을 두들겼다고. 제 집 찾아가기의 일환으로 집집마다 페인트 색을 다르게 칠한 것이 오늘에 이르렀다고 하는데, 꽤 그럴 듯하게 들린다. 이곳은 대낮에도 맥주를 홀짝이는 사람들이 천지인 더블린이니 말이다.

"엄마, 이 문은 빨간색이야. 어, 이건 파란색이네? 옆집은 노란색, 잠깐만! 엄만 오지 마. 내가 먼저 보고 올게. 와, 여긴 핑크색이야, 핑크색!"

아이는 그 와중에도 제가 제일 좋아하는 핑크색 현관문을 찾아내

고는 방방 뛴다. 정말이지 이 핑크색 현관문 안에는 누가 살고 있을까? 용기를 내어 문을 두드려보고 싶어진다.

어릴 때는 남의 집 초인종을 누르고 도망가는 장난을 자주 했다. 어린 우리는 쓰레기통 뒤에 숨어서 주인 아주머니나 아저씨가 대문 밖을 두리번거리거나 혼자 화를 내는 모습을 보며 얼마나 키득댔던가. 아이에게도 그 짓궂은 장난을 알려주고 이렇게 예쁜 현관문이 있는 나라에서 함께 시도해보고 싶지만, 아! 아쉽다. 나는 친구가 아니라 엄마인 것이다.

꽃처럼 색색가지로 피어 있는 현관문을 지나 메리온 스퀘어 공원에 이른다. 어디에 행복할 뻔했던 왕자가 서 있을까, 공원을 돌고 돌다 오스카 와일드를 만났다. 대략 난감한 포즈, 하지만 딱 오스카 와일드다운 포즈다. 그는 시대의 한량답게 사람들 키보다 훨씬 높은 바위 위에 올라가 다리를 쩍 벌리고 반쯤 드러누운 자세로 앉아 있다. 보라색 바지에 분홍 깃을 단 초록색 재킷 차림으로, 한쪽 입꼬리가 씰룩 올라간 거만한 표정을 지은 채 말이다.

"엄마, 이 아저씨는 왜 누워 있어? 옷도 되게 이상하다."

그러게 말이다. 이 사람이 그 슬프고도 아름다운 동화《행복한 왕자》를 쓴 작가라니…. 간신히 지워냈던 배심감이 또 스멀스멀 올라온다.

초등학교 3학년 때 정말이지 나는《행복한 왕자》를 읽으면서 얼마나 울었는지 모른다. 가난한 사람들을 위해 자신의 몸에 두르고 있던

　루비며 다이아몬드를 하나하나 떼어내던 왕자와, 왕자의 보석을 가난한 사람들에게 전해주느라 따뜻한 나라로 갈 시기를 놓치고 왕자의 발밑에서 얼어 죽은 제비.

　열 살의 나는 이해할 수 없는 그들의 행동에 한없이 슬프고 두려웠다. 희생이라는 단어는 잘 몰랐지만, 희생의 대가로 치러진 왕자와 제비의 죽음이 무서웠던 것 같다. 더구나 다음날 사람들은 보석과 금조각이 다 떨어져나간 왕자와 싸늘하게 식은 제비를 불구덩이 속에 던져버린다. 천사는 둘의 심장을 하늘나라로 데려가지만, 그런 것으로 위안이 될까. 왕자와 제비는 하늘나라에서 행복해졌을까. 열 살 때도, 지금도, 나는 잘 모르겠다.

　국립박물관과 국립미술관까지 설렁설렁 둘러본 후 우리는 저녁을 먹기 위해 템플바로 향했다. 다행히 비가 그쳐서 우산 없이 걸으며 템플바 구역에 있는 독특한 외관의 바들을 구경하고 있는데, 갑자기 누군가의 분노에 찬 목소리가 들려왔다. 인파가 걷히자 정신이 약간 오락가락하는 백발의 노파가 보였다.

　그녀는 양손에 콜라를 든 채 사람들을 향해 소리를 질렀다. 하지만 길 가는 누구도 그녀를 돌아보거나 신경 쓰지 않는다. 오직 내 아이만 그녀를 관심 있게 주시할 뿐이다.

　"엄마, 할머니가 뭐라는 거야?"

　"글쎄, 엄마도 잘 모르겠어. 무슨 소린지 못 알아듣겠어."

　"돈 달라고 하는 거야?"

　"그런 것 같진 않은데…."

　"그럼 우리가 이거 줄까?"

　아이는 들고 있던 감자 봉지를 내밀었다. 조금 전 템플바에 있는 한 음식점에서 개업 기념으로 사람들에게 나눠준 감자다. 글쎄, 정말 어떻게 해야 할지 모르겠다. 이런 것을 주면 백발의 그녀가 기쁘게 받아줄까? 괜히 우리에게 더 화를 내는 건 아닐까? 지금 내뿜는 저 분노를 옳다구나, 잘됐다 하며 우리에게 들이부으면 어떡하지? 잠시 고민하던 엄마는 '상대하지 않는 게 상책'이라는 비겁한 결론을 내리고 만다.

"지안아, 우리 저쪽으로 가보자. 할머니는 그만 쳐다봐. 화가 아주 많이 났는데 모르는 사람이 계속 쳐다보면 더 싫어하실 것 같아."

하지만 아이는 시선을 거둘 줄 모른다. 그냥 가는 것이 못내 미안한지 돌아보고 또 돌아본다.

"앞을 보고 가. 자꾸 돌아보지 말고."

나는 그렇게 말하며 생각한다. 할머니가 아니라 젊은 아가씨였다면, 초라한 행색에 사나운 얼굴이 아니라 말끔한 차림에 예쁘고 다정한 외모였다면, 사람들은 멈춰 서서 그녀의 분노에 귀 기울여주었을까?

골목을 한 구역 더 내려가니 한 무리의 비둘기 떼가 우리를 기다리고 있다. 아이는 가방 속에서 과자를 꺼내 아낌없이 뿌려주며 행복해한다.

멀찌감치 떨어져 아이를 지켜보는데 어쩐지 뒤통수가 따끔따끔하다. 회색 구름 위쪽에서 행복한 왕자가 슬픈 눈으로 나를 내려다보고 있는 것 같다. 왜 사람들은 타인의 말에 귀 기울여주지 않느냐고, 희생을 바라는 것도 아닌데, 조금만 관심 가져주면 되는데, 그렇게 돌아서면 행복하냐고 묻는 것 같다. 살다보니 나와 우리 가족을 챙기는 것도 힘들다고, 그래서 배어버린 습관이라고 변명을 늘어놓으려다 나는 그것이 더 민망해 입을 다문다.

그리고 깨닫는다. 나는 행복한 왕자도, 그를 도와주었던 제비도 아니라는 것을. 나는 왕자의 몸에 장식된 보석과 금이 사라지자 가차없이 그를 불구덩이 속에 던져버리는 행인 1이다. 그러면서 내 아이에게는 다른 사람의 슬픔을 헤아릴 줄 아는 사람이 되라고 이야기하고 싶은 엄마다. 정작 나 자신은 남보다 나를, 이웃보다 내 가족을 생각하는 지독한 개인주의자이면서 아이에게는 깊은 마음과 넓은 시야를 가진 사람이 되라고 가르치고 싶은 엄마다. 하지만 아이는 내게서 배우지 못한 그것을 누구에게서 배울 수 있을까….

돌아보니 아이는 그저 해맑은 표정으로 봉지를 털털 털어 비둘기들에게 마지막 과자를 나눠주고 있다.

골웨이, 모허 절벽
《거인의 정원》, 오스카 와일드

"너를 만나지 않았다면 엄마도
평생 이기적인 거인이었을 거야."

어쩌다 거인이라는 존재가 생겨났을까? 아일랜드에
오기 전부터 궁금했다. 우리나라 전래동화에는 도깨비,
귀신, 구미호 정도가 나오는데, 우리나라보다 작은 이
나라에선 어떻게 거인이라는 어마어마하고 무시무시한
존재를 생각해냈을까?

그런 의문을 품고 온 골웨이. 이곳에서 아란 아일랜
드와 모허 절벽을 감상하자 자연스레 고개가 끄덕여졌
다. 이런 곳이구나, 아일랜드라는 곳은. 세상엔 이렇게
광활하고 무한하고 인간이라는 존재를 작게 만드는 곳

이 있구나.

우리나라의 화풍이 여백의 미를 중요시한다면, 이곳은 오롯이 그 여백만 존재하는 곳이다. 여백을 쓸고 가는 것은 허허로운 바람뿐이다. 인간의 고만고만한 상상력으로는 그려낼 수 없는 거대한 절벽이, 인간의 작은 보폭으로는 걸어도 걸어도 닿지 못할 아득한 해안 절벽이 이어져 있다. 그래, 우리보다 수십 배, 아니 수백 배는 커다란 생명체여야 이렇게 장대한 풍경에 대해 이야기할 수 있겠다.

그 거인의 자취를 따라 우리가 첫 걸음을 내디딘 곳은 아득한 녹색과 푸른 대서양이 만나는 모허 절벽이었다.

거인은 나무 아래에서 울고 있는 아이에게 다가가 다정한 목소리로 말했어요.

"얘야, 울지 말고 이리 오렴."

거인은 아이를 번쩍 들어 올렸어요.

그러고는 나뭇가지에 살포시 앉혀 주었지요.

그러자 아주 놀라운 일이 일어났어요.

메마른 가지마다 앞 다투어 꽃이 피고, 새들도 날아와 비쫑비쫑 지저귀었지요.

정원에는 금세 봄기운이 가득했어요.

아이는 활짝 웃으며 두 팔로 거인을 끌어안고 거인의 뺨에 입을 맞추었어요.

담 밖에서 숨죽이고 있던 아이들이 다시 들어왔어요.

"미안하다, 얘들아. 내가 욕심이 많아서 정원에 봄이 오지 않았구나.
얘들아, 이제 이 정원은 너희 것이다."

-《거인의 정원》 중에서

동화 속 거인은 대체로 욕심이 많다. 오스카 와일드의《거인의 정원》에 나오는 거인도 그렇고《잭과 콩나무》에 나오는 거인도 그렇다. 몸집이 크다 보니 먹어도 먹어도 허기지고, 작은 세상에서 무엇을 가져도 허전한 것일까. 그들은 나눌 줄 모르고, 무엇이든 혼자 차지하고 싶어 하며, 그러면서도 끊임없이 갈구한다. 바로 우리처럼.

오랜 여행을 마치고 집으로 돌아왔을 때 거인의 눈에 비친 것은 꽃과 새들이 지저귀는 아름다운 정원이었다. 여행 끝 피로도 한몫 했겠지만 거인은 조용히 차를 마시며 이 아름다운 풍경을 혼자만 찬찬히 누리고 싶었다. 그러니 자신의 정원에서 놀고 있는 동네 아이들의 번잡함이 눈에 거슬렸으리라.

아이들을 내쫓고 담까지 높이 쌓아 올리니 한결 고요해진 정원. 하지만 그때부터 거인의 정원에는 봄이 찾아오지 않았다. 태양은 자취를 감추고 꽃은 시들어버리고 새들도 찾아오지 않았다. 온통 하얀 눈과 얼음투성이인 겨울 왕국이 되어버린 것이다. 봄이 올 때가 지났는데, 여름이 올 때가 지났는데, 얼음의 마법은 풀리지 않고 싸늘한 적막과 차가운 기운만 감돌았다. 또 다시 아이들이 찾아오기 전까지….

더블린에서 골웨이까지는 버스로 세 시간이면 충분했다. 이제 아이에게 이 정도 이동은 잠깐의 휴식처럼 느껴지는 것일까. 버스에 올라타 샌드위치를 먹고 음악을 들으며 잠시 소곤거렸을 뿐인데 어느새 골웨이에 도착했다. 버스 터미널 옆에 있는 인포메이션 센터에서 각각 하루씩 걸리는 모허 절벽 투어와 아란 아일랜드투어를 신청하며 우리는 마주 보고 눈을 찡긋한다.

터미널을 나와 예약해둔 비앤비Bed & Breakfast를 찾아가는데 바람을 타고 진한 바다냄새가 밀려온다. 이층집들에 가려 보이진 않지만 저 너머에 바다가 출렁이고 있다는 것을 느낄 수 있다. 비앤비까지는 언덕길을 따라 한참 올라가야 하지만 아직은 여행 초반, 무거운 짐을 끌고 가는 이 길도 그저 고마울 뿐이다.

숙소에 도착해 4층에 있는 객실로 올라간다. 방문을 열기 전 나는 손으로 아이의 눈을 가렸다가 문을 여는 것과 동시에 '짠'하고 손을 뗀다. 만화에서나 봤던 유리 천창과 빨간색 물방울무늬 침대보에 아이의 얼굴이 환해진다. 직사각형의 작은 방에는 싱글침대 두 개가 나란히 놓여져 있고, 천장에 난 유리창으로 베개 크기만큼 보이는 회색 하늘은 별을 보며 잠들 수 있지 않을까 하는 기대를 품게 만든다.

아이는 대뜸 안쪽 침대로 달려가더니 여기가 자기 침대라며 손발도 안 씻고 누워버린다. 그러면서도 엄마의 반응이 궁금한 듯 눈을 또록또록 굴리며 나를 쳐다본다. 이럴 때는 기대 이상의 행동을 해줘야겠지.

"너어어어어!"

낮게 시작되어 점점 높아지는 엄마의 목소리에 살짝 긴장하는 아이.

"너 혼자만 편하게 누워버리기야!"

엄마 역시 손도 발도 안 씻고 반대편 침대에 발라당 누워버리자, 아이가 우스워 죽겠다는 듯 데굴데굴 구른다. 가방도 풀지 않고 입고 있는 옷 그대로 다리도 들어 올렸다가, 팔도 뻗었다가, 침대 위에서 점프도 해보다가, 그러다 꽈당 천장에 머리를 박아도 까르르, 까르르. 그렇게 우리는 아일랜드 두 번째 도시 골웨이에 무사히 도착한 것을 온몸으로 기뻐했다.

한결 피로가 풀린 몸으로 바깥에 나온 것은, 늦은 오후에서 이른 저녁으로 하늘빛이 옷을 갈아입으려고 할 때였다. 저녁 찬거리도 사고 오스카 와일드도 만나기 위해 나서는 길. 조금 전까지는 흐린 날씨였는데 오스카 와일드를 만나러 가려고 하니 더블린에서처럼 비가 내리기 시작한다.

처음에는 오스카 와일드의 동상이 더블린뿐 아니라 골웨이에도 있는 것이 이상했다. 그만큼 아일랜드는 그를 아끼는 것일까, 하는 생각도 들었다. 하지만 골웨이에 직접 와보니 그 이유를 알 것 같았다.

예술적이면서 보헤미안적인 도시, 인구의 4분의 1이 학생인 학원 도시. 밤마다 골목에서는 라이브 음악이 흐르고, 거리엔 아기자기한

카페와 상점들이 줄지어 있으며, 길가에서는 저글러와 화가, 독특한 복장의 마술사들이 사람들의 시선을 끈다. 흔히 관광객들은 거인의 흔적을 찾아볼 수 있는 모허 절벽과 아란 섬 투어를 위해 이곳을 찾지만, 골웨이는 도시 자체만으로도 충분히 신비롭고 매력적인 곳이다. 그러니 이곳야말로 아름다움을 지상 최고의 선이라 생각했던 오스카 와일드와 더없이 잘 어울리는 도시인 것이다.

"지안아, 지난번에 공원 바위 위에 누워 있던 아저씨 기억나? 오스카 와일드. 우리 오늘 또 그 아저씨를 만날 거야."

"왜?"

"그 아저씨가 예쁜 걸 무척 좋아하는 사람인데, 골웨이가 아일랜드에서도 특히 예쁜 도시래. 그래서 여기에도 동상이 세워져 있나봐. 그리고 《거인의 정원》 알지? 그 동화책도 오스카 와일드 아저씨가 쓴 거거든. 내일이랑 모레는 거인들이 살았던 곳도 찾아갈 거니까 지안이가 이따 아저씨 만나면 부탁해봐. 우리도 거인을 만나게 해달라고."

"엄마, 그러다 진짜 거인을 만나면 어떻게 하려구?"

"그럼 우리도 정원에 데려다달라고 하면 어떨까? 지안이 정원 그리는 거 좋아하잖아. 거인의 정원에 가서 우리도 그림 그리면 되겠다!"

봄을 맞이한 거인의 정원이 이런 분위기일까. 빗방울이 촘촘하게 맺힌 꽃들이 피어 있는 에어 광장을 지나 스페인 아치가 있는 곳으로 방향을 잡으니 예쁜 카페들이 옹기종기 모여 있다. 젊은이의 도시답게 거리는 경쾌한 발걸음의 청년들로 북적인다. 하프를 켜는 사람, 기타를 치는 사람, 팬터마임을 하는 사람. 비 따위는 아랑곳하지 않는 거리의 예술가들로 골목은 구석구석까지 생기가 돈다. 물론 우산을 받쳐 든 사람도 없다.

오스카 와일드는 이 길 초입의 작은 벤치에 앉아 있었다. 단지 성이 같다는 이유로, 그는 생전에 만난 적도 없었던 에스토니아 작가 에두아르드 빌데Eduard Wilde와 이야기를 하듯 마주보고 있었다.

"엄마, 아저씨들 비 맞고 있어. 내가 우산 씌워줘야지."

오스카 와일드와 에두아르드 빌데 사이에 앉아 이쪽저쪽 우산을 씌워주던 아이가 잠시 후 몹시 궁금한 표정으로 묻는다.

"엄마, 근데 이 아저씨들 무슨 얘기를 나누고 있을까?"

"글쎄…. 지안이 생각은 어때?"

"내 생각엔 말이야, 우리 무슨 일을 해야 할까? 직업을 무엇으로 갖지? 이렇게 얘기하고 있는 거 같아."

웃음이 절로 났다. 아빠 같은 어른 둘이 대낮에 회사도 가지 않고 벤치에 앉아 있는 모습이 아이에게는 이상했나 보다. 아이의 머릿속에는 어른 남자라면 평일 낮에 꼭 일을 해야 한다는 생각이 있는 것이다. 당연하다 싶으면서도 어쩐지 짠하다. 때로는 주말에도 회사에 나가는 아빠에게 '놀아줘, 나랑 놀아줘'하고 칭얼거리던 아이의 모습이 겹쳐진다.

다음날 모허 절벽 투어는 오전 10시부터 시작되었다. 여러 나라에서 온 사람들이 대형 관광버스를 타고 버렌 농장에서 한 시간 반 동안 워킹 투어를 한 뒤, 모허 절벽에서 두 시간을 보내고, 돌아오는 길에 전통 악기 마을인 둘린을 방문하는 일정이다.

버렌 농장에서 바람을 맞으며 걸어 올라간 목초지에서는 따뜻한 흙냄새가 났다. 스무 명 정도의 사람들이 두런두런 이야기를 나누며 산을 오른다. 아일랜드의 산에는 높은 나무가 없다. 기껏해야 무릎 정도밖에 되지 않는 풀들을 지나쳐 산을 오르는데 어릴 때 보았던 미국드라마 〈초원의 집〉의 한 장면에 들어와 있는 것 같다. 그때 보았던 낮은 언덕과 연두색 풀이 구름처럼 엉켜 있는 곳이 아일랜드다.

버렌 농장 투어의 가이드인 존은 제일 먼저 우리에게 염소를 보여

준다. 분명 우리 모두에게 낯설지 않은 가축이지만 다들 생전 처음 보는 동물이라는 듯 신기하게 염소를 쳐다본다. 덕분에 존은 신이 났다. 그는 염소가 인간에게 얼마나 유용한 동물인지, 자신이 얼마나 염소를 사랑하는지, 이야기하고 또 이야기한다.

존을 따라 산 중턱으로 향하자, 이번에는 가지에 리본을 묶고 소원을 비는 나무가 우리를 기다리고 있었다. 우리는 존의 배려로 그 나무를 배경으로 아일랜드의 풍경을 가슴에 담는다. 존이 권한 일 중 가장 좋았던 것은, 푸른 풀을 베고 누워 하늘을 바라보며 낮은 풀을 쓸고 가는 바람소리를 들은 것. 대나무나 소나무 같이 커다란 나무가 있는 숲에서만 '쏴아 쏴아' 소리가 나는 줄 알았는데, 듬성듬성 나 있는 낮은 풀들 사이에서도 '쏴아 쏴아' 소리가 났다.

얼마나 그러고 있었을까, 불쑥 존이 네덜란드에서 온 로이에게 장난을 친다.

"너희 나라엔 이렇게 근사한 산 없지?"

로이도 지지 않고 맞받아친다.

"얼만데? 얼마면 이런 산 살 수 있는데?"

두 남자의 장난스러운 대화에, 조금 전까지 자기들의 언어로 속삭이던 젊은 이탈리아인 부부가 내게 말문을 연다.

"아이와 둘만 여행 오신 거예요? 저도 언젠가 딸과 이런 여행을 해보고 싶네요."

여자는 자신의 부풀어 오른 배를 가리키며 웃는다.

여행지에서 만난 사람들과는 길고 깊게 대화하지 않아도 얼마든지 미소를 나눌 수 있어 좋다. 버스를 타고 올 때만 해도 눈이 마주치면 어색하게 미소 짓던 사람들이었는데, 함께 아일랜드의 땅을 밟고 바람을 맞으며 하늘을 바라보는 사이 우리는 금방 친구가 되었다.

버렌산에서 내려와 우리는 존의 어머니가 구운 맛있는 애플파이와 초콜릿 케이크를 맛본다. 갓 구워낸 말랑말랑한 애플파이와 따끈한 커피 한 잔. 그것은 버렌산 중턱에서 바라본 아일랜드의 산과 들만큼이나 우리를 편안하게 해주었다.

모허 절벽으로 향하는 버스 안. 버스기사 겸 가이드는 전날도, 전전날도 했을 똑같은 농담을 해가며 고속버스가 지나가기엔 너무 비좁은 길을 속도도 줄이지 않고 달린다. 내가 그의 이야기에 귀를 기울이려고 하면 아이는 여지없이 질문을 해댄다.

"엄마, 우리 지금 어디 가는 거야?"

"엄마, 아까 본 나무엔 왜 리본이 달려 있어?"

"엄마, 아빠 지금 뭐하고 있을까? 우리나라는 몇 시야?"

아이의 물음에 대답하느라 가이드의 이야기를 계속 놓치고 있는데, 아이는 또 내게 질문을 한다.

"엄마, 근데 저 아저씨가 뭐라고 한 거야?"

윽, 네가 말 시켜서 하나도 못 들었거든.

아이가 아니더라도 가이드의 말을 알아듣기가 쉽지 않았다. 영국

식 발음도 어렵지만 아일랜드식 영어는 그야말로 좌절을 느끼게 했다. 잠시 후 클리프 모허 주차장에 도착했을 때, 나는 언어 때문에 영락없이 곤욕을 치렀다.

주차장에 도착하자마자 가이드가 뭐라고 말을 하는데 나는 단 한마디도 알아들을 수 없었던 것이다. 대충 몇 시까지 오라는 내용인 것 같은데 정작 그게 몇 시인지 짐작도 안 갔다. 하는 수 없이 마지막에 남아서 몇 번을 되묻다가 급기야 종이를 내밀자 그가 적어준 숫자는 '2:15'!

나중에 숙소로 돌아와 인터넷을 찾아보고서야 알았다. 그는 내게 친절한 목소리로, 몇 번씩, 'Quarter past two'라고 말했던 것이다. 나는 1시 30분이면 으레 'One thirty', 2시 15분이면 'Two fifteen'이라고만 말해왔으니 못 알아들은 것이 당연했다.

주차장을 나와 사람들을 따라 모허 절벽으로 향했다. 온몸을 후려치듯 부는 바닷바람에 아이는 잔뜩 신이 났다.

"와, 엄마! 나 꼭 잡아줘. 날아갈 것 같아."

거인의 혼적이고 뭐고 아이는 이곳이 〈텔레토비〉의 배경이 된 동산이라는 게 신기할 뿐이다. 흐린 하늘과 거센 바람 때문에 동산을 마음껏 뛰어다닐 수도 없고, 〈텔레토비〉에서 본 아기자기한 분위기와도 거리가 멀다. 그래도 아이는 탁 트인 푸른 동산을 보는 것만으로도 몇 시간 동안 버스에 갇혀 있었던 답답함이 뻥 뚫리나 보다.

반면 나는 점점 가까워지는 모허 절벽 앞에서 온몸이 경직된다. 아일랜드의 서부해안, 가장 황량하고 외딴 지역, 깎아지른 듯한 200미터 높이의 절벽이 거인의 치마 주름마냥 이어져 있다. 대서양이 아무리 거센 파도를 몰고 와도 단단한 절벽은 끄떡없을 것 같다.

더구나 자연을 있는 그대로 두는 이곳 사람들은 아찔한 절벽 끝에 철책 하나 만들어놓지 않았다. 낙상주의 표지판만 덜렁 있을 뿐이다. 사람들은 아무렇지 않게 손잡이처럼 두 줄로 쳐져 있는 안내선을 넘어 벼랑 끝으로 다가간다. 세상에 간 큰 사람도 많지. 내려다보면 까마득한 발밑에서 하얀 거품이 부서지며 파도가 넘실거리는데 그 끝에 앉아 다리를 대롱대롱 흔들며 사진을 찍는다. 내 아이도 겁 없이 자꾸 혼자 뛰어다니는데 엄마인 나는 오금이 저려서 그 모습을 쳐다볼 수도 없다.

"지안아, 엄마 무서워. 제발 손 좀 잡아줘."

"엄마도 참, 이게 뭐가 무서워. 신나기만 한데."

아이는 의기양양한 표정으로 엄마 손을 잡아준다. 그래그래, 이럴 때는 엄살도 필요한 것이다.

파란 하늘보다 회색 하늘이 더 어울리는 곳. 나무 한 그루 없는 절벽 위에는 거인이 엉덩이를 대고 한참을 앉아 있었던 것처럼 풀들이 평퍼짐하게 누워 있다. 무리 지어 올라왔던 관광객들은 이제 띄엄띄엄 떨어져 각자 대서양을 바라보고 있다. 모허 절벽은 함께 있어도

세상 끝에 서 있는 것처럼 쓸쓸한 곳이 아닐지. 나도 사람들과 떨어져 한참 동안 바람을 맞고 있는데, 아이가 엄마의 등을 폭 감싸 안는다.

"엄마, 이제 안 무섭지? 내가 안아줘서."

"응, 고마워. 하나도 안 무서워. 다 지안이 덕분이야."

빈말이 아니다. 함께 와서 다행이다. 결혼 전 여행들이 그러했듯 이곳에 혼자 왔더라면 나는 쓸쓸한 절벽 위에서 외로움에 한없이 마음이 시큰거렸을 것이다. 쓸쓸한 장소를 쓸쓸하지 않게 만들어줘서, 혼자 청승 떨지 않게 해줘서, 정말 고맙다, 딸!

둘린 마을까지 돌아보고 다시 골웨이로 향하는 버스 안에서 피곤하지 않느냐고, 좀 자라고 해도 아이는 엄마에게 쉬지 않고 질문을 퍼붓는다.

"엄마, 거인이 더 커, 텔레토비가 더 커? 힘은 거인이 더 세, 텔레토비가 더 세?"

"엄마, 아까 만난 아기 이름이 뭐랬지? 정말 귀엽더라. 난 아기가 좋아."

어쩜 이렇게 참새처럼 재잘댈 수 있을까. 할 말을 잃고 아이를 바라보다가 문득 그런 생각이 든다. 이 아이의 엄마가 되지 않았다면 나야말로 혼자만의 시간과 공간에 집착하는 욕심 많은 거인이지 않았을까. 서른네 살에 결혼한 나는 그전까지 아이들의 소란스러움을 견디기 힘들어 했던 쌀쌀맞고 이기적인 사람이었다. 다행히 너를 만나, 나는 꽃이 피고 나비가 날아다니는 따뜻한 봄의 정원에 살고 있구나. 갑자기 몸과 마음이 나른해지면서 아이의 수다가 멀어진다.

"엄마, 엄마, 내 말 듣고 있어?"

"그럼, 엄만 언제나 네 말에 귀 기울이고 있지…."

나는 웅얼대면서 서서히 졸음에 빠져든다. 아이는 포기한 듯 창가로 시선을 돌린다. 그러면서도 엄마의 손을 꼬옥 잡아주는 아이. 버스는 이제 막 붉은 물감을 뿌려대는 골웨이로 들어서고 있다.

오스카 와일드

Oscar Wilde (1854년 10월 16일~1900년 11월 30일)

아일랜드 더블린 출생. 시인이자 소설가 겸 극작가이면서 평론가.

'예술을 위한 예술'을 표제로 하는 탐미주의를 주창했고 젊어서부터 뛰어난 재기와 화려한 행동으로 세간의 주목을 끌었다. 좌담과 강연에 능했고 사교계의 화려한 존재였다. 경구로 가득한 그의 희극은 수많은 관객들을 모으는 데 성공했다.

1883년 콘스턴스 로이드와 결혼해서 두 아들을 두지만, 1891년 16세 연하의 옥스퍼드 대학생 앨프리드 더글러스 경을 만나 사랑에 빠진다. 그 후 앨프리드의 부친인 퀸즈베리 후작이 두 사람의 관계에 분노해 와일드를 남색가라고 비방하자, 와일드는 사회의 보수층에 의해 외설행위로 단죄되고 2년의 강제노동형에 처해진다.

그가 평생 추구해온 영혼의 자유와 아름다움이 철저히 배제된 추하고 불결한 감옥에서 힘든 노동에 시달리는 동안, 그는 작가로서 그리고 인간으로서 무너져버린다. 1897년 1월 19일 출옥했으나, 영국에서 추방당하고 파리에서 가난하게 살다가 3년 후 뇌수막염으로 생을 마감한다.

저서 : 동화 《행복한 왕자》, 소설 《도리언 그레이의 초상》, 희극 《윈더미어 부인의 부채》《살로메》《하찮은 여인》

아란 아일랜드
《구두장이와 난쟁이 요정》, 그림형제

"레프리콘을 찾아서"

아일랜드 하면 떠오르는 것들이 있다. 초록 평원, 네
잎클로버, 엔야, 영화 〈원스〉, 버스커, 기네스 맥주, 그리
고 레프리콘. 그 중 레프리콘은 아일랜드의 요정을 말한
다. 처음에 나는 《구두장이와 난쟁이 요정》의 이야기가
당연히 아일랜드 동화라고 생각했다. 밤마다 구둣방에
몰래 들어와 구두를 만들어주는 요정들의 행동이 레프
리콘과 꼭 닮았기 때문이다. 하지만 그 동화는 독일의
그림형제가 쓴 작품이다. 추측해보자면 하녀나 농부, 장
사꾼들로부터 옛날이야기 듣기를 좋아했던 그림형제가

우연히 아일랜드의 민화를 듣고 동화로 탄생시킨 것이 아닐까.

구두장이는 밤새 누가 구두를 만들어놓는지 궁금해서 견딜 수가 없
었어요.
구두장이는 가죽을 잘라놓고 누가 이렇게 고마운 일을 하는지
오늘밤 자지 않고 한쪽 구석에 몰래 숨어서 지켜보기로 했어요.
밤 12시가 되자 무언가 조그만 것이 폴짝 방 안으로 들어왔어요.
구두장이는 눈을 동그랗게 뜨고 쳐다보았지요.
조금 있으니 조그만 것들이 계속해서 폴짝폴짝 들어오는데,
아주 작은 난쟁이 요정들이었어요.
"에구머니나, 모두 발가벗고 있잖아요!"
구두장이의 아내가 깜짝 놀라 속삭였어요.
난쟁이 요정들은 구두를 만들기 시작했어요.
구두장이가 잘라놓은 가죽을 집어 들더니 우르르 몰려다니며
찌르고, 꿰매고, 뚝딱뚝딱 망치질을 했어요.
"모두 잠든 한밤중에 우리는 구두를 만든다네.
세상에서 가장 멋진 구두를 만든다네."
난쟁이 요정들은 밤새 노래를 부르며 쉬지 않고 일했어요.
그러더니 새벽녘이 되어서야 다 만든 구두를 작업대 위에 올려놓고
재빨리 사라져버렸지요.

-《구두장이와 난쟁이 요정》 중에서

레프리콘은 아일랜드 민담에 나오는 요정으로, 키 60센티미터에 구두수선공 복장을 한 노인의 모습이다. 심술궂고 장난치는 것을 좋아하며, 사람들에게 잡히면 세 가지 소원을 들어줄 테니 자신을 놓아달라고 회유한단다. 그러고는 자신의 전 재산이 든 황금 단지를 묻어둔 무지개 끝으로 안내하는데 자칫 한눈이라도 팔면 약속이고 뭐고 순식간에 도망치고 마는 악동이다.

레프리콘이 자주 목격되었다는 아일랜드. 이곳에 오기 전부터 어쩐지 기분이 이상했다. 초록색 그들을 만나 황금 단지를 빼앗아야겠다고 생각한 것도 아닌데, 아일랜드에 가면 한 번은 꼭 그들을 만나게될 것 같은 예감이 들었던 것이다. 그리고 우리는 정말 그 악동을 만나고 말았다.

골웨이에 오면 사람들은 보통 세 가지 투어에 마음을 빼앗긴다고 한다. 죽기 전에 꼭 봐야 할 비경인 모허 절벽과, 19세기 영국 맨체스터의 백만장자가 아내에게 생일선물로 지어준 고딕 양식의 카일모어 수도원, 그리고 문명세계와 동떨어진 황량한 아름다움을 간직한 섬마을 아란 아일랜드. 그 중에서 우리는 모허 절벽 투어를 한 뒤 레프리콘을 찾기 위해 아란 아일랜드 투어를 선택했다.

아란 제도는 이니쉬모어, 이니쉬만, 이니쉬어라는 세 개의 섬으로 이루어져 있다. 재미있는 것은 이곳 사람들이 집을 지을 때면 자신의 집 옆에 레프리콘의 집을 함께 짓는다는 것.

레프리콘의 집이라니, 어느 정도의 크기에 어떤 형태의 집인지 아이는 물론 나도 궁금했다. 그래서 우리는 레프리콘의 집을 보기 위하여, 정확히 말하면 그 집 안에 레프리콘이 있는지 없는지 확인하기 위하여, 이니쉬모어를 찾아간 것이다.

골웨이 버스 터미널에서 버스를 타고 선착장으로 가자, 우리를 아란섬으로 데려갈 페리가 서 있었다. 아이는 페리를 타자마자 도무지 가만히 있지를 못한다. 1층에 있자고 했다가 2층에 가자고 했다가, 밖에 나가자고 했다가 안에 들어가자고 했다가, 그리 크지 않은 배의 구석구석을 누비고 다닌다. 동양인이라곤 하나도 없어서 작은 행동에도 시선을 끌게 되는데 이러다가 아란섬 방문객들 모두 우리를 알아볼 것 같다. 아니나 다를까, 눈이 마주치자 유럽 할머니들이 일제히 지안이를 보며 웃어준다.

30분 정도 후 우리는 고요함으로 흠뻑 젖어 있는 이니쉬모어에 도착한다. 선착장에는 회색 하늘과 세찬 바람과 관광객들의 소곤거리는 말소리만 있다.

이곳에서 사람들은 네 가지 선택 사항에 따라 섬을 둘러본다. 자전거를 빌리거나, 마차를 타거나, 관광버스를 타거나, 걸어가거나. 아이가 조금만 더 컸더라면 나는 힘이 들더라도 자전거를 탔을 것이다. 목적지를 향해 빠르게 가기보다는 길 위에 있는 이름 없는 풀과 그늘과 냄새를 더 좋아하기에 자전거를 타고 설렁설렁 다녔을 것이다. 하지만 아이는 아직 여섯 살, 고민해볼 여지도 없이 자전거는 무리다. 아쉽지만 우리는 이미 정해져 있다는 듯 관광버스에 올라탔다.

높은 산도 없고 길쭉한 나무도 없이, 나지막한 언덕에 고만고만한 높이의 풀과 바람만이 가득한 이니쉬모어. 버스가 달리자 차창 밖으로 띄엄띄엄 서 있는 농가 옆에 당연하다는 듯 세워진 레프리콘의 집들이 보인다.

요정의 집이라 해서 앙증맞은 솔방울 형태의 집이나 스머프의 버섯 집을 상상한 건 아니지만, 내가 보기에 레프리콘의 집은 지나치게 평범하다. 명색이 요정의 집인데 굴뚝이 열 개쯤 있거나 하트 모양의 창문이 나 있거나 문이 거꾸로 달려 있는 것까지는 아니더라도 뭔가 더 신비로운 느낌이 있어야 하는 것 아닐까. 레프리콘의 집은 일반적인 농가의 축소판일 뿐, 아니, 서울 어디 변두리 주택 마당에 놓인 개집이 연상될 뿐이다.

"엄마! 저건가 봐. 진짜 레프리콘의 집인가 봐. 완전 작아, 진짜 작아. 그치?"

실망스러워 하는 엄마와 달리 아이의 흥분된 목소리가 하늘을 찌를 것 같다. 레프리콘의 집이 한 채만 덩그러니 있는 곳도 있고, 다섯 채가 나란히 있는 곳도 있다. 버스가 레프리콘의 집을 둘러볼 수 있는 곳에 멈춰 서자 아이는 뒤도 돌아보지 않고 레프리콘의 집으로 달려간다. 하지만 현관문이 열리지 않자 실망하는 아이. 그래도 행여나

집 안에 레프리콘이 있을까, 아이는 창문도 들여다보고 현관문도 두드려보면서 그곳을 떠날 줄 모른다.

아란섬의 하이라이트라고 할 수 있는 둔 앵거스는 레프리콘이 황금단지를 숨겨놓은 무지개의 끝, 또는 무지개의 시작점인 신비한 장소다. 대서양이 내려다보이는 100미터 높이 절벽에 선사시대의 요새가 있는데, 확 트인 벼랑 끝에 서면 짙푸른 대서양의 휘어지는 곡선이 명확하게 다 보인다. 그대로 절벽에서 몸을 날리면 아래로 떨어지는 대신 둥둥 떠다닐 것 같은, 비현실적으로 푸른 공간이다.

모허 절벽이 그랬던 것처럼 이곳도 안전을 위한 철책 하나 없고 바위 끝으로 다가가면 그대로 깎아지른 절벽이다. 나는 똑바로 서 있지도 못하겠는데 사람들은 엉금엉금 기어 절벽 끝으로 가더니 아래를 내려다보고 그제야 고개를 절레절레 흔든다.

한때는 거인이 살았을 것 같고, 짓궂은 레프리콘이 거인에게 장난을 치다 혼쭐이 났을 것 같은 곳. 하지만 이곳에서도 우리는 레프리콘을 만나지 못했다.

아란섬 투어를 끝내고 골웨이로 돌아가는 길, 나는 창밖을 내다보는 아이에게 은근슬쩍 말을 건넸다.

"또 못 만났다, 레프리콘. 지안이 혹시 실망했니?"

"아니, 괜찮아. 그리고 우리 만났잖아."

"만났다고? 우리가? 레프리콘을? 어디서?"

"엄마도 알잖아."

아이는 어리둥절해하는 엄마에게 귓속말을 한다.

"지갑 가져간 아저씨. 장난꾸러기 레프리콘."

이럴 때 나는 어이가 없어 대꾸도 못하겠다. 아이는 이틀 전 더블린에서 있었던 소매치기 사건을 깜찍하게도 레프리콘의 소행으로 여기기로 했나 보다. 그 사건을 떠올리자 억지로 떨쳐낸 불쾌감이 치받치면서 한숨이 나온다.

더블린에서의 마지막 날, 우리는 커플티를 맞춰 입고 아침 일찍 호스텔을 나섰다. 크라이스트처치 대성당과 세인트 페트릭 대성당을 둘러본 뒤 골웨이로 가는 버스를 탈 예정이었다. 가벼운 발걸음으로 도착한 크라이스트처치 대성당은 그 명성과 달리 일요일 오전임에도 한가로웠다.

성당 정원에서는 백발의 노인이 천천히 신문을 뒤적이고 있었고, 성당 옆 젤라또 가게에서는 점원이 느긋하게 개점을 준비하고 있었다. 대성당의 입구를 느릿느릿 가로질러가는 달팽이마저 그 나른한 풍경에 한몫했다. 그 분위기 때문이었나 보다, 내가 여행 초기의 긴장의 끈을 놓아버린 것은.

이어서 찾아간 세인트 패트릭 대성당은 《걸리버 여행기》의 작가 조나단 스위프트와 그의 연인 에스더의 무덤이 있는 장소로 '민중의

교회'라 불리는 곳이다. 관광객들이 꽤 많았지만 분위기만은 역시 고
즈넉하고 여유로웠다. 그곳에서 친절한 자원봉사자 헬렌까지 만나자
나는 완전히 무장해제 되어버리고 말았다.

"어디서 왔어요?"

"대한민국이요."

"여기 성당 안내문이 있는데 한국어판은 없네요. 어떤 걸 줘야 하
나….."

"영어로 주세요."

"아, 미안해요. 일본 것은 있는데…. 정말 미안해요."

그녀가 상냥하게 대해준 덕분에 나는 기분이 좋아졌다. 성당을 둘
러보고 나오는 길에 나는 또 그녀와 말을 나누고 싶어서, 굳이 헬렌에
게 조너선 스위프트의 생가를 물어보았다.

하지만 아쉽게도 그녀는 내 말을 잘 알아듣지 못했다. 우리는 성당
앞 대로변까지 함께 나가 지도를 보며 의논했지만, 그녀도 나도 난감
한 표정을 지으며 서로에게 미안해하는 상황이 되어버렸다. 그런데
바로 그때였다. 웬 불량해 보이는 남자가 나와 헬렌 사이에 끼어들더
니 대뜸 기네스 스토어로 가는 길을 묻는 것이었다. 일요일 아침부터
술 공장을 찾는 것도 그렇지만, 지도를 보고 있는 우리에게 굳이 길을
묻는 것도 의아했다. 더구나 길을 가르쳐줬는데도 계속 우리 주변을
맴도는 모습도.

헬렌과 헤어져 성당 앞 횡단보도를 건너는데 길을 건너자마자 퉁,

하는 소리가 들리더니 아이가 내 가방을 가리켰다.

"엄마, 가방 열렸어!"

깜짝 놀라 뒤돌아보니 배낭이 악어처럼 커다란 입을 벌리고 축 늘어져 있는 게 아닌가! 조금 전 소리를 내며 떨어진 것은 가방 안에 있어야 할 생수통이었다. 당황해서 가방을 마구 뒤지는데 아, 이럴 수가! 가이드북, 필기도구, 우산, 우비까지 다른 소지품은 다 그대로 있는데 지갑만 없었다. 다행히 신용카드는 카드홀더에 넣어 목에 걸었고 현금은 지퍼가 달린 속옷에 보관해두었기 때문에 지갑 안에 있던 돈은 5~60유로에 불과했다. 하지만 그 순간에는 속상함과 불쾌감을 삭이기 어려웠다.

내가 돈이 많아 보였나? 아니면 허술해 보였나? 왜 하필 나지? 아, 내가 얼마나 아끼고 아끼면서 여행하는 짠순이인데. 정말이지 아이만 없었다면 주저앉아 엉엉 울음을 터뜨렸을지도 모르겠다.

아이의 유치원에서는 말썽꾸러기들을 장난꾸러기라고 부른다. 그 이야기를 처음 들었을 때 어른의 입장에서 보면 문제아라고 할 수도 있는 아이들을 그저 장난꾸러기, 개구쟁이라고 부르는 선생님들의 마음결이 참 곱다고 생각했다. 내가 레프리콘에 대해 설명하면서 레프리콘은 친절한 요정이 아니라 사람들을 괴롭히기도 한다고 말하자, 아이는 이렇게 대답했다.

"그럼 레프리콘도 장난꾸러기구나."

그리고 아이는 지금, 우리 지갑을 훔쳐간 소매치기를 레프리콘이라 하는 것이다. 속 좁은 엄마는 이틀이 지난 지금도 그를 용서하지 못했는데, 아이는 벌써 용서했나 보다. 아니 아이에게 소매치기 아저씨는 그저 장난꾸러기 요정일 뿐이니 애초에 용서할 일조차 없었을 것이다.

"그러네. 지안이 말처럼 우린 벌써 레프리콘을 만났던 거네."

어렵게 맞장구를 치면서도 나는 끝내 지갑에 관한 미련을, 소매치기에 대한 화를 억누르지 못하고 한마디 했다.

"아쉽다. 레프리콘을 만났을 때 지갑을 뺏길 게 아니라 우리가 먼저 황금단지를 내놓으라고 붙잡을 걸…."

아이가 깔깔 웃는다. 어디선가 레프리콘도 낄낄대며 따라 웃는 듯하다. 그래, 레프리콘이 별 건가. 내게 못된 짓을 한 사람도 장난꾸러기 레프리콘이라 여기면 아무렇지 않을 것을. 하여간 이놈의 레프리콘! 조심하자, 세상에는 착한 요정만 있는 것이 아니다.

그림형제

Jacob Ludwig Carl Grimm, Wilhelm Carl Grimm (1785~1863, 1786~1859)

독일의 형제 작가, 언어학자. 형은 야코프, 동생은 빌헬름이다.

헤센 주 프랑크푸르트 인근의 하나우 출신으로 대학에서는 법률을 배웠고, 도서관에 근무하다 괴팅겐 대학의 초청으로 교수가 되었다. 하지만 하노버 왕의 헌법 위반을 규탄하는 이른바 '괴팅겐 7 교수 사건'에 들어 공국 밖으로 추방당했다. 이상의 경력은 연년 생인 형제가 똑같다. 전문분야도 똑같이 언어학이며 《독일 민담》 《독일어 사전》 등 공동 저작이 많다.

가장 대표작은 여러 지역에서 전해오던 민담이나 위그노의 구전 설화, 프랑스에서 전해온 이야기 등이 수록된 《그림동화》이다. 언어학에서는 형 야곱이 더 큰 업적을 남겼으나, 《그림동화》를 만드는 데는 동생 빌헬름이 더 큰 역할을 했다.

저서 : 《독일 민담》 《독일어 사전》, 동화 《럼펠스킨!》 《백설 공주》 《잠자는 미녀》 《라푼젤》 《신데렐라》 《헨젤과 그레텔》 《개구리 왕자》

더블린, 북아일랜드 벨파스트
《걸리버 여행기》, 조너선 스위프트

"소인국에서 살 것인가,
거인국에서 살 것인가"

스물한 살 때였다. 동화로만 알고 있었던 《걸리버 여행기》의 무삭제 완역본을 읽고 나는 매우 당황스러웠다. 세상이 내가 아는 것이 전부가 아니라는 사실을 처음 깨달았다고 할까. 여행을 좋아하는 의사가 표류 끝에 난쟁이 나라로 가는 내용인 줄 알았던 이야기가 실은 부조리로 가득한 우리네 세상을 비춘 거울이었다는 사실에 가치관의 혼란마저 일어났다. 사람이 무지하면 누군가가 은폐하고 삭제하여 편집한 일부를 전부로 받아들이는 어리석음을 범한다는 사실을 알게 된 것이다. 그렇게 조너선 스위프트의 《걸리버 여행기》는 청소년기에서 헤어나지 못했던 나를 어른의 세상으로 이끈 작품이었다.

> 릴리풋은 뭐든지 작은 나라였어요.
> 사람들은 키가 15센티미터도 안 되었고
> 궁궐이나 집들도 모두 장난감 같았어요.
> 게다가 소는 생쥐만 했으며 왕은 겨우 메뚜기만 했어요.
> 그래서 걸리버가 하루에 먹는 만큼 음식을 만들려면
> 소 여섯 마리와 양 마흔 마리를 잡아야 했어요.
> 걸리버는 릴리풋에서 가장 큰 건물에서 지냈어요.
> 왕은 침대 600개로 걸리버의 잠자리를 만들고
> 거기에 맞는 커다란 이불도 만들어주었어요.
>
> —《걸리버 여행기》 중에서

많은 여행자들이 더블린에서 딱 한 곳만 들를 수 있다면 제일 먼저 가보고자 하는 곳이 작가 박물관이라고 한다. 우리보다 작은 나라에서 네 명의 노벨문학상 수상 작가(윌리엄 버틀러 예이츠 1923년, 조지 버나드쇼 1925년, 사무엘 베케트 1969년, 시머스 하니 1995년)가 나왔다는 것만으로도 그 정신적 토대가 궁금해진다.

나도 예외는 아니어서 우리는 더블린에 도착하자마자 오코넬 거리를 걸어 파넬 스퀘어에 위치한 작가 박물관을 가장 먼저 찾았다. 그곳에 가면 노벨문학상 수상 작가뿐 아니라 《걸리버 여행기》를 쓴 조너선 스위프트의 흔적도 찾아볼 수 있기 때문이다.

높은 오벨리스크 아래로 아일랜드의 민족운동가인 파넬 동상이 보이면 오코넬 거리의 끝자락에 이른다. 동상 뒤로 200미터만 더 올라가면 교회가 나오는데 교회 옆에 아담한 4층 건물이 바로 작가 박물관이다. 길을 찾는 건 어렵지 않았지만 작가 박물관을 발견하는 건 쉽지 않았다. 우리가 익히 알고 있는 박물관다운 건물이 아니라 그저 대로변에 서 있는 평범한 집들 가운데 하나였기 때문이다.

"지안아, 여기는 작가 박물관이라는 곳이야. 《걸리버 여행기》랑 《행복한 왕자》가 처음에 어떤 책이었는지 궁금하지 않니? 그게 다 여기 있대. 작가 아저씨들이 쓰던 안경이랑 피아노랑 책장도 있다는데, 우리 들어가서 찾아보자."

"근데 아저씨들은? 아저씨들은 어디 있어?"

"아저씨들은 옛날에 살았던 사람들이니까 지금은 없지: 모두 하늘나라에 있지."

"에이, 아저씨들도 있으면 좋을 텐데…."

"왜?"

"내가 지은 동화 들려주려고."

"정말? 지안이가 동화를 지었어? 무슨 이야기인데? 엄마한테 먼저

들려주라."

"싫어, 안 돼. 비밀이야."

그러면서 아이는 박물관으로 쏙 들어가 버린다. 아아, 큰일이다. 갈수록 엄마한테 비밀이 많아지고 있다.

더블린의 작가 박물관은 뿌연 먼지가 수북이 내려앉은 오래된 책장 같은 이미지다. 먼지를 거둬내고 책장을 넘기면 세월 속에 숨죽이고 있던 옛날이야기들이 가만가만 살아날 것 같다. 평일 낮 시간이라 그런지 관람객은 우리와 독일에서 왔다는 남자 한 명뿐이다. 걸을 때마다 나무판자로 이어진 복도와 거실에선 삐거덕 삐거덕 우리 체중이 실린 발소리가 들리고, 조명이 없는 어두운 복도와 방에서는 헌책방에서 날 법한 오래된 나무냄새가 풍긴다.

벽에는 조너선 스위프트를 비롯해 제임스 조이스, 사무엘 베케트, 조지 버나드쇼 등 문학가들의 초상화가 일정한 간격을 둔 채 붙어 있고, 아래에는 작가들의 두상이 띄엄띄엄 전시되어 있다. 조너선 스위프트의 두상을 찾기 위해 두리번거리는데 갑자기 아이가 와락 달려든다.

"엄마, 무서워."

"응? 뭐가?"

아이가 가리킨 것은 방금 전 내가 힐끗 보고 지나친 시커먼 두상이다. 아이는 어두운 복도에 걸려 있는 무표정한 초상화도 다 무섭단다.

"지안아, 저건 그냥 조각상이고 그림일 뿐이야. 움직이거나 하는 게 아니니까 무서워하지 않아도 돼."

"표정이 다 무섭잖아. 엄마, 우리 나가자. 나 여기 안 있을래."

들어온 지 5분도 되지 않았는데 나가자는 아이. 넓은 공간도 아니고 고작 4층 건물에 1, 2층만 박물관이니 잠깐만 둘러보면 될 것을, 아이는 그 새를 못 참고 당장 나가자고 엄마를 잡아끈다. 아, 입장료가 얼만데.

"지안아, 엄만 진짜 여기가 어떤 곳인지 궁금해. 뭐가 있는지 보고 싶단 말이야. 이제 막 들어왔는데 바로 나가는 건 너무하잖아. 우리 같이 여행 중인데 네 생각만 하면 어떡해. 그러지 말고 조금만 더 보자. 30분만, 아니 20분만."

최대한 부드러운 목소리로 타이르고 부탁해보지만 웬일인지 아이는 고집을 꺾지 않는다.

"엄마, 진짜야. 나 지금 너무너무 무서워. 나가고 싶어."

몇 번을 이야기해도 소용이 없어 나는 극단의 처방을 내리기로 한다.

"그럼 잠깐만 눈 감아봐. 엄마가 안아서 위층으로 데리고 갈 테니까. 무서우면 넌 눈 감고 있어."

엄마는 소인국에 도달한 걸리버로 변신해 아이를 번쩍 들어 올린 뒤, 낑낑대며 2층 서재로 올라간다.

"여긴 좀 밝다. 이제 눈 떠도 돼."

엄마의 말에 빼꼼히 눈을 뜨는 아이. 하지만 2층 서재를 순식간에 휙 둘러보더니 다시 껌 딱지처럼 달라붙어 꼼짝하지 않는다.

"이제 다 봤어. 그러니까 빨리 나가자, 엄마. 아래층은 무서우니까 또 엄마가 안고 내려가 줘, 응?"

"도대체 뭐가 무섭다고 그래? 다 그림이고 인형 같은 거잖아."

"난 그게 싫다구, 무섭다구. 앞으로 박물관 같은 덴 절대 안 올 거야."

아무리 달래고 부탁해도 아이는 요지부동이다. 왜 생각지도 않게 이런 일에 고집을 피우는 걸까. 인내심은 사라지고 짜증이 치민다. 나도 모르게 목소리가 커지려는데《걸리버 여행기》의 한 구절이 생각나 말을 삼킨다.

어느 날 왕이 걸리버를 찾아와 말했어요.

"블레푸스쿠가 쳐들어오려고 하니 막아주기 바란다."

"알겠습니다, 폐하."

블레푸스쿠는 바다 건너편에 있는 이웃나라였지만

릴리풋과 몹시 사이가 나빴어요.

달걀을 까먹는 방법이 서로 달랐기 때문이에요.

릴리풋 사람들은 달걀의 뾰족한 쪽을 깨서 먹는데

블레푸스쿠 사람들은 반대로 뭉툭한 쪽을 깨뜨렸어요.

두 나라는 자기네가 옳다며 오랫동안 다투었어요.

그러다가 드디어 전쟁까지 일어나게 된 것이었어요.

-《걸리버 여행기》 중에서

그래, 나라 사이의 전쟁이든 부부 사이의 전쟁이든 엄마와 딸 사이의 전쟁이든, 모든 전쟁은 쓸데없고 때로는 허무하기까지 한 주제로 시작된다. 참자, 참자. 지안이가 여행을 오면 웬만한 일은 다 수긍하는 편이잖아. 얼마나 무섭고 싫으면 나가자고 하겠어. 그래, 아이니까 어둡고 조용한 박물관이 무서울 수 있지. 장난감이 있는 것도 아니고 어른들의 시커먼 두상만 있는데. 맞아, 내가 여섯 살이어도 무서울 거야. 유리 장식장 안에 놓여 있는 빛바랜 초판본도 아이에게 무슨 의미가 있겠어. 알았다, 알았어. 얼른 나가서 눈부신 햇볕이나 쬐자.

그렇게 우리는 더블린의 자랑인 작가 박물관을, 들어간 지 20분 만에 나와 버렸다. 《걸리버 여행기》의 초판본도, 조너선 스위프트의 두상도 보지 못하고 불난 집에서 뛰쳐나오듯 빛의 속도로 빠르게. 지금까지, 그리고 앞으로도, 더블린의 작가 박물관은 내가 입장료를 내고 들어간 곳 중 가장 빨리 나온 곳으로 기억될 것이다.

이틀 후 우리는 세인트 패트릭 대성당 안에 있는 조너선 스위프트의 무덤 앞에 섰다. 그는 혼자가 아니다. 연인이었던 에스더 존슨과 나란히 묻혀 있다. 어떻게 성당의 사제장이었던 사람이 평생 독신으로 살다가 아내도 아닌 연인과 함께 성당에 묻힐 수 있었을까. 그들이 비밀리에 결혼을 했는지 하지 않았는지는 아직까지도 논쟁거리라고 한다.

놀라운 것은 스위프트가 에스더와 열애 중에도 또 다른 소녀 헤스

더를 만나서 낭만적인 열정을 즐겼다는 사실. 그럼에도 불구하고 에스더 존슨의 헌신과 사랑은 변함이 없었다고 하는데, 도대체 이것이 가능한 일일까? 아무래도 에스더 존슨은 걸리버가 여행한 말의 나라 휴이넘에 사는, 고매한 말의 성품을 지닌 여인이었나 보다.

이렇게 더블린에서 우리는 동화의 주인공인 걸리버보다 주로 작가인 조너선 스위프트의 발자취를 따라다녔다. 그러다 일주일 후 엉뚱하게도, 같은 땅이긴 하지만 아일랜드가 아니라 영국령 북아일랜드 벨파스트에서 《걸리버 여행기》를 제대로 떠올리게 되었다.

북아일랜드의 수도 벨파스트. 그곳에서 투어버스로 한 시간 정도 달리면 '거인의 둑길'이라는 이름을 가진 자이언트 코즈웨이가 있다. 이곳은 전설적인 거인 핀 맥쿨이 스코틀랜드 섬에 사는 애인이 바다를 쉽게 건너게 하기 위해 만든 길이라고 한다. 북아일랜드 앤트림 고원 가장자리에 해안을 따라 뻗어 있는 현무암 절벽으로, 바닷가에 육각형의 주상절리가 층층이 쌓여 있다. 우리나라 사람이라면 제주도의 주상절리를 떠올리겠지만 규모와 느낌은 천지차이다.

바다를 향해 손을 뻗듯 차곡차곡 쌓여 있는 육각형 돌들을 보고 있자니 어디선가 거인의 손이 불쑥 내려와 나를 들어 올릴 것만 같다. 더구나 맹렬하게 밀려오는 하얀 파도는 거인의 흔적마저 쓸어버릴 듯 거침이 없다.

그 풍경 앞에 서 있으니 지금까지 걱정하고 바둥거렸던 것들이 하

나둘 떠오르면서, 그런 일들에 마음을 썼던 나 자신이 한심하게 느껴졌다. 누군가의 말 한마디에 이런 저런 의미를 부여하며 지쳐갔던 일, 아직까지도 자존심 싸움을 하는 것인지 남편과 싸워도 먼저 사과할 줄 몰랐던 일…. 심지어 최근에 더블린에서 소매치기를 당하고 얼마나 분해했던가. 생각해보면 그 모든 것들이 내 인생에서 그리 큰일도 아닌데 말이다.

"엄마, 무슨 생각해?"

"진짜 거인이 있겠구나 하는 생각. 이 돌들 좀 봐. 거인이 마음에 드는 육각형 돌들만 골라 차곡차곡 쌓아올린 것 같아. 지안이는 무슨 생각했어?"

"아빠 생각. 아빠랑 여기서 뛰어다니면 신날 것 같아."

조금 전 까만 주상절리 사이를 콩콩 뛰어다니는 아이에게 조심하라고 주의를 줬는데, 잔소리하는 엄마 때문에 아빠 생각이 났나 보다.

"알았어, 뛰어다녀. 대신 진짜 조심해야 돼."

아이는 이제 마음 놓고 뛰기 시작한다. 그런 아이를 바라보다 저 멀리 탁 트인 바다로 시선을 돌린다. 검은 현무암과 푸른 바다와 바다만큼 푸른 하늘이 꽉 들어찬 우주가 내 앞에 펼쳐져 있다. 작은 일에 연연하지 말고 더 큰 생각과 더 큰 마음으로 살아가라고 지나가던 바람이 일러준다. 나도 모르게 크게 숨을 들이마셨다가 내뱉으니 내 몸에 가라앉아 있던 무거운 한숨이 바람소리를 내며 빠져나간다.

"지안아, 저 멀리 걸리버 아저씨가 탄 배가 나타나면 어떨까? 그럼 우리 그 배 타고 신나게 모험의 세계로 떠날 텐데."

소소한 일에 매달려 종종거리던 마음 따위는 벗어던지고 소인국으로든 거인국으로든 떠나고 싶은 기분이다. 하늘을 날아다니는 섬나라 라퓨타도 좋고 말들의 나라 휴이넘도 좋겠다. 그곳이 어디든 나는 더 큰 모험의 세계로 떠날 준비를 갖춘 느낌이다.

조너선 스위프트 역시 그런 마음으로 《걸리버 여행기》를 쓴 것은 아닐까. 동시대를 살아가는 사람들에게, 툭하면 정쟁이나 일삼는 탐욕스러운 친구들에게, 냄새 나는 일들은 그만두고 넓고 크고 가볍게 살라는 메시지를 전하고 싶었던 것은 아니었을지.

"뭐라구? 안 들려!"

멀리서 아이가 소리 지른다. 아니, 언제 저기까지 뛰어갔나. 안 되겠다. 모험의 세계고 뭐고 너부터 잡으러 가야겠다.

아이를 향해 뛰는 시늉만 했을 뿐인데, 아이는 엄마에게 잡힐세라 더 빨리 달려간다. 조금 전 주상절리에서 아이의 손을 잡아주었던 대만 아가씨가 우리를 보며 활짝 웃는다. 그녀를 향해 웃어주는 사이 더 멀어지는 아이. 정말이지 아이들은 무섭게 빨리 큰다. 엄마의 마음은 때때로 작아지고 또 작아지는데, 너는 정말이지 커지고 또 커지는구나.

자이언트 코즈웨이 덕분에 나는 벨파스트의 남은 일정을 거인의 마음으로 여행할 수 있었다. 별다른 호기심이 없었던 벨파스트도 궁금해지기 시작했고, 구석구석 편안하게 둘러볼 마음도 생겼다.

빅토리아 여왕이 건재하던 시대에 번성한 도시답게 빅토리아풍의 아름다운 건축물도 보였고, 시내 중심부에 자리 잡은 시청의 푸른 돔이 햇빛에 반사되는 것도 넉넉하게 눈에 담아둘 수 있었다. 그리고 무엇보다 그 유명한 타이타닉 체험관도 찾아가보게 되었다.

벨파스트는 17세기부터 조선업이 발달했는데, 타이타닉 호가 바로 이 도시의 작품이다. 타이타닉을 건조하던 조선소 자리에는 현재 타이타닉 체험관이 들어서 있어 타이타닉 호의 건조 과정은 물론 침몰과 탐사 과정까지 생생하게 볼 수 있다. 어떤 층에서는 타이타닉 호가 얼마나 아름다웠는지 선실과 당시 승객들을 영상으로 보여주고, 어떤 층에서는 우리가 직접 타이타닉 호에 타고 있는 것 같은 실재감까지 느끼게 해주었다.

하지만 그 중에서도 가장 인상적인 것은 타이타닉 호와의 마지막 교신, 끊어질 듯 이어지는 안타까운 사람들의 목소리였다. 교신을 들으며 나는 다시 한 번 생각했다. 바다 한가운데에서 이렇게 끔찍한 사건을 당한 사람들도 있는데, 아웅다웅 사는 것은 이제 그만하자고.

우리나라에서도 조너선 스위프트의 글은 종종 정치 칼럼에 인용된다. 각 정당에서 100명의 지도자를 뽑아 두개골을 반으로 나눈 뒤 반대편 지도자의 머리에 붙이면 두개골들이 논쟁을 하다가 조화와 중용을 찾는다는 《걸리버 여행기》의 한 대목이나, 빈곤층 아이들을 식용으로 길러 아일랜드의 높은 출산율과 기아문제를 해결하자고 한 《겸손한 제안》의 구절들 말이다.

처음에 나는 그 이야기들이 황당하다 못해 불쾌하기까지 해서 책장을 덮어버리기도 했었다. 하지만 인정한다. 그는 비상한 상상력과 신랄하고 날카로운 풍자를 가진 놀라운 작가다. 그는 손가락만큼 작은 소인국에서 근시안으로 사는 우리를 야단치고 싶었을 것이다. 더 크게 세상을 보라고, 그리하여 부디 현명해지라고.

벨파스트 호텔에서 짐을 챙겨 공항으로 가는 길, 아쉬움 사이로 단단한 결심 하나가 파고든다. 평생 소인국에서 살 것인가, 거인국에서 살 것인가. 우선은 내 마음부터 잘 다스려야겠다.

조너선 스위프트
Jonathan Swift (1667~1745)

영국의 작가, 성직자이자 정치평론가.

아일랜드 더블린에서 태어났지만 부모님은 영국인이다. 태어나기 전 아버지를 잃었고 백부 밑에서 성장했다. 트리니티 칼리지에서 수학한 뒤 정치에 뜻을 두고 유명한 정치가 윌리엄 템플 경의 비서로 일하며 영국 정치계에서 자리 잡기 위해 노력했다.

아일랜드로 낙향한 뒤 세인트 패트릭 성당의 주임 사제가 되면서 영국의 식민 정책에 수탈당하는 아일랜드의 현실에 눈을 돌렸다. 이 시기 《드레피어의 편지》《겸손한 제안》 등을 통해 영국 정부를 통렬히 비난하였다.

1730년대 말엽부터 정신착란 증세가 나타났고 1745년에 뇌졸중으로 사망하였다.

대표작인 《걸리버 여행기》는 국내에서 '소인국'과 '거인국' 편만 축약된 채 아동문학으로 소개되어 왔지만, 원작은 '하늘을 나는 섬나라'와 '말의 나라'가 포함된 4부작으로, 18세기 영국의 정치현실을 신랄하게 꼬집은 대작이다.

저서 : 소설 《걸리버 여행기》《통 이야기》《드레피어의 편지》《책의 전쟁》《겸손한 제안》, 서간집 《스텔라에게의 일기》

더블린, 샌디코브
제임스 조이스

오른손엔 지팡이를 짚고 왼손은 호주머니에 넣은 채 다리를 꼬고 서 있는 남자, 삐딱하게 쓴 중절모 아래로 먼 곳을 응시하고 있는 이 남자의 이름은 제임스 조이스다. 그는 지금 어디를, 무엇을 바라보고 있을까. 더블린 시내 중심가에 제임스 조이스의 동상이 있다는 것쯤은 여행 전부터 알고 있었다. 하지만 무작정 사람들을 쫓아가다가 누군가와 어깨를 부딪치듯 갑자기 그가 길을 막고 나타났을 때, 우리는 얼마나 놀랐는지 모른다.

내가 그의 책을 처음 접한 것은 90년대 중반, 대학교 4학년 때였다. 졸업을 앞두고 있었지만 무엇을 해야 할지 모른 채, 세상에 대한 두려움과 원망만 잔뜩 쌓아올리던 어설픈 청춘 시절.

'옛날 옛날 아주 먼 옛날에 한 마리의 음메 소가 길을 내려오고 있었습니다.'

우연히 책방에서 동화처럼 시작하는 《젊은 예술가의 초상》의 첫 소절을 읽고 나는 만만하게 생각하며 책장을 넘겼다. 하지만 그 뒤로 이어지는 내용들, 국가와 종교와 가족으로부터 벗어나 예술에 대한 소임을 깨달아가는 한 소년의 성장과정은 내게 꽤 부담스러웠다. 당연한 일이다. 나 자신의 의식조차 인지하지 못한 채 하루하루를 겨우 살아가던 내가, 저자가 고스란히 반영되어 있는 주인공의 의식과 주인공의 눈에 비친 세상을 이해하기 쉬웠다면 거짓말이었을 것이다.

그런데 더블린에 오자마자 동네 채소가게 아저씨와 마주치듯 거리 한복판에서 제임스 조이스를 만났으니 당황스러울 수밖에. 사람들은 그가 세워진 네모난 돌 위에 무심히 앉아 샌드위치를 먹거나 수다를 떨고 있었다. 내 아이 역시 동상 주위를 빙그르르 돌며 장난을 쳤다.

고작 한 편의 시집과 희곡, 네 편의 소설로 세상 모든 영문학자들의 머리털을 쥐어뜯게 만든 제임스 조이스, 한 편의 소설 속에 20세기 초에 생각할 수 있는 모든 종류의 텍스트와 문체를 녹여낸 자신만한 작가. 그의 동상을 쳐다보다 문득 그의 시선을 따라가 본다. 그는 1년 열두 달 회색빛으로 가라앉아 있는 더블린의 하늘을 바라보고 있

다. 익살스러운 꿍꿍이를 숨겨둔 표정으로, 살아 있는 우리는 잊어버린 세상 모든 것에 대한 물음표와 느낌표를 간직한 눈빛으로.

　다음날은 아일랜드에서 보기 드문 화창한 날이었다. 우리는 가벼운 마음으로 다트(기차와 전철의 중간급인 대중교통수단)에 올랐다. 30분 정도 바닷길을 달려 도착한 샌디코브. 이곳에 제임스 조이스의 기념관이 자리한 마텔로 타워가 있다.

　역에서 나오자 이런, 마텔로 타워까지는 버스가 운행하지 않는단다. 저 멀리 동그란 기념탑이 보이기는 하지만 바닷가 산책로를 따라 아무리 빨리 걸어도 30분은 족히 넘을 것 같다. 여섯 살 아이와 함께 세찬 바닷바람을 뚫고 가려니 난감하다. 아이에게 머플러와 마스크까지 씌워주고 한 20분쯤 걸었을까, 아이가 아이스크림 가게에서 멈춰 선다. 추워 죽겠는데 무슨 아이스크림인가 싶어 나도 모르게 미간을 찌푸리다가 퍼뜩 깨닫는다. 지금 인상을 쓰고 있는 사람은 나뿐이라는 것을. 둘러보니 걸음을 재촉하는 사람 역시 나 혼자다.

　사람들은 풀밭이나 바위에 나란히 앉아 파란 하늘을 휘감고 내려오는 햇살을 받으며 웃고 있다. 게다가 마텔로 타워 근처에 당도하니, 쌀쌀한 바람 속에서도 사람들은 반나체로 바다에 풍덩풍덩 뛰어들고 있다. 열 살은 되어 보이는 사내아이들이 고추까지 드러낸 채 진흙을 밟으며 웃고 있는 모습은 또 어떤가. 하지만 무슨 이유에서인지 나는 아직도 그 모든 것이 낯설고 불편하다. 나만 이방인인 느낌,

화끈거리는 두 볼. 더 빨라지는 발걸음.

　원통형 포탑으로 이루어진 마텔로 타워는 1804년 나폴레옹군의 침략에 대비해 영국군이 세운 요새다. 금세기 초에는 보헤미안들의 거주지였고 한때 히피 문화의 온상이었다가 1962년 마침내 조이스 기념관으로 개관되었다. 탑 꼭대기에 펄럭이는 깃발의 푸른색은《율리시즈》의 초판본 색이자, 그 책의 모체인 호머의 서사시《오디세이》의

조국인 그리스 국기의 색이기도 하다.

하지만 나는 타워의 규모가 생각보다 작은 것이 실망스럽다. 내부도 너무 단출하다. 물론 그가 즐겨 연주하던 기타, 석고 흉상, 원고들, 사냥조끼, 지팡이, 그리고 동그란 안경까지 제임스 조이스의 흔적은 생생하지만 말이다.

좁다란 나선형 계단을 올라가다 보니 어느새 탑 꼭대기. 옥상에 있는 둥그런 포상 위에서 세상을 내려다보는데 예기치 않게 가슴이 아려온다. 더블린에서 작가 박물관을 둘러보았을 때도,《율리시즈》주인공의 동선을 따라 더블린을 둘러보는 '조이스 워킹 투어'가 있다는 이야기를 들었을 때도, 나는 그게 뭐 그리 의미 있을까 싶어 입을 삐죽거렸다. 그러나 100여 년 전 그가 바라봤을 하늘을 내가 같은 높이에서 바라보고 있다는 사실만은 감격스럽다.

갑자기 하늘이 잿빛으로 변하면서 탑 주위로 안개가 몰려들기 시작한다. 계시처럼, 징조처럼. 이 엄청난 광경에 할 말을 잃고 그저 멍하니 서 있는데, 아이가 옷을 잡아당긴다.

"엄마, 추워."

그제야 나는 정신을 차린다. 서둘러 아이를 데리고 마텔로 타워를 나서는데 걱정이 밀려든다. 역까지 가는 길에 비라도 쏟아지면 어쩌지? 아이의 손을 잡고 걸음을 재촉하는데 이건 또 웬일일까? 두근두근, 어디선가 심장박동 소리가 들린다. 그러다 발견한다. 바다 앞에 우뚝 서 있는 나무 한 그루와 비석 하나.

'그는 연기를 내뿜고 지나가는 우편 배달선을 애써 외면하려는 듯 만 너머 남쪽 푸른 수평선을 멍하니 응시하고 있다….'

바위에는 율리시즈 첫 장의 한 대목이 적혀 있다. 그 대목을 읽고 나서 마치 당연한 수순인 듯 푸른 수평선으로 고개를 돌렸다. 파란 하늘과 그보다 더 파란 바다가 맞닿아 있는 무한한 공간이 보이고, 혹하고 불어오는 바람에 가슴이 뻥 뚫린다. 피식, 웃음이 새어나온다.

수평선 너머에 무엇이 있는지 알 수 없듯 앞으로 우리 여정 너머에

도 무엇이 있는지 알 수 없다. 당연히 10년 20년 우리 인생 너머에도 무엇이 있는지 알 수 없다. 알 수 없기에 세상은 매력적일 것이고 종종거려봐야 삶에 이로울 것도 없을 것이다. 별 것 아닌 것을, 참 멀리도 와서 깨닫고 있다.

춥다며 품으로 파고드는 아이를 꼬옥 안아주었다. 여유를 찾기 위해 온 여행인데, 아직 서울에서의 조바심을 벗어버리지 못한 못난 엄마라서 미안하다. 아이를 오래 안고 있으니 더 선명하게 들린다. '두근두근, 두근두근' 그렇다. 이것은 비로소 조금씩 리듬을 되찾아가는 내 심장박동 소리다. 까짓 것 , 비가 내리면 맞으면 되고, 감기에 걸리면 약을 먹으면 된다.

영문학 사상 가장 독특하고 어려운 작품을 쓴 제임스 조이스. 스물네 살의 어느 날 나는 그의 글에 위로를 받았다. 그리고 마흔두 살의 오늘, 이곳 샌디코브에서 나는 그가 바라보던 수평선을 바라보며 내 심장소리를 듣는다. 어느덧 바닷바람이 훈훈하게 느껴진다. 이 순간을 위해 여행을 떠나온 거겠지. 제임스 조이스, 고맙습니다. 당신 덕분에 지금 나는 다시 살아나고 있습니다.

아일랜드 더블린 출생. 20세기 문학에 커다란 변혁을 일으킨 모더니즘의 선구적 작가.

37년간 망명 생활을 하며 아일랜드와 고향 더블린을 배경으로 한 작품을 집필했지만 정작 더블린 사람들은 그의 작품을 비난했다.

'20세기를 대표하는 소설'에서 선두를 차지하는 《율리시즈》는 출간 당시 음란성과 신성모독 등의 이유로 많은 어려움을 겪었지만, 지금 학계는 세계에서 가장 많은 논문이 쓰인 소설로 《율리시즈》를 꼽는다.

현재 더블린은 '조이스 산업'이라고 해서 조이스와 관련된 다양한 상품이 개발되어 있고, 《율리시즈》에 등장하는 그 하루인 6월 16일은 더블린 전역에서 블룸스 데이 Blooms day 행사가 펼쳐진다. 6월 16일은 제임스 조이스가 평생 함께 한 아내, 노라 바나 클과 첫 데이트를 한 날이다.

저서: 시집 《실내악》, 소설 《젊은 예술가의 초상》 《율리시즈》 《더블린 사람들》 《피네 간의 경야》, 희곡 《유인流人》

슬라이고
윌리엄 버틀러 예이츠

어린 시절 방학을 기다렸던 이유는 단 하나였다. 짧게
는 사흘 길게는 일주일을 외가에서 보낼 수 있었기 때문
이다. 내 외가는 밭이랑을 누비거나, 매캐한 모기향 연
기 속에서 옛날이야기를 듣는 향수 짙은 곳은 아니었다.
그저 서울 녹번동 어디쯤에 있는 마당 넓은 집, 식사 때
마다 외할아버지의 호통을 들으며 밥 한 공기를 다 비워
내야 하는 곳이었다. 그럼에도 불구하고 나는 손주들 중
에서 내 이름만 줄기차게 불러주시던 외할머니의 치마
폭이 좋았다. 달디 단 먹을거리가 많았던 할머니의 깊숙

한 장롱도 내가 방학 때마다 외할머니 댁으로 달려간 이유다.

그래서 안다. 예이츠가 그의 외가가 있던 슬라이고를 자신의 정서적 고향이라고 말한 이유를. 더블린에서 태어났지만 그의 시상은 대부분 어린 시절을 보낸 슬라이고에서 형성되었다고 한다. 주름치마처럼 넓게 퍼져 있는 벤불벤 산과, 그 산허리를 돌아 하늘에 그려졌을 무지개와, 길Gill 호수 위에 떠 있는 백조들과 함께 홍방울새의 지저귐이 가득한 이곳에서 말이다.

아이와 함께 슬라이고를 찾기 전, 나는 많이 고민했다. 일정상 슬라이고에서는 하루밖에 묵을 수 없는데, 하고 싶은 것이 너무 많았기 때문이다. 예이츠의 발자취를 따라 여행할 수 있다는 '예이츠 10경景'을 다 보진 못하더라도 그가 잠들어 있는 드럼클리프 교회와, 그가 꼭 가야겠다고 노래했던 이니스프리 섬은 멀리서나마 보고 싶었다.

하지만 대중교통으로 찾아가기 힘들다는 이야기만 있을 뿐, 투어에 대한 그 어떤 정보도 찾아볼 수 없었다. 새벽에 도착해서 무작정 알아보자니 혼자만의 여행이 아니라 엄두가 나지 않고, 엎친 데 덮친격으로 골웨이에서 몇 번밖에 없는 슬라이고 행 버스까지 놓쳐버렸다. 결국 우리는 오후가 한참 지나서야 슬라이고에 도착했다.

내게 금빛 은빛으로 수놓은 하늘나라의 천이 있다면,
어둠과 빛과 황혼으로 물들인 파랗고 희뿌옇고 검은 천이 있다면 그대 발밑에 깔아드리련만.

그러나 나는 가난하여, 가진 것이라곤 오직 꿈뿐이오니

그대 발밑에 내 꿈을 펼치나이다.

사뿐히 즈려 밟고 가시옵소서, 그대 밟는 것 내 꿈이오니.

-〈하늘나라의 천〉 중에서

이 시는 드럼클리프 교회에 있는 예이츠의 무덤 앞에 새겨져 있다. 시인 김소월이 영향을 받았다는, 차가운 돌 위에 새겨진 이 시를 읽어 보고 싶었다. 멀리 벤불벤 산을 바라보다 한 자락 바람이 드는 순간, 눈을 감고 다정한 슬라이고의 공기와 바람을, 바스락거리는 나뭇잎 소리를 느끼고 싶었다.

딱 그 마음 하나로 나는 버스에서 내리자마자 27킬로그램이 넘는 트렁크를 끌고 노트북까지 들어 있는 배낭을 메고 초인적인 힘으로 호텔로 달려갔다. 체크인을 하자마자 안내데스크에 있는 팸플릿들을 살피며 어떤 투어가 가능한지를 물어보느라 정신이 없는 그때였다.

"엄마, 엄마!"

가뜩이나 알아듣기 힘든 아일랜드식 영어 발음에 잔뜩 신경이 곤두서 있는데 아이가 줄기차게 엄마를 불러댄다. 나도 모르게 퉁명스러운 대답이 나간다.

"왜?"

"엄마, 하지 마."

"뭘?"

"하지 마. 아무것도 하지 말자, 우리. 그냥… 여기서 놀자."

순간 둔기로 한 대 얻어맞은 듯 얼얼해졌다. 내려다보니 아이가 속상한 표정으로 엄마를 빤히 쳐다보고 있다. 그렇다. 나는 또 잠시 잊고 있었다. 아이와 함께 하는 여행에서는, 아이가 엄마의 보폭에 맞춰 무리하게 걷는 게 아니라 엄마가 아이의 작은 보폭에 맞춰야 한다는 것을. 아침부터 지금까지 아이는 종종대며 나를 따라오느라 얼마나 힘들었을까. 빠르게 걸었다가 멈춰 섰다가 이리저리 고개를 저으며 낙담하는 엄마의 모습이 아이에게 어떻게 비춰졌을까. 생각만으로도 아찔하다.

우리는 호텔방으로 올라갔다. 깨끗한 욕실에서 얼굴을 말갛게 씻고, 머리도 새로 빗는다. 아이의 옷도 갈아입히고, 최대한 느린 걸음으로 예이츠를 만나러 나간다. 우리는 그에게 곧장 가지 않는다. 이제 우리나라에서는 거의 찾아볼 수 없게 된 작은 책방들을 기웃거리고 이름 모를 교회에도 들어가 본다.

골목에서는 유모차를 끌고 가는 젊은 엄마도 만나고, 바게트 빵과 사과를 들고 오는 할아버지와도 마주친다. 빵가게에 들어가서 빵 냄새도 실컷 맡고, 식료품 가게에 들어가서는 먹고 싶은 음료수와 과일도 잔뜩 산다. 그렇게 우리는 시계를 내려놓고 오랜만에 어기적어기적 슬라이고 골목을 누비고 다녔다.

시내를 관통하는 가라보그강 쪽으로 걸음을 옮기다가, 우리는 빨간 벽돌로 지어진 예이츠 기념관을 발견했다. 순간 눈이 번쩍해서 아이에게 의사를 물으니 역시 들어가지 않겠다는 대답이 돌아온다.

들어가면 그의 친필 원고나 사진들을 볼 수 있을 텐데, 여름에는 이곳에서 예이츠 국제여름학교가 열리고 그의 시를 공부하기 위해 전 세계 사람들이 몰려온다고 하던데, 이것저것 둘러보고 싶은 마음이 가득하지만 과감하게 떨쳐낸다. 그래. 그런 것들을 둘러본다고 갑자기 그럴듯한 시상이 떠오르는 것도 아니고, 내 아이가 싫다는데. 그래, 그냥 가자! 패스!

아이가 가라보그 강에 놓인 다리를 앞장서서 달려가다 말고 갑자기 멈춰 선다. 역시나, 거기에 예이츠 동상이 서 있다. 정말이지 아일랜드의 동상들은 신기한 형상이 많다. 꽤나 예민한 사람이었겠다 싶은 인상, 기린이 연상될 만큼 기형적으로 긴 다리, 우스꽝스러울 만큼 부풀어 있는 그의 상체에는 시구들이 잔뜩 새겨져 있다. 뭐라고 쓰여 있는지 이해할 수는 없지만, 그의 모습을 바라보기만 해도 마음이 편안해진다.

나 이제 일어나 가리, 이니스프리 호도로.
나뭇가지 엮어 진흙 발라 거기 작은 오두막 짓고
아홉 이랑 콩을 심고 꿀벌집도 하나 가지리.
그리고 벌이 붕붕대는 숲속에서 혼자 살으리.

그럼 거기서 얼마쯤 평화를 누릴 수 있으리니.

평화는 천천히 아침의 베일로부터, 귀뚜라미 우는 곳으로 떨어져 내리는 곳.

한밤은 희미하게 빛나고 대낮은 자줏빛으로 타오르며

저녁엔 홍방울새 날개 소리 가득한 곳.

나 이제 일어나 가리.

밤이나 낮이나

호숫가의 잔물결 소리 듣고 있으리니.

한길이나 잿빛 포도에 서 있으면

가슴 깊은 곳에서 그 소리 듣네.

-〈이니스프리 호도〉 중에서

동상 앞에 주저앉아 수첩에 적어간 〈이니스프리 호도湖島〉를 읽으며 아이에게 예이츠에 대해 설명해주는데, 아이가 씨익 장난스런 표정을 짓는다.

"엄마, 나도 시 지을 수 있어."

그러더니 어디서 봤는지 손을 앞으로 뻗었다, 하늘로 올렸다, 하며 즉석에서 시를 한 수 읊는다.

"하늘은 푸르네, 나무는 행복하네, 푸른 하늘은 곱고, 나무는 출렁이네, 푸른 바다는 출렁이고, 버스가 생각나네…. 버스? 크크. 뜬금없

이 버스래. 엄마, 버스가 생각나, 버스! 하하하!"

배꼽을 잡으며 자지러지는 아이를 바라보다 나 역시 웃음이 터지고 만다. 어떻게든 슬라이고까지 와서 예이츠의 작품 속에서 무언가를 찾으려 했던 내 곁에, 이미 시상을 한가득 안고 있는 아이가 있다니.

우리는 예이츠의 무덤도, 기념관도, 그가 노래한 이니스프리 섬도 가보지 못했지만 지금 그의 발아래에서 한껏 웃을 수 있다. 어린 시절 외가에 있을 때처럼 가슴이 푸근하다. 8월이지만 내내 춥기만 했던 아일랜드에서, 우리는 슬라이고만의 훈훈함을 느꼈다. 어쩌면 시라는 것은 우리가 사랑하는 사람들의 가슴 속에 있는 것인지도 모르겠다.

윌리엄 버틀러 예이츠
William Butler Yeats (1865년 6월 13일~1939년 1월 28일)

아일랜드의 시인이자 극작가. 더블린에서 화가의 아들로 태어났다.

화가 수업을 받기도 했으나 20세부터는 시를 쓰는 것에만 전념했다. 작품 속에 아일랜드의 전설적인 영웅들을 등장시켜 민족정서를 신비주의적이고 낭만주의적인 시로 표현하면서 19세기 말 아일랜드의 문예부흥을 주도했다. 20세기부터는 사실적 경향의 시를 주로 썼고 말년에는 불교의 공空 사상에 심취해 이와 관련된 시를 남겼다.

1923년에 노벨문학상을 수상한 예이츠는 아일랜드 민족운동에도 적극적으로 참여했고 아일랜드 독립 이후 원로회 의원으로 정계에서 활동했다.

그가 남긴 사랑의 시는 오로지 한 여성에 대한 애절한 표현이었다고 하는데 그녀의 이름은 '모드 곤'으로 민족 운동가였다. 예이츠는 23세에 그녀와 만나 50세가 될 때까지 여러 번 청혼했지만 거절당했다. 결국 남은 것은 못 이룬 사랑의 아픔을 노래한 시 60여 편이다.

저서 : 시집 《오이진의 방랑기》《마이켈 로버츠와 무희》《탑》, 시극 《캐서린 백작부인》

2장
스코틀랜드

"빛나는 것은 다 보물이다."

어린 시절 누구나 한 번쯤 그런 모험을 꿈꾸지 않았을까. 우연히 발견한 보물지도를 가지고 배에 오르는 꿈. 보물섬에서 풀숲을 헤치고 정글을 지나고 마침내 커다란 나무 밑에 구덩이를 판 후 커다란 궤짝을 들어올린다. 끼이익, 소리와 함께 힘겹게 뚜껑이 열리면 손으로 눈을 가려야 할 만큼 번쩍번쩍 와르르르 쏟아지는 금은 보화들! 아, 그런 일이 내게 일어난다면 세상 부러울 것이 하나도 없을 텐데.

북아일랜드의 벨파스트에서 저가 항공을 타고 대서양을 건너오는 내내 가슴이 뛰었다. 에든버러에 도착하면 어린 시절의 나처럼 보물찾기를 꿈꾸는 씩씩한 소년 짐과 호탕한 외다리 요리사 실버와 점잖은 트렐로니 선생님을 만날 것 같았다.

게다가 우리가 에든버러에 도착한 날은 그 유명한 에든버러 축제가 끝나기 사흘 전. 킬트를 입은 수백 명의 경기병이 백파이프와 북을 연주하며 군악 퍼레이드를 벌이는 축제의 하이라이트 '밀리터리 타투Military tattoo'는 못 보더라도, 거리 곳곳에서 펼쳐지는 행위예술가들의 멋진 공연은 볼 수 있을 것이다. 그런 기대만으로도 에든버러는 내게 이미 보물섬이었다.

그러던 어느 날이었어요.

사과를 먹으러 몰래 사과통에 들어갔다가 깜빡 잠이 든 짐은

웅성거리는 소리에 놀라 퍼뜩 눈을 떴어요.

"하하! 섬에 닿으면 배를 빼앗고 보물을 몽땅 차지하는 거야."

짐이 너무나도 믿고 따르던 외다리 요리사 실버의 목소리였어요.

선장을 제외한 선원들 모두가 해적이라는 것을 알게 된 짐은

숨을 죽인 채 선원들이 돌아가기를 기다렸어요.

선원들이 모두 돌아가자 짐은 사과통에서 빠져나와

트렐로니에게 그 사실을 알렸어요.

선장과 리브시도 사실을 알고 몹시 놀랐지만

배 안에서 큰 싸움이 일어날까봐 모르는 척하기로 했어요.

—《보물섬》 중에서

항공권 가격과 맞먹는 저가항공사의 화물비를 물지 않기 위해 27킬로그램에서 23킬로그램으로 간신히 다이어트 시킨 트렁크를 끌고, 그 때문에 터지기 직전이 된 배낭을 멘 채 낑낑대며 공항버스에 올라탔다.

시내로 가는 30여분 동안, 차창 밖으로 보이는 건물의 모양과 색깔이 점점 달라진다. 평범하고 현대적인 건물들은 사라지고 어느 순간 고풍스러운 분위기로 바뀌더니, 불에 그은 듯한 중세 건물들이 이어진다. 금방이라도 골목 한 귀퉁이에서 프릴이 달린 하얀 블라우스를 입은 중세 기사가 말을 타고 튀어나올 것 같다. 나도 모르게 유리창에 코를 박고 밖을 내다보자 아이가 주의를 준다.

"엄마, 위험하잖아. 똑바로 앉아야지."

아침저녁을 공짜로, 그것도 한식으로 차려준다는 말에 솔깃해서 한인민박을 예약해두었다. 숙소는 에든버러의 중심지인 로열마일과 꽤 떨어져 있지만 우리는 용케 잘 찾아냈다. 주인은 30대 후반의 노총각. 그는 에든버러로 이민 온 이모를 따라 5년 전 이곳에 정착했다고 한다.

재미있는 것은 그의 사연을 들을 때의 내 반응이다. 예전 같으면

딱 그의 마음이 되어 "와, 자유롭겠어요" 또는 "매일 새로운 여행자를 만나서 간접경험도 하고 심심할 틈이 없겠어요"라고 말을 건넸을 텐데. 지금은 "에구, 한국에 계신 부모님이 결혼도 안 시키고 내보내서 걱정이 많겠네요" 같은 소리나 하고 있으니 나도 이제 뼛속까지 애 엄마가 되었나 보다.

민박집 주인의 에든버러 자랑은 끝이 없다. 커다란 식탁 위에 만만치 않게 커다란 지도를 펼쳐놓고 여기저기 동그라미를 치더니, 그 동그라미에 무수한 침을 더해가며 설명을 해준다. 아이는 오랜만에 먹은 한식이 포만감을 주는지 엄마를 찾지도 않고, 나는 꼼짝없이 주인의 이야기를 들어야 한다. 동화나라를 찾아온 것이라고 그렇게 말했건만, 주인은 에든버러 자체가 동화나라라며 말을 끊지 않는다. 총각이 얼마나 외로웠으면 아줌마를 붙잡고 이렇게 말을 쏟아내나. 최선을 다해서 에든버러를 소개해주는 모습이 고마우면서도 나는 어쩐지 그가 안쓰럽다.

다음날 우리는 민박집 주인이 친절하게 표시해준 지도를 들고 홀리루드 공원에 올랐다. 홀리루드 공원은 홀리루드 하우스 궁전의 동쪽에 펼쳐진 251미터 높이의 광대한 공원으로, 꼭대기에 오르면 에든버러 시가지는 물론 그 너머에 있는 북해까지 시야에 들어오는 곳이다.

우리가 홀리루드 공원을 찾은 이유는 민박집과 가깝다는 이유도 있지만 무엇보다 북해에 떠 있는 어떤 섬을 보기 위해서다. 전날 민박집 주인으로부터 이 섬이 보물섬의 모티프였다는 이야기를 들었을 때, 아이도 나도 눈을 반짝거렸던 것이다.

이미 여행책을 통해 에든버러에 가면 로버트 스티븐슨의 또 다른 소설 《지킬 박사와 하이드 씨》의 모델인 디콘 브로디의 동상과 도둑의 거처가 있다는 정보는 알고 있었지만, 보물섬의 모티프가 된 섬이 있는 줄은 몰랐다. 작가가 진짜 보물섬이라고 생각했던 섬이 멀지 않은 곳에 있다니, 얼마나 매력적인가. 우리는 그 섬에 갈 것인가 말 것인가 고민하지 않을 수 없었다.

하지만 다음날 아침 파란 하늘과 맑은 햇살 아래 발을 내딛는 순간 고민은 말끔히 사라졌다. 동화 속 보물섬은 직접 찾아가 보물을 내 것으로 만들었을 때 꿈과 희망을 주지만, 현실의 보물섬은 베일을 벗기지 않고 멀리서 아득히 바라볼 때 더 근사할 것 같았다. 결국 우리는 섬을 멀리서만 바라보겠다는 야무진 꿈을 안고 겁도 없이 홀리루드 공원을 오르기 시작했다.

"엄마, 여기가 무슨 공원이라구?"

알록달록 꽃들이 핀 화단 사이로 흙길이 나 있거나 호숫가에 벤치와 놀이터가 있는 공원을 생각했던 아이에게 홀리루드 공원은 이상한 곳이었다. 풀도 나무도 없는 민둥산이 불뚝 솟아 있고 그 아래에는 갈대와 함께 띄엄띄엄 잿빛 들꽃이 피어 있다. 공원이라곤 하지만 야생에 가까운 거칠고 황량한 기운마저 감돈다. 그래도 아이는 아랑곳하지 않고 두 팔을 벌린 채 바람을 타고 뛰어다닌다.

"지안아, 바람이 너무 세다. 엄마랑 같이 걷자."

"아냐, 엄마. 엄마도 뛰어봐. 바람이랑 같이 춤추는 것 같아. 너무 신나."

하지만 언덕을 올라갈수록 아이도 숨이 차는지 속도를 늦춘다. 언제부터인가 우리나라에 걷기 열풍이 생기면서 이곳저곳에 무슨무슨 길이라는 이름이 붙여졌고, 나무 바닥과 폐타이어로 친절하게 길도 만들어졌다. 편하지만 과하다는 느낌도 없지 않았다.

하지만 이곳에는 관광객을 전혀 염두에 두지 않은 것처럼, 태초에 생성된 그대로의 자연이 있을 뿐이다. 손잡이도 쉼터도 없이 사람들의 발자국으로 다져진 좁은 흙길이 언덕 꼭대기까지 이어져 있다. 체중이 가벼운 사람이라면 바람에 휘청거리다 굴러 떨어질 것만 같다. 멈춰 서서 아래를 내려다보면 발밑에 펼쳐진 풍경이 아찔하다.

행여 아이가 바람에 날아갈까 봐 아이의 손을 꼭 붙잡고 엉금엉금 기다시피 올라간다. 정상이 가까워지자 아이는 힘이 드는지 안아달라고 한다. 분지에서 한참을 껴안고 있다가 다시 언덕길을 오른다. 그렇게 얼마나 걸었을까, 갑자기 북해의 푸른 띠가 우리 앞에 선물처럼 펼쳐진다.

"저거야? 저게 보물섬이야?"

아이는 가쁜 숨소리가 섞여 있는 목소리로 묻는다. 북해에 떠 있는 섬을 보니, 그제야 우리가 동화나라를 보고 있다는 게 실감나나 보다.

"엄마, 우리 저 섬에 가볼까? 가서 보물 찾아올까?"

"지안이는 무슨 보물을 찾고 싶은데?"

"무슨 보물이긴. 반짝이는 건 다 보물이지."

바람 때문에 몸을 낮게 웅크린 채 우리는 한참동안 보물섬을 내려다보았다. 보물섬은 이렇게 멀리서 보기만 하러 오는 것도 쉽지 않구나, 생각하면서. 몸을 돌리니 에든버러 시가지가 한눈에 내려다보인다. 아아, 정말 근사하다. 대부분의 여행자들은 에든버러를 조망하기 위해 이곳보다 낮은 110미터의 칼튼힐에 올라가는데 홀리루드 공원

정상까지 올라오길 잘했다는 생각이 든다.

여섯 살 아이와 함께 오르기에 무난한 장소는 아니었지만, 정상에서 바라보는 중세도시는 가슴이 떨릴 만큼 아름답다. 너무 아찔해 제대로 서 있지도 못하고 엉거주춤 앉아서 바라보고 있지만 과거와 현재가, 문학과 예술이 혼재되어 있는 에든버러는 그야말로 골목골목 이야기가 숨 쉬는 예술의 도시다.

다시 고개를 돌려 하늘빛 북해에 떠 있는 작은 섬을 바라본다. 인간의 욕심이란 그 끝이 어디일까. 이렇게 아름다운 도시에 살면서 저 멀리 또 다른 보물섬을 꿈꾸었다니.

내려갈 때는 올라왔던 반대편 길, 홀리루드 하우스 궁전 쪽으로 향했다. 지안이는 아빠와 함께 온 다른 가족들을 유심히 쳐다본다. 히피족 같은 차림에 긴 머리를 하나로 묶은 아빠가 갓난쟁이를 등에 업은 채 다섯 살쯤 된 딸아이와 '나 잡아봐라' 놀이를 하듯 비탈진 언덕길을 달려간다. 걱정스러울 만큼 빠르다. 아니나 다를까. 꼬마는 제 키보다 더 큰 갈대숲에서 고꾸라졌다 일어나기를 반복하다 아예 데굴데굴 굴러 내려간다. 그때마다 갈대들도 들썩이며 아이와 함께 웃음을 터뜨린다. 그 모습에서 눈을 떼지 못하던 지안이가 엄마의 귀에 속삭인다.

"엄마, 우리도 나중에 꼭 아빠랑 같이 여기 오자."

여행을 오면 아이는, 엄마도 잊고 지내는 순간순간마다 제가 먼저

아빠를 떠올린다.

아침나절 가벼운 산책인 줄 알았던 네 시간의 산행을 마친 뒤, 아이는 언덕에서 내려오자마자 맞닥뜨린 아이스크림 차 주변을 빙빙 돈다. 텔레비전 속 만화영화에서만 보던 아이스크림 차가 눈앞에 있는 것이 신기한가 보다. 아이는 전리품으로 하얀 바닐라 아이스크림을 손에 넣는다.

에든버러의 신 시가지에서 보는 구 시가지는 땅 위에 솟아오른 섬처럼 느껴진다. 오른쪽 바위산에 자리 잡은 에든버러 성이 내뿜는 아우라 때문인 것 같다. 성은 잉글랜드와 수백 년에 걸친 전쟁의 상흔으로 여러 건축양식이 뒤섞여 있다. 목적 자체가 군사적 요새였기 때문에 궁전의 화려함보다는 요새의 견고함과 투박함이 더 강하게 느껴진다.

에든버러 성과 홀리루드 하우스 궁전을 연결하는 1마일의 거리인 로열마일은 에든버러의 중심부다. 귀족들만 지나다닐 수 있었던 옛날과 달리, 지금은 이 거리의 아름다움에 마음을 뺏긴 에든버러의 방문자들이 하루에도 수십 번씩 왕복한다.

이 거리에는 종교개혁의 선구자 존 녹스가 사제로 있었던 세인트 자일스 대성당을 비롯해, 스카치위스키 익스피어런스와 시립박물관, 천문 관측대 등 볼거리가 한데 모여 있다. 우리는 그중에서 어린이 박물관을 제일 먼저 찾아갔다.

　박물관 안에는 오랜 옛날 귀족이나 왕족의 소녀들이 가지고 놀았을 것 같은 수천 개의 앤티크 인형과 세계 전역의 장난감이 전시되어 있다. 지안이에게는 이곳이야말로 보물섬이 아닐까. 아이러니하게도 이곳에 세계 최초로 어린이 박물관을 세운 사람은 아이를 싫어하기로 유명한 시의회 의원이었다고.

　예상대로 아이는 박물관에 들어서자마자 입이 함지박만 하게 벌어진다. 그도 그럴 것이 아일랜드를 거쳐 에든버러에 오기까지 그 흔한 놀이터 한 번 구경하지 못했다. 그런데 예쁜 인형과 장난감들 사이로 아이들이 직접 가지고 놀 수 있는 레고 블록, 차고지 놀이와 주방놀이를 할 수 있는 기구, 인형의 집까지 있으니 행복한 비명을 지를 수밖에.

어떤 놀이부터 해야 할지, 아이는 즐거운 고민에 빠져 부산하게 뛰어다닌다. 어느새 주방놀이에 정신이 팔려 엄마는 안중에도 없다. 덕분에 나는 오랫만에 자유롭다. 한쪽 구석에 그림처럼 앉아 책을 읽다가 이따금 아이가 만들어오는 요리를 냠냠냠, 맛있게 먹어주는 척하면 그만이다. "조금만 더, 조금만 더"를 외치던 아이가 놀다 지쳤을 때에야, 우리는 어린이 박물관을 나선다.

"엄마, 이제 우리 어디 가?"

"글쎄, 어디부터 갈까? 에든버러엔 갈 곳이 너무 많아서 말이야."

정말 에든버러에는 갈 곳이, 볼 것이 너무 많다. 사흘을 머무는 동안 우리는 체력을 아낌없이 소모했다. 특히 로열마일에는 흥미로운 것들이 많아서 앞을 보며 걷는 것이 쉽지 않다. 포석이 깔린 예스러운 길을 걷는 것만으로 보폭이 좁아지는데, 중세의 모습을 간직한 잿빛의 집들이 발걸음을 멈추게 한다. 평범한 행인들조차 검은 망토를 휘날리며 지나간다. 축제가 끝나지 않은 에든버러는 거리 전체가 커다란 공연장이다.

"엄마, 빨리 와봐! 음악 소리가 들려. 사람들이 모여 있다구. 여긴 또 뭘 하고 있을까? 아, 기대돼, 너무 신나!"

걸음을 옮길 때마다 아이의 목소리가 높아진다. 이 길 끝에서 저 길 끝까지, 어떤 공연 하나도 놓칠 수가 없다. 우리가 가장 먼저 마주

친 예술가는 바이올린과 첼로로 클래식 음악을 연주하는 10대의 어린 음악가들이다. 그 옆에는 톱으로 〈G선상의 아리아〉를 연주하는 호주인 연주자가 있고, 미국인 마술사도 있다. 까만 양복을 입은 얼굴 없는 사람이 우산을 돌리기도 하고, 킬트를 입은 사람이 백파이프를 연주하기도 한다. 그중에서 우리의 발길을 가장 오래 잡아둔 사람은 외발자전거를 타고 횃불로 저글링을 하는 행위예술가다. 때로는 농담을 던지고 때로는 관중을 데리고 놀면서 그는 자신이 할 수 있는 모든 것을 아낌없이 보여준다.

구경하는 이들도 정겹기는 마찬가지다. 얌체처럼 구경만 하다 스멀스멀 도망치듯 사라지는 것이 아니라, 손을 들라고 하면 들고 박수를 치라고 하면 치면서 끊임없이 감탄사를 보낸다. 그리고 공연이 끝났을 때 그들은 거리의 예술가를 격려하기 위해 작은 모자에 동전을 넣어주는 일에 인색하지 않다. 내 아이도 다른 사람들처럼 아낌없이 동전과 박수를 던진다.

토요일에 열리는 무료 오르간 공연을 보기 위해 세인트 자일스 대성당에 앉아 있는데 아이가 내 귀에 속삭인다.

"엄마, 나 여기가 좋아."

"엄마도. 엄마도 여기가 너무 좋아, 지안아."

막 오르간 연주가 시작되는데 그 낯설면서도 웅장하고 고결한 울림 속에서 문득 아이가 낮에 한 말이 떠오른다.

"엄마, 반짝이는 건 다 보물이지."

그렇다. 반짝이는 것은 다 보물이다. 지금 들리는 이 오르간 소리도, 나란히 앉아서 함께 귀 기울이고 있는 이름 모를 저 사람들도, 그리고 이 도시도 보물이다. 무엇보다 지금 내 곁에 앉아 있는 너. 네가 나에게는 가장 큰 보물이다.

로버트 루이스 스티븐슨

Robert Louis Stevenson (1850년 11월 13일~1894년 12월 3일)

영국의 작가.

에든버러의 부유한 중산층 가정에서 태어났다. 한때는 변호사였지만 폐결핵으로 건강이 악화되자 유럽 각지에서 요양 생활을 하다가 서른 살이 넘어 문필활동을 시작했다. 이후 10여 년 동안 시, 소설, 동요, 평론, 에세이 등 여러 분야에서 우수한 작품을 남겼다.

1876년 별거 중이던 11세 연상의 패니 오스본과 파리에서 만나 사랑에 빠졌고, 3년 후 그녀가 이혼하자 결혼했다. 스티븐슨은 오스본과의 사이에서 아들 로이드를 얻었는데, 로이드가 열두 살 되던 해 함께 그림을 그리다가 상상한 섬이 《보물섬》의 모티프가 되었다.

건강상의 이유로 이상적인 기후를 지닌 사모아 섬에 완전히 정착, 최후의 걸작이라고 평가받는 마지막 작품 《허미스턴의 위어》를 집필하던 중 발작을 일으켜 별세했다.

저서 : 기행문 《세벤느에서 당나귀와 함께 한 여행》, 소설 《보물섬》《지킬 박사와 하이드》《납치》

08
SCOTLAND

에든버러, 포트윌리엄
《해리 포터(1)》, 조앤 K. 롤링

"주문을 외워봐"

서른 살 여름, 나는 사랑에 빠졌다. 한참 어린 연하의 소년에게, 그것도 엄마와 같이. 두 모녀는 어린아이처럼 마법과 현실의 세계가 뒤얽혀 있는 동화에 빠져버렸는데 그것이 바로 해리 포터 시리즈였다. 우리는 나란히 소파에 앉아 해리 포터를 탐독했고, 책을 읽은 뒤에는 다음 이야기가 나오기를 손꼽아 기다렸다. 그때의 나에게는 그것만이 유일한 기쁨이고 의미였다. 그렇게라도 하지 않으면 아무 일도 일어나지 않는 지루한 일상을 견딜 수가 없었다. 아침에 눈을 뜨는 것도, 어김없이 다음

날이 온다는 것도, 견딜 수 없던 시절이었다.

그렇다. 그때의 나는 20대의 가벼움을 지나, 30대라는 조금은 책임이 더해지는 인생의 다음 챕터 앞에서 허우적대고 있었다. 철이 없어도 누구 하나 뭐라고 하지 않았던 20대를 돌아보며, 내가 30대에 잘 안착할 수 있을지 걱정되었다. 친구들은 어떻게 서른 살을 혼자 넘기겠냐는 듯 속속 결혼을 하는데 결혼은커녕 남자친구도 없는 삭막한 일상. 나는 무엇보다 7년차로 접어든 방송작가 일에 염증이 나 있었다. 돌파구가 필요했다.

'익스펠리아르무스.'

해리 포터가 외치던 무장해제 주문이야말로 내게 꼭 필요한 것이었다.

해리는 그쪽으로 걸어가기 시작했다.

사람들이 그를 9번과 10번 승강장 쪽으로 밀쳤으므로 더 빨리 걸었다.

개찰구와 정면으로 부딪친다면 큰일 날 것 같았지만

그는 손수레 쪽으로 몸을 숙이고 갑자기 힘껏 달리기 시작했다.

개찰구가 점점 더 가까워지고 있었다.

멈출 수가 없었다.

손수레는 통제가 되지 않았다.

30센티미터 정도 떨어져 있을 때 그는 부딪칠 준비를 하고 눈을 감았다….

충돌은 없었다…. 계속 달렸다…. 해리는 눈을 떴다.

사람들이 꽉 찬 승강장 옆에 진홍색 증기기관차 한 대가 기다리고 있었다.

머리 위의 표지판에는 '호그와트 급행열차, 11시'라고 쓰여 있었다.

뒤를 돌아보자 개찰구가 있었던 곳에,

'9와 3/4번 승강장'이라고 적힌 철제 아치 통로가 보였다.

해리는 해낸 것이다.

-《해리 포터와 마법사의 돌》중에서

해리 포터의 무대는 잉글랜드와 스코틀랜드를 거쳐 영국 전역에 방대하게 펼쳐져 있다. 런던 킹스크로스 역에 9와 3/4번 승강장이 있는가 하면, 옥스퍼드의 크라이스트처치 대학 식당은 호그와트의 연회장이자 메인 식당이다. 영국 중부에 있는 안윅 성이나 더럼 성에서는 해리 포터가 비행수업과 변신술 수업을 받았다.

그리고 여기, 스코틀랜드의 에든버러에는 조앤 K. 롤링이 해리 포터를 집필한 카페 엘리펀트 하우스가 있고, 좀 더 위쪽으로 올라가면 호그와트로 향하는 급행열차가 지나가던 글렌피난 비아덕트 다리가 포트윌리엄 근처에 있다. 덕분에 우리는 잉글랜드와 스코틀랜드를 여행하는 내내 감칠맛 나게 해리 포터와 만날 수 있었다.

하루 종일 로열 마일의 모든 거리 공연을 섭렵하고 다녔던 우리가 앨리펀트 하우스에 들어선 시간은 오후 3시. 해리 포터에 대한 기사와 안내문구가 반듯하게 붙어 있는 유리문을 열고 들어가니 오른편에 카운터가 자리하고 있다. 에든버러의 인기 장소답게 이미 내 앞에 줄이 길다. 몇 시간째 추위에 떨었던 터라 우리도 따끈한 커피와 코코아가 필요했다.

한참을 기다려서야 아이가 먹고 싶어 하는 초코 케이크까지 받아 들고 카페 안쪽으로 들어갔다. 네모난 나무 탁자에 딱딱한 나무 의자가 있기도 하고, 동그란 탁자에 푹신한 소파가 있기도 하다. 탁자와 의자는 전체적으로 통일성이 없게 보이지만 그곳에 있는 사람들은 모두 행복해 보인다. 이곳은 해리 포터를 사랑하는 사람들이 한 번쯤 와보고 싶어 하는 곳. 이 카페에서 차를 마시고 수다를 떠는 것만으로 설렌다는 듯, 저마다 가장 편안한 자세로 오후의 티타임을 즐기고 있다. 나는 사람들로 꽉 찬 실내를 두리번거리다 난감해진다.

"지안아, 어떡하지? 자리가 없…."

"아냐, 엄마! 저기 있잖아!"

어떻게 찾아냈을까? 아이는 창가 자리, 그것도 에든버러 성이 가장 잘 보이는 자리가 비어 있는 것을 발견하고 냉큼 달려간다. 제법이다. 이젠 어느덧 엄마가 놓치는 것들을 챙길 줄 안다.

"엄마, 따뜻하다, 여기. 창밖으로 성도 보여."

"그러게. 딱 만화에 나오는 성 같다."

"나 성 진짜 잘 그리는데."

"엄마도 알지. 우리 지안이가 그린 성이 최고로 예쁜 성이라는 걸."

"그럼 내가 그려줄까? 조금만 기다려. 내가 이거 먹고 그려줄게."

따뜻한 차와 달달한 케이크로 우리의 마음은 더없이 나긋나긋해진다. 아이는 춥고 배고팠는지 그다지 좋아하지 않는 코코아를 반잔이나 마신다. 그러고는 성을 그려준다고 하더니 이내 색연필을 놓고 엄마 품으로 파고든다.

"엄마, 졸려. 나 좀 안아줘."

아일랜드의 그 대단했던 투어 버스에서도 끝까지 자지 않던 아이였다. 우리나라에서는 11월에나 입을 법한 트렌치코트를 입었지만 8월 말 에든버러의 추위에는 역부족이었나 보다. 북해에서 불어오는 칼바람이 이렇게 매서운지 나도 처음 알았다. 그 바람을 맞으며 하루 종일 길거리 공연을 보다가 이제 막 따뜻한 곳으로 들어왔으니, 순식간에 몸이 녹아내리는 것도 당연한 일. 아이는 엄마에게 안겨서 자는 시늉을 하더니, 5분 후 거짓말처럼 진짜 잠이 들어버린다.

해리는 고개를 끄덕이다가 얼른 멈췄다. 머리가 아팠기 때문이다.

그때 해리가 말했다.

"교수님, 알고 싶은 것이 있는데요.

말씀해주실 수 있다면…. 전 진실을 알고 싶어요…."

"진실." 덤블도어가 한숨을 쉬었다.

"그건 아름답고도 끔찍한 것이지. 그러니까 아주 조심스럽게 다루어져야만 해."

—《해리 포터와 마법사의 돌》 중에서

엄마의 세상은 아이가 잠들어 있을 때와 깨어 있을 때가 천지차이이다. 빈자리 하나 없이 사람들로 빼곡한 카페에서, 조금 전까지 나는 저마다 다른 나라에서 온 사람들이 각자의 언어로 이야기하는 것을 듣고 있었다. 하지만 아이가 잠든 지금, 내게는 아무 소리도 들리지 않는다.

사람들의 대화는 그들의 테이블 위에서 잘게 부서져 공기 중으로 날아가고, 내 주위는 순식간에 진공상태로 고요하고 깊은 해저가 된다. 창밖으로 시선을 돌리자 푸른 절벽 위에서 펄럭이는 수십 개의 국기에 둘러싸인 에든버러 성이 보인다. 잿빛 하늘 때문일까, 에든버러 성의 회갈색 때문일까. 에든버러 성은 근엄해 보이기도, 음산해 보이기도 한다.

내가 앉은 자리에서 에든버러 성까지 이어지는 길에는, 성과 똑같은 회갈색 건물들이 불에 그을린 듯한 느낌으로 겹겹이 서 있다. 백설 공주 이야기에 나올 법한 아름다운 성이 아니라 딱 해리 포터의 배경이 될 만한 어둡고 스산한 성이다. 내가 바라보는 창문 왼편으로는 무덤과 함께, 바다 속에 뒤엉킨 해초를 연상케 하는 진초록의 커다란 나무들이 있다. 바람이 불 때마다 머리카락처럼 우수수 휘날리는 잎사귀들. 금방이라도 볼드모트 같은 이들이 검은 그림자를 몰고 나타날 것 같다.

 바로 이런 창밖의 풍경을 바라보던 한 여자가 있었다. 낡고 생채기많은 나무 테이블 위에 하얀 원고지를 펼쳐놓고 입술을 잘근잘근 깨물었을 여자. 그녀는 포르투갈에서 영어 강사로 일하다 이혼을 하고, 스물여덟 살이라는 젊은 나이에 고향으로 돌아왔다. 4개월 된 어린딸과 함께 에든버러에 돌아왔을 때, 그녀는 얼마나 막막했을까. 정부보조금으로 생활하는 한편 일자리를 얻기 위해 동분서주했던 그녀.
 그럼에도 결코 동화 쓰기를 포기하지 않았던 그녀에게, 주변사람

들은 또 얼마나 날카로운 걱정의 말들을 쏟아놓았을지. 하지만 그녀는 이곳에서 꼬깃꼬깃해지고 너덜너덜해진 현실을 펼치고 다리면서, 끝까지 포기하지 않고 동화를 써내려갔다. 누가 뭐라 해도, 무슨 일이 있어도. 그때 그녀는 행복했을까, 아니면 두려웠을까.

한 시간이 지났는데도 아이는 미동조차 없이 잠들어 있다. 머리카락 사이로 송글송글 땀방울이 맺혀 있다. 언제까지 아이는 이렇게 내 품에 안겨 잠을 잘까. 20킬로그램인 아이의 체중은 고스란히 엄마의 엉덩이를 짓누르고, 엄마의 두 다리는 쥐가 날 듯 뻣뻣해진다. 아마도 몇 년 안에 아이는 더 이상 엄마의 품 안에서 잠들 수 없으리라. 어쩌면 엄마가 같이 여행하자고 하면 싫다며 팔짝팔짝 뛸지도 모른다. 그러니 지금 이 순간, 아이가 아주 작은 새처럼 내 품에 안겨 있다는 사실에 나는 감사해야 할 것이다.

스코틀랜드에서 두 번째로 해리 포터의 흔적을 만난 곳은 포트윌리엄에서였다. 영국의 최고봉인 벤네비스 산과 린네 호수를 끼고 있는 서부 하일랜드 하이킹의 중심지가 바로 여기다. 탁 트인 호숫가 앞에 산 좀 탄다는 근육질의 사람들과 아웃도어 상점들이 즐비한 곳.

등반도 하지 않는 우리가 에든버러에서 기차로 5시간, 글래스고에서도 3시간 45분이나 걸리는 이곳을 굳이 찾아온 것은 호그와트 행 급행열차 때문이다. 영화를 보면 해리 포터, 론, 헤르미온느를 실은 증기기관차가 하얀 증기를 내뿜으며 푸른 계곡에 높이 드리워진 아치형 다리를 건너간다. 포트윌리엄에서 글렌피난으로 가는 길에 있는 글렌피난 비아덕트 다리다. 기차는 바로 그 다리 위를 지나갈 뿐 아니라 시간이 맞으면 해리 포터가 탔을 것 같은 증기기관차를 타고 갈 수도 있다고 한다.

나는 이곳에 오기 전 사진으로 그 다리를 보고 마음을 쏙 빼앗겨버렸다. 호그와트는 갈 수 없더라도 호그와트로 향하는 그 길 위에 꼭 한 번 서보고 싶었다. 더구나 포트윌리엄이라니, 도시 이름마저 무척 영국스럽지 않은가.

포트윌리엄은 아웃도어로 유명하다고 하더니, 관광 안내소가 있는 중심부는 물론 우리가 예약한 숙소에도 젊은이들이 넘쳐났다. 크게 웃고 환하게 미소 지으며 살갑게 말을 거는 유쾌한 사람들이다. 나는 이곳에 오기 전 인터넷으로 운 좋게 2인실이 있는 백패커에 예약할 수 있었다. 언덕 중간에 자리 잡은 숙소는 아침부터 저녁까지 시끌벅적한 브리티시 팝이 울려 퍼지고, 공동 부엌에는 활기가 가득하다.

"와, 정말 어리구나. 너는 지금까지 우리 호스텔에 찾아왔던 친구들 중 가장 어린 친구야."

호스텔에서 일하는 릭은 지안이와의 만남을 상당히 기뻐했다. 수줍음 많은 아이도 여행을 하는 동안 조금 성장한 것일까. 쑥스러운 표정을 지으면서도 곧잘 인사를 하고 웃기도 한다. 아이는 릭이 내민 커다란 손을 갈등하는 눈빛으로 바라보다 조심스럽게 맞잡는다. 릭이 '헬로우'가 한국말로 뭐냐고 묻자 작은 목소리로나마 '안녕'이라고 알려준다.

그런 아이의 모습 위로 살포시 15년쯤 후의 아이를 겹쳐본다. 나는 성인이 된 지안이가 우아한 원피스와 굽 높은 샌들 차림으로 하드트렁크를 끌며 관광지나 돌아보는 그런 여행자가 아니면 좋겠다. 제 몸뚱이만한 배낭을 지고 발길 닿는 곳에 머무르며, 자신이 서 있는 바로 그곳에 카멜레온처럼 일체되는 여행자면 좋겠다. 까매진 얼굴과 더러워진 옷차림으로 길 위에 서 있게 되더라도, 눈빛만은 반짝이는 사람이면 좋겠다. 그리고 아무 거리낌 없이 외국인들과 섞여 노래도 부르고 이야기도 나누고 술잔도 기울이며, 세상을 편견 없이 바라보는 사람이 되기를 소망한다.

독특하게도 이곳은 오후 5시부터 체크인 시간이지만 릭은 오전 10시 반에 도착한 우리에게 기꺼이 방문을 열어주었다. 짐을 내려놓고 우리는 날아갈 듯 가벼운 몸과 마음으로 다시 기차역으로 향한다. 기차역 옆에 있는 대형마트에 들러 스시와 수박, 음료수와 과자까지 사서 기차에 오르자 아이는 소풍을 간다고 마냥 기뻐한다.

"엄마, 난 기차가 좋아. 버스보다 빠르고 지루하지도 않아."

기차를 타고 얼마나 달렸을까, 방송이 흘러나오더니 사람들이 모두 반쯤 일어서서 창밖을 바라본다. 뭐지? 창밖으로 고개를 돌리니 앗, 여기다! 우리가 탄 기차가 지금 막 호그와트 급행열차가 달리던 글렌피난 피아덕트 다리 위로 들어서고 있다.

기찻길은 얼마나 가파른 협곡 사이에 놓여 있는지 아래가 보이지도 않는다. 양 옆으로는 온통 나무들이다. 여기저기에서 플래시 터지는 소리가 들리고 모두 창문에 달라붙어 사진을 찍는다. 사람들의 목소리가 높아지고 와자지껄 떠드는 소리가 객차를 가득 채운다. 다들 자신이 최고로 재미있게 봤던 해리 포터 시리즈를 떠올리며 유쾌한 대화를 나누는 것이리라. 낯설게 느껴지던 외국인들이 같은 장난감을 공유한 어린 시절 친구들처럼 반가워진다. 이대로 기차가 우리를 호그와트로 데려가도 누구 하나 놀라거나 당황하지 않을 것 같다. 그저 야호! 신나게 외치며 격렬하게 몸을 흔들어대지 않을까.

우리나라 시골 간이역처럼 생긴 글렌피난 역에는 5평이나 될까 싶은 철도 박물관과, 열차로 만든 식당과 숙소가 있다. 우리가 자줏빛 열차 식당을 배경으로 열심히 셔터를 누르자, 창가에 앉아 있던 노부부가 식사를 하다 말고 손을 흔들어준다. 인자하고 밝은 모습에 우리도 함께 손을 흔들자 길고 흰 머리카락을 단정하게 묶은 노부인이 우리를 가리키며 바깥으로 나온다.

무슨 일인가 하고 다가갔더니 그녀는 차 안에 있는 자신들의 강아지와 지안이를 인사 시키고 싶다고 한다. 노부인이 차 문을 여는 순간 지안이도 나도 웃음을 터뜨리고 만다. 부인과 똑같은 헤어스타일을 한 하얀 털북숭이 강아지가 혀를 내밀며 뛰어나왔기 때문이다. 무

서워할 줄 알았는데 아이는 강아지의 목덜미를 만지며 좋아한다. 부인도 아이의 반응이 흡족한 표정이다.

그녀와 헤어져 주변을 산책하다가 부릉부릉 엔진 소리가 들려 돌아보니, 남편이 동경하는 할리 데이비슨을 탄 두 명의 바이커들이 오토바이에서 내린다. 바지와 점퍼, 신발까지 온통 검은색으로 빼입은 두 남자. 누가 봐도 부담스러운 모습이다. 하지만 외모와 달리 바이커들은 친절하다. 우리를 보고는 씨익 웃더니 대뜸 사진을 찍어주겠다고 한다. 절대로 거절할 수 없는 제안이다. 지안이와 나는 그의 수염을 바라보며 동시에 '치즈'하고 활짝 웃는다.

영국 리버풀 출신의 바이커 아저씨들은 형제란다. 3년 전부터 여름마다 이렇게 오토바이를 타고 영국 각지를 여행하며 삶을 공유한다고. 그의 이야기를 듣는데 자연스레 남편과 아주버님 생각이 났다. 오토바이를 유난히 좋아하는 형제. 며칠 전, 아일랜드에 있는 우리에게 한 장의 사진이 휴대폰을 통해 날아왔다. 비좁은 텐트 속에 누워 얼굴을 맞댄 채 환하게 웃고 있는 남편과 아주버님. 내가 아는 한 그것은 두 사람의 첫 여행이었다. 서로를 많이 좋아하지만 거의 표현하지 않는 두 사람. 부디 리버풀 출신의 바이커들처럼 두 사람도 해마다 멋진 여행을 이어가기를….

바이커들과 인사를 나누고 그제야 레스토랑으로 들어가려는데, '치익치익' 소리가 들린다. 엇, 이 소리는?

"지안아, 달려!"

우리는 튕겨나가듯 다시 간이역으로 뛰어올라간다. 바로 코앞에 해리 포터가 탔던 까만 증기기관차가 영화에서 봤던 모습 그대로 서 있었다. 객실 칸은 고급스러운 자줏빛이고 하얀 수증기가 뿜어져 나오는 증기 기관실은 까만색이다. 우리가 손을 흔들자 기차 안에 앉아 있던 사람들이 일제히 손을 흔들어준다. 굳이 비교해 보지 않아도 지금 이 순간, 그들의 얼굴에 번지는 미소와 우리의 얼굴에 번지는 미소가 똑같으리라. 우리는 모두 마법의 세계를 동경하고 마법사와 친구가 되고 싶은 인간 세상의 순수한 머글들이니까.

증기기관차는 한참 동안 글렌피난 역을 수증기로 하얗게 물들이다가 마침내 그 수증기를 반으로 가르며 우리 시야에서 사라졌다. 기차가 보이지 않을 때까지 아이는 멈추지 않고 손을 흔든다.

포트윌리엄으로 돌아가는 기차 안, 나도 아이도 한결 몸과 마음이 가벼워졌다. 목욕탕에서 구석구석 때를 밀고 나온 것처럼, 머리끝부터 발끝까지 개운해진 느낌이라고 할까. 차창 밖에 펼쳐진 스코틀랜드의 풍광은 여전히 초록으로 짙고, 호수의 물빛도 눈부시게 아름답다. 우리는 나란히 앉아 차창 밖으로 스쳐지나가는 그 풍경을 말없이 바라본다. 가보지 못한 마법의 세계도 좋지만, 인사를 나누고 미소를 나누고 마음을 나눌 수 있는, 여기 이 곳 머글들의 세상도 살 만한 곳, 멋진 곳, 다정한 곳이라는 생각이 든다.

　저녁 무렵 백패커는 상상을 초월할 만큼 활기가 넘쳐났다. 일자형
의 좁은 부엌에서는 세계 각국의 여행자들이 서로를 배려하면서 요
리를 만들고 있다. 설거지가 가득 쌓였다가도 순식간에 사라지는 좁
고 부산한 부엌에서, 나는 스페인 마드리드에서 온 스무 살 청년과 이
야기를 나눈다.

　"한국에서 왔어? 와, 나 한국에 가보고 싶어. 일본은 다녀왔지만 한
국은 아직 못 가봤어. 언젠가 꼭 가겠다고 리스트를 만들어둔 나라
중 하나야."

나는 그의 소망이 꼭 이루어지기를 바란다고 말했다. 유럽인들이 일본의 아기자기함이나 중국의 광활함과는 또 다른 매력을 가진 우리나라를 직접 바라보고 밟아보고 느껴주었으면 좋겠다.

또 나는 그에게 결혼 전 마지막으로 혼자 갔던 스페인 여행에 대해서도 말했다. 마드리드에서 본 피카소의 게르니카가 얼마나 인상적이었는지, 스페인 광장에서 만난 돈키호테와 로시난테는 또 얼마나 반가웠는지, 세비아로 가는 버스에 죽어라 뛰어가 간신히 올라탄 이야기며, 헤밍웨이가 즐겨갔던 레스토랑에서 먹었던 새끼돼지 통구이 맛에 관해서도 말이다.

아이는 그런 엄마를 신기한 듯 바라본다. 조금만 크면 엄마의 영어가 얼마나 단순하고 서툰지 알게 되겠지. 그리고 아이는 또 알게 될 것이다. 마음만 먹으면 언어가 통하지 않아도 어떤 이야기도 나눌 수 있다는 사실을. 여행은 그렇게 마음을 열어 사람과 사람이 만나고 자신의 과거와 현재와 미래를 보여주는 것이라는 사실을 말이다.

이곳에도 불금이 있는 것일까. 금요일 밤의 열기와 백퍼커의 자유분방함이 합쳐진 이곳은 새벽녘이 되도록 브리티시 팝의 볼륨이 잦아들 줄 모른다. 나는 몇 번이고 잠에서 깨어 희뿌연 천장을 바라보지만 다행히 옆 침대의 아이는 미동도 없이 잠들어 있다.

오늘 아이는 엄마와 함께 해리 포터의 흔적을 찾아다니며 어떤 생각을 했을까. 지금쯤 꿈속에서 해리 포터, 헤르미온느, 론과 함께 마법 수업을 받고 있지 않을까. 나도 아이의 꿈속으로 들어가 신나게 변신술을 공부해보고 싶다.

이불을 걷어차고 잠들어 있는 아이가 걱정스러워, 나는 조심스럽게 아이의 침대 속으로 파고든다. 이곳이 9와 4분의 3 승강장은 아니지만 이제 나는 아이의 체온을 느끼며 호그와트로 출발할 것이다. 나는 작은 목소리로 상대의 마음을 들여다보는 주문을 외워본다.

"오클러먼시!"

이 주문을 외우면 나도 엉뚱하고 변화무쌍한 네 마음을 들여다볼 수 있을까. 엄마에게는 항상 아이를 위한 마법의 주문이 필요하다.

"당신 안의
어린이는 안녕한가요?"

'어린이여 나와라, 어린이여 모여라, 나는야 하늘을 나는 피터팬, 영원한 어린이의 친구~'

아, 놀랍다. 이 노래, 이 선율을 정확히 기억하고 있다니. 아이의 동화책 중에서 《피터팬》을 펼쳐드는 순간 나는 삽화 속 금발의 소년보다 주제가를 부르던 가수 윤복희의 시원시원한 목소리가 더 생생했다. 도대체 몇 년 전이었을까. 초등학교도 들어가기 전, 아마 지안이만 했을 때가 아닐까. 나는 동화책이 아닌 무대 위에서 피터팬과 웬디를 처음 만났다.

지금도 첫 장면이 기억난다. 캄캄한 무대 위에 침대가 세 개 놓여 있다. 창문이 있고 창밖으로는 반짝반짝 별도 빛나고 있다. 그때 무대 위로 살금살금 들어오는 검은색의 무언가! 그것은 이내 어딘가로 숨어버리고 잠시 후 초록색 옷을 입은 소년이 뛰어 들어온다. 잠든 아이들 사이를 누비며 무언가를 열심히 찾아다니는 소년은 피터팬이다.

피터팬과 팅커벨의 부산스러운 움직임에 웬디와 동생들이 잠에서 깨어나고, 피터팬은 웬디의 집으로 들어온 자초지종을 설명한다. 세상에, 다른 것도 아닌 그림자를 잃어버렸단다. 발밑에 늘 붙어 있는 그림자를 잃어버렸다니, 황당하지만 너무나 매력적인 설정에 나는 그만 마음을 쏙 빼앗겨버리고 말았다. 그렇게 나는 피터팬을 만난 것이다.

"어머! 넌 누구니?"

"나는 네버랜드에 사는 피터팬이야. 그림자를 잃어버려서 찾으러 왔어."

그때 강아지 나나가 컹컹거리며 시커먼 그림자를 쫓아다니는 게 보였어요.

웬디는 얼른 그림자를 잡아 실과 바늘로 피터팬의 발에 단단히 꿰매주었어요.

"웬디, 고마워. 나랑 같이 네버랜드에 가지 않을래?

네버랜드는 나이를 먹지 않는 아이들의 섬이야.

그곳 아이들에게 재미있는 이야기를 들려줘."

"우와, 신나겠다! 그런데 어떻게 가지?"

피터팬의 뒤에 숨어 있는 요정 팅커벨이

웬디와 동생들에게 반짝반짝 요술가루를 뿌렸어요.

그러자 웬디와 동생들이 공중으로 붕 떠오르더니 하늘을 날았어요.

― 《피터팬》중에서

스코틀랜드 에든버러의 어린이 박물관 1층에서 'Kids forever!'라는 문구를 보았을 때, 나는 대뜸 주위부터 둘러보았다. 이것이야말로 피터팬의 마음을 대변해주는 문구가 아닐까. 장난감과 인형으로 가득 찬 박물관 어딘가에 피터팬과 웬디, 팅커벨이 숨어서 우리를 지켜보고 있을 것만 같았다.

더구나 이곳은 《피터팬》의 작가 제임스 매튜 배리가 대학을 다니던 에든버러가 아닌가. 그의 모교인 에든버러 대학을 방문하지 않더라도 에든버러에서는 어딜 가든 비밀스럽고 가슴 설레는 이야기들이 솟구칠 것 같았다. 이를테면 요정가루를 뿌리면 갑자기 하늘로 붕 떠오른 다든가, 손목시계가 채워진 사람의 팔을 삼켜서 시계소리를 내는 악어라든가, 그림자를 잃어버린 소년의 모험담 같은 그런 이야기들.

하지만 피터팬을 좀 더 깊이 느끼려면 스코틀랜드의 북쪽으로 가보는 게 좋다. 피터팬이 웬디와 동생들을 이끌고 날아간 네버랜드는 상상의 섬이지만, 사람들은 그곳을 스코틀랜드 북쪽에 있는 여러 섬 중 하나라고 생각했기 때문이다. 작가 스스로 밝혔다시피 《피터팬》은 스코틀랜드에 전해오는 괴물과 거인, 요정에 관한 전설에서 많은 영향을 받은 작품이다. 그러니 피터팬을 깊이 느끼고 싶다면 런던의 켄싱턴 공원에서 뿔피리를 불고 있는 피터팬 동상을 배경으로 사진을 찍기보다는, 스코틀랜드 여행의 백미인 하일랜드를 방문하는 것이 더 적당할 것이다.

영국 지도를 보면 스코틀랜드는 잉글랜드 위쪽에 자리 잡고 있다. 좀 더 자세하게 스코틀랜드 영토를 살펴보면 에든버러와 글래스고가 있는 낮은 구릉지가 로우랜드이고, 북쪽의 넓고 험준한 산악지대가 하일랜드이다. 하일랜드는 스코틀랜드인들이 무엇보다 사랑하고 자랑하는 천혜의 자연이 있는 곳. 하지만 단기 여행을 주로 하는 우리나라 사람들이 그곳을 여행하기란 쉽지 않다. 그러다 보니 대부분의 한국인들은 에든버러에서 출발하는 짧은 버스 투어로 네스호나 인버네스를 찍고 돌아오는 정도다.

하지만 우리에게는 돈은 없어도 시간은 철철 넘친다. 더구나 투어라고 하면 아일랜드에서도 해보지 않았던가. 우리는 피터팬이 웬디를 데리고 날아간 네버랜드를 찾아가기 위해서 스코트시 버스 노선부터 알아보았다.

"엄마, 진짜 어린이들만 사는 나라가 있어?"

"왜? 없을 것 같아?"

"응, 어린이들만 살면 밥은 누가 해줘? 잠잘 때 무서우면 누가 지켜주고? 난 어린이들만 사는 나라 싫어."

딱 여섯 살다운 말이다. 열 살만 넘어가도 어른 없는 세상에서 아무 간섭 없이, 텔레비전도 실컷 보고 게임도 원 없이 하고 싶어 할 텐데. 핵심은 밥 때문에 엄마가 있어야 한다는 이야기지만 그래도 아직은 엄마가 필요하다니, 이걸 고마워해야 하는 건지 원.

에든버러에서 버스로 세 시간 반 거리에 있는 인버네스는 네스강 하구에 펼쳐진 작은 도시로 하일랜드 여행의 기착지이다. 돌아보는데 30분도 채 안 걸리는 호젓한 마을에서 1박을 한 뒤 우리는 네버랜드의 모델이었을지 모르는 스카이 섬으로 향한다. 피터팬과 팅커벨이 나타나 요정 가루를 뿌려주면 사뿐히 날아갈 텐데, 아직 정식으로 초대받지 못한 두 여자아이는 덜컹거리는 버스를 타고 세 시간 넘게 가야 한다.

그래도 우리는 버스 차창 너머로 시시각각 깊어지는 하일랜드의 푸름과 아찔하도록 웅장한 풍광에 마냥 설렌다. 때때로 나뭇가지가 버스 유리창을 긁고 가는 것조차 그렇게 유쾌할 수가 없다. 언제 어디에서나 긍정의 소스를 찾아 환하게 웃을 수 있는 여유. 점점 내가 피터팬의 마음을 닮아가는 것인지도 모르겠다.

대자연의 보물창고인 스카이 섬은 하일랜드 서쪽에 있는 섬들 중 가장 크다. 스카이 섬을 둘러보기로 한 날 아침, 눈을 뜨자마자 커튼부터 열어본다. 역시 BBC 일기예보는 틀림없다. 전날보다 더 테러블한 날씨가 될 거라더니 굵은 빗방울이 사정없이 떨어지고 있다. 호스텔 건너편에 있는 가로수는 휘어질 것처럼 온몸을 흔들고, 솜이불처럼 두꺼운 구름은 금방이라도 세상을 뒤덮을 것만 같다. 내가 본 어떤 날씨도 이보다 더 테러블할 순 없다.

스카이 섬을 순환하는 버스는 하루에 고작 2회에서 4회 사이다. 택시를 대절하지 않는 이상 우리의 선택은 1일 투어 밖에 없다. 하지만 투어 시작 시간인 오전 10시가 다가오도록 먹구름이 개기는커녕 층층이 쌓여간다. 이렇게 되면 '하프 데이 투어'밖에 못하는데. 전날 투어회사와 했던 통화가 생각나자 또 다시 억울해진다.

스카이 섬 투어는 두 종류다. 일곱 시간짜리인 '풀 데이 투어'와 네 시간이 안 되는 '하프 데이 투어'. 풀 데이 투어는 30파운드인데 반나절이 20파운드이니 당연히 풀 데이가 유리하다. 하지만 전날 나와 통화한 투어회사의 담당자는 풀 데이를 하든 하프 데이를 하든 아이는 무조건 15파운드를 내야 한다고 했다. 그러면서 내일은 폭풍우가 칠 테니 하프 데이 투어를 해야 할 거란다.

부당하다는 생각이 들어 이유를 물었더니 뭐라고 대답을 하는데 도무지 알아들을 수가 없었다. 하긴 내가 무슨 수로 스코티시들의 강한 억양을, 그것도 전화로 알아듣겠는가. 그냥 5파운드만 깎아달라고 했더니 그것도 안 된다고 딱 잘라 말한다. 결국 에누리는 포기하고 10시 약속만 재확인한 뒤 전화를 끊었다. 속 보이는 말만 꺼내고 본전도 못 찾으니 괜스레 속상하다. 하지만 어찌 생각하면 당연한 일이다. 그들은 이미 알고 있다. 스카이 섬까지 꾸역꾸역 올라온 외국인이 단돈 5파운드를 못 깎아서 투어를 포기하는 일은 절대로 없는 것이다.

유쾌하지 않았던 투어회사의 첫인상은 아니나 다를까, 투어 당일로 이어진다. 비바람이 몰아치는 정류장에 버스가 나타난 것은 약속 시간을 훌쩍 넘긴 10시 17분. 하얀 미니버스가 들어오자 남미 남자 셋, 유럽 여자 둘, 그리고 나와 지안이가 우르르 다가간다. 이미 버스 앞좌석에 앉아 있는 여자까지 인원은 모두 여덟 명이다. 운전기사 겸 가이드는 인원수를 세어보더니 인상을 찌푸린다. 버스 정원은 일곱인데 착오가 생긴 것 같다며 보스에게 전화를 걸더니 긴 통화를 끝내고 내게 다가온다.

"우리가 당신 딸을 생각하지 못하고 예약 상 실수를 저질렀네요. 여덟 명이 탈 수는 없으니 당신들은 일단 돌아갔다가 오후 1시에 다시 오세요. 그때 투어를 할 수 있도록 조치해두겠습니다."

가이드는 미안하다고 말하며 정말 미안한 표정을 짓는데 나는 어이가 없다. 지안이를 생각 못했다니. 나는 버스 안에 장착된 유아용 카시트를 가리킨다.

"저건 내 아이를 위해 가져온 카시트 아닌가요? 우리 때문에 인원 수가 잘못된 건 아닌 것 같은데요."

"정말 미안하지만 저로선 어쩔 수가 없네요. 보스가 그렇게 얘기해줬거든요."

안다. 가이드의 잘못이 아니다. 보스가 예약을 잘못 받은 것이다. 어제 5파운드를 깎아주지 않았던 보스는 상황이 이렇게 되자 성인가격을 받아낼 수 없는 지안이를 제외시킨 게 아닐까.

비는 내리고 바람은 불고 시간은 흘러간다. 내가 고집을 피워봤자 내 편을 들어줄 사람은 없다. 미니버스에 타려다 내쳐진 아이만 멀뚱멀뚱 엄마를 쳐다볼 뿐이다. 내가 어쩔 수 없다는 몸짓을 하며 버스에서 뒷걸음치자 냉큼 우리를 제외한 여섯 명의 관광객이 버스에 올라탄다. 가이드는 다시 한 번 미안하다고 말한 뒤 버스를 타고 가버린다. 뒤도 돌아보지 않고, 빠르게, 아주 빠르게.

허탈함과 함께 가슴 밑바닥에서부터 화가 부글부글 끓어오른다. 오후 1시에 다시 만나자는 약속은 믿을 만한 것일까. 여기까지 오느라 여섯 살 아이를 어르고 달랬던 길 위의 수많은 에피소드들이 떠오른다. 다른 욕심 없이 그저 피터팬의 네버랜드를 느끼고 싶었던 것뿐인데, 이건 뭐 피터팬을 만나기도 전에 후크 선장에게 내쳐져 네버랜드에는 발도 못 붙이게 된 느낌이다. 아이는 멀어지는 버스 뒤꽁무니를 바라보며 이상하다는 듯 묻는다.

"엄마, 버스 탄다며? 투어 안 해?"

"그게···. 아저씨가 사람 수를 잘못 세었나봐. 우리는 저 버스에 탈 수가 없었어."

"그럼 우린 오늘 버스 안 타?"

"이따 점심 먹고 다시 만나자고 해서 알았다고 했어. 비가 오니까 일단은 숙소에 가서 놀자."

비 오는 길을 걸어 숙소로 돌아가는데 어쩌나 서러운지. 영어만 유창하게 잘했어도 당장 보스에게 전화를 걸어 요목조목 따질 텐데. 아니다, 나는 어차피 그런 위인이 못 된다. 오늘이 아니면 스카이 섬을 둘러볼 기회가 없으니, 부디 그들이 우리를 버리지 않기를 바랄 수밖에.

혹시나 하는 심정으로 인포메이션 센터를 찾아가 하소연도 해 보았다. 하지만 역시나 그들 또한 다른 방도가 없다. 모든 투어는 오전 10시에 시작하기 때문에, 10시가 훨씬 넘은 지금은 예약할 수 있는 투어가 없다는 것이다. 속상하다고 했더니 정말 속상하겠다며 내 마음을 읽어주는 인포메이션 센터의 할머니. 함께 안타까워해주는 그녀의 눈빛에 나는 조금 위로를 받는다.

호스텔은 호텔과 달리 투숙객이 자기 마음대로 하루 종일 객실에 틀어박혀 있을 수 없다. 리셉션은 아예 오전 11시부터 오후 5시까지 문을 닫고 그동안 청소를 한다. 때문에 우리가 머물 수 있는 장소는 부엌뿐. 아침저녁으로 맛있는 냄새가 풍기고 여행객들의 말소리와 웃음소리가 흘러나오던 부엌은 지금 텅 비어 있다.

우리가 부엌에서 시간을 보내는 동안 건물 어디에선가 진공청소기의 소음이 들려온다. 창밖은 바다도 하늘도 진공청소기가 빨아들인 먼지처럼 뿌연 회색이다. 아이는 아침부터 기운이 빠진 엄마를 위해 제법 혼자 잘 놀아주고 있다. 여행자들이 가지고 놀던 보드게임을 펼쳐놓고 제 마음대로 룰을 정해 게임을 한다. 그 모습을 물끄러미 쳐다보고 있으니 부글거리던 마음이 차츰 가라앉는다. 청소를 하던 할아버지는 텅 빈 호스텔에 남아 있는 우리가 반가운지 오며가며 우리를 챙겨준다.

"아이가 참 귀엽네요. 몇 살이에요?"

"아가야, 여기 초콜릿 좀 먹으련?"

"혹시 커피나 차를 마시고 싶으면 여기 있는 걸로 먹으면 돼요. 아가야, 주스 마실래? 여기 컵 있다."

할아버지가 건네준 초콜릿과 커피와 주스. 상처 받았던 마음이 또 그렇게 치유된다.

"엄마, 몇 시야? 1시 안 됐어?"

"좀 지났어."

"근데 왜 버스 안 와?"

"그러게, 1시까지 온다고 했는데."

오후가 되었는데도 비는 여전히 그칠 줄을 모른다. 아니, 아침보다 더 힘차게 내린다. 버스정류장의 한 평 남짓한 지붕 아래에서, 우리

는 닭튀김과 감자튀김을 먹으며 버스를 기다린다. 엎어놓은 우산에
서 빗물이 뚝뚝 떨어진다. 차가운 바람에 그새 식어버린 닭튀김의 살
코기를 발라 아이에게 먹여주다가 피식 웃음이 났다. 여행 내내 날이
흐렸는데 언제 탔는지 아이의 두 볼이 울긋불긋하다. 입가에 토마토
케첩까지 벌겋게 묻힌 모습을 보니 거지가 따로 없다. 평소에 그렇게
예쁘게 입혀주고 신경 써서 머리를 묶어주었는데, 지금 내 앞에 있는
이 시커먼 아이는 도대체 누구인지 모르겠다.

"엄마, 왜 웃어?"

"그냥 웃었어."

"나 보고 웃은 거지! 왜? 왜 웃는데?"

"아냐, 딴 생각하다 웃은 거야."

"아닌 것 같은데! 나 때문에 웃은 거 같은데!"

엄마가 좀 웃었다고 새침한 표정으로 따지는 아이. 요즘은 마음대
로 웃지도 못한다. 이유 없이 웃으면 자기를 놀리는 줄 알고 삐져버
린다. 항상 조심, 또 조심해야 한다.

이윽고 버스 정류장 안으로 커다란 시티링크 버스가 들어오더니
사람들이 우르르 내린다. 비가 오니 일단 좁은 정류장 안으로 비집고
들어오는 사람들과 배낭들. 그 작은 공간이 금방 꽉 찼다. 시끌시끌
여러 나라 말이 한꺼번에 터져 나온다. 하지만 나는 그 와중에 익숙
한 한국어를 놓치지 않는다.

"내일 아침 버스 노선을 확인해야 하니까 당신이 애들 데리고 잠깐만 기다려봐."

아, 이 얼마나 반가운 한국말인가. 기쁜 마음에 나도 모르게 벌떡 일어나 그들에게 다가간다.

아빠와 엄마, 열 살 나정이와 일곱 살 태민이는 지금 막 포트리에 도착했다. 태민이네 가족은 우리와 같은 호스텔에 묵을 예정이다. 내가 호스텔의 위치를 알려주고 1시에 투어버스를 만나기로 했다고 말하자, 짐만 놓고 나올 테니 자신들도 합류할 수 있도록 기다려달라고 한다. 20분이 지나도록 버스가 오지 않았으니, 어쩌면 두 가족이 함께 투어를 할 수 있을지도 모르겠다.

"우리는 내일 이 섬을 나가야 해요. 날씨도 안 좋고 투어 시간도 안 맞고, 여기까지 온 것에 만족하면서 버스에서 내렸죠. 그런데 1시 투어를 할 수 있다니, 기운이 나네요."

태민이네 가족은 우리 덕분에 힘이 난다고 하지만 그들의 등장으로 힘을 얻은 것은 바로 나다. 끝내 투어버스가 나타나지 않는다 해도 그들과 또 다른 방도를 찾아낼 수 있을 것 같다. 우리는 의지의 한국인이니까.

잠시 후, 호스텔에 짐을 내려놓고 돌아온 그들은 오히려 내게 반가운 소식을 알려준다. 하루에 2~4회만 운행하는 스카이 섬 순환버스가 곧 출발한다는 것이다. 노란색과 초록색이 예쁘게 칠해진 그 버스는 2층이 오픈되어 있고, 요금도 7.40파운드밖에 되지 않았다. 게다

가 지안이 요금은 받지도 않는다. 투어버스와는 질적으로 차이가 나겠지만 어차피 내게는 선택의 여지가 많지 않다. 어차피 우리도 내일 아침이면 이곳을 떠나야 한다. 나머지 시간도 호스텔에서 보낼 것인가, 아니면 그토록 기대했던 스카이 섬을 둘러볼 것인가. 우리의 선택은 물론 후자다.

우리는 냉큼 태민이네 가족을 따라 버스에 올랐다. 아이는 우리나라 언니 오빠를 만났다는 것만으로도 잔뜩 신이 났다. 비가 흩뿌리고 있지만 멋을 아는 내 동행자는 아랑곳하지 않고 2층으로 올라간다.

"엄마, 너무너무 재밌어. 비도 맞구."

"그, 그래? 그렇지만 춥지 않을까? 비도 많이 오고 바람도 너무 강한데. 우리 그냥 내려가자, 지안아. 엄마 추워. 1층에서도 잘 보인대."

"2층에 있어야 다 보이지. 그리고 엄마, 이건 추운 게 아니라 시원한 거야."

백 번 맞는 말이다. 정말 다 볼 수 있다. 제대로, 완벽하게, 스카이 섬을 온 몸으로 느낄 수 있다. 비와 바람과 구름과 안개 속으로 내가 고스란히 스며드는 느낌, 속상하고 상처 받았던 일들이 훌훌 날아가 버리는 느낌.

"지안이 말이 맞다. 비를 맞으니까, 바람을 맞으니까 더 좋네. 쨍쨍하고 환한 날이었으면 이 섬하고 안 어울렸을 것 같아."

"나도 그렇게 생각해, 엄마. 비가 더 맞아, 여기하고는.

스코틀랜드 게일어로 '구름'이라는 뜻의 스카이 섬은 언제나 안개

가 끼고 보슬비가 내린다고 하더니, 역시 비오는 날이 제격인 듯싶다. 우리는 전화위복이라는 말을 제대로 실감한다. 편하고 안락한 미니버스는 놓쳤지만, 스카이 섬을 제대로 느낄 수 있는 저렴하고 다이내믹한 이층버스를 탔다. 유려하면서도 능청스러운 전문가의 설명은 못 들었지만, 정통 스코티시의 투박하면서도 성의 있는 섬 자랑을 들었다. 스카이 섬의 더 많은 황량하고도 아름다운 자연경관을 보지는 못했지만, 버스 운전기사가 산을 좋아하고 술을 좋아하는 사람이라는 사실도 알게 되었다.

탁 트인 절벽의 아름다운 경관을 배경으로 우리의 사진을 찍어주다 말고 버스 운전기사인 닐Nil이 묻는다.

"치즈. 중국에서는 뭐라고 해?"

"김치. 우린 한국인이야."

"와, 반가워. 난 한국을 사랑해. 1987년, 올림픽 바로 전에 아내와 여행도 했었지."

"우와, 그 옛날에 우리나라에 왔었다고? 대단해. 뭐가 가장 기억나?"

"한 달 정도 여행했는데 말이야, 지리산도 가고 부산이랑 광주도 가고 무등산에도 오르고…. 다 좋았어."

"와, 무등산까지? 근데 그 시절에 어떻게 우리나라에 왔어? 한국을 모르는 사람들이 더 많았을 때인데."

"난 산을 좋아해서 한국에 산이 많다는 이야기를 듣고 갔어. 그거 알아? 스코틀랜드와 한국은 굉장히 비슷한 데가 많아. 아름다운 산과 계곡도 그렇고, 술을 좋아하는 것도 비슷해. 아까 뭐가 가장 기억나느냐고 물었지? 산을 오르는데 막걸리 파는 곳이 있었어. 거기서 한 잔 했던 게 제일 생각나. 땀을 뻘뻘 흘리며 산을 오르다가 자연 속에 파묻혀 있는 술집을 만나다니, 정말 근사했어. 거기에서 마신 술은 정말 최고였어."

스코틀랜드와 스카이 섬의 아름다움을 알려주던 닐은 어느새 우리나라의 아름다움을 예찬하고 있었다. 우리에게는 늘 보는 만만하고 뻔한 풍광이지만 외국인에게는 오밀조밀하면서도 섬세한 산세와 산속에 파묻힌 술집이 아름다웠나 보다.

"재미있는 이야기 하나 해줄까? 한국에서 돌아오자마자 아내가 임신했다는 것을 알았어. 난 지금도 딸에게 농담을 해. 네가 입고 있는 옷에는 모두 '메이드 인 코리아'라고 써놔야 한다고 말이야."

껄껄 웃는 그의 얼굴이 호탕해 보인다. 그 딸이 벌써 스물다섯 살이라니, 대단한 세월이다.

오늘 우리는 착한 피터팬이 아닌 장난꾸러기 피터팬을 만났다. 의젓한 웬디를 만나고 싶었지만 질투 많은 팅커벨에게 놀림을 당했고, 순진한 아이들과 인어를 만나고 싶었지만 후크 선장에게 붙잡혀 네버랜드 밖으로 내쫓길 뻔했다. 스카이 섬은 네버랜드의 모델이라기엔 너무 크고 웅장한 섬이다. 하지만 하늘과 바다가 맞닿아 있는 평

화로운 풍경 때문에, 이곳에 오면 누구라도 어린 시절의 순수를 떠올릴 수 있을 것 같다.

　"웬디, 아기가 태어나서 처음으로 웃으면 말이야,

　그 웃음은 천 개의 조각으로 부서져서 통통 굴러다니는데, 그게 바로 요정이야."

　피터의 이야기는 뻔했지만, 집에서만 살아온 소녀 웬디는 귀가 솔깃해졌다.

　피터는 친절하게 이야기를 계속했다.

　"그리고 말이야, 소년소녀들에게는 원래 요정이 한 명씩 있어야 해."

　"있어야 한다니? 그럼 없단 말이야?"

　"아예 없는 건 아니야. 너도 알겠지만 요즘 아이들은 아는 게 많잖아.

　그러다 보니 아이들은 금세 요정을 믿지 않게 돼.

　그래서 아이들이 '난 요정을 믿지 않아'라고 말할 때마다

　어딘가에서 요정이 하나씩 죽고 말지."

─《피터팬》 중에서

　"그건 아주 오래 전 일이란다, 얘야." 웬디가 말했다.

　"아아! 세월 한 번 빠르게 지나갔구나!"

　"세월은 엄마가 어릴 때 날았던 것처럼 빨리 지나갔나요?"

　아이가 영악하게 물었다.

"내가 날았던 것처럼! 제인, 그거 아니?

엄마는 가끔 내가 정말 날긴 했었나 하는 생각이 든단다."

"맞아요. 엄마는 날았어요."

"그렇게 날았던 옛날이 좋았더랬지."

"그런데 엄만 왜 지금은 날지 못해요?"

"어른이 되었기 때문이란다, 얘야. 사람들은 어른이 되면 나는 법을 잊는단다."

"왜 그러는데요?"

"어른들은 더 이상 쾌활하지도 순수하지도 이기적이지도 않으니까. 오직 쾌활하고 순수하고 이기적인 사람만이 날 수 있단다."

-《피터팬》 중에서

고맙게도 아직 지안이는 요정의 존재를 믿는다. 산타클로스 할아버지도 믿고 있다. 어른 없이 어린이들만 사는 나라가 싫은, 엄마가 아직 곁에 있어줘야 하는 나이다. 하지만 시간은 흐르고 아이들은 자란다. 머지않아 지안이도 엄마가 요정이나 산타클로스 이야기를 하면 피식 웃겠지.

그때가 되더라도 부디 마음 한구석에 자리 잡은 너의 어린이마저 밀어내지는 않기를. 결혼을 하고 또 한 아이의 엄마가 되더라도, 한때는 날 수 있었던 쾌활하고 순수한 어린이였음을 기억하기를. 그렇게 언제까지나 네 안의 어린이와 함께 하기를.

제임스 매튜 배리 경

Sir James Matthew Barrie (1860년 5월 9일~1937년 6월 19일)

스코틀랜드 에든버러에서 태어난 극작가이자 소설가.

에든버러 대학을 졸업한 후 잠시 신문기자로 활동했고, 후일 런던으로 진출해 소설과 희곡을 쓰며 이름을 알렸다. 《피터팬》을 쓴 공을 인정받아 기사 작위와 함께, 영국 국민에게 주는 최고의 명예인 메리트 훈장을 받았다.

하지만 유년시절은 그다지 행복하지 않았던 것으로 전해진다. 형의 죽음으로 심한 충격을 받았고, 사랑하는 아들을 잃고 우울증에 시달리는 어머니를 위해 형의 옷을 입고 형을 흉내 내며 살았다. 배리는 이런 비극적인 기억을 문학 작품으로 승화시켰는데, 열두 살에 죽음으로써 영원히 아이로 남은 형과 성장을 멈춘 자신의 모습을 '영원한 소년 피터팬'에 투영한 것이다.

원래 피터팬이라는 인물은 그의 소설 《켄싱턴 공원의 피터팬》에서 새와 요정에 둘러싸여 신비한 삶을 사는 아기로 등장했다. 그러다 희곡 《피터팬》에서 네버랜드의 날아다니는 소년 영웅으로 바뀌었고, 1911년에 《피터와 웬디》로 소설화되었다.

저서 : 소설 《소년 표류자》 《드럼즈의 창》 《켄싱턴 공원의 피터팬》 《피터와 웬디》, 희곡 《훌륭한 크라이튼》 《친애하는 브루스트》

참 높다. 탑이라고 하기엔 너무 높고, 빌딩이라고 하기엔 너무 시커멓고.

스코틀랜드에 오자마자 공항버스를 타고 에든버러 기차역에 내렸을 때, 나는 이것과 맞닥뜨리고 무척 놀랐다. 뭐 저렇게 크고 시커먼 구조물이 도심 한가운데 서 있을까. 알고 보니 그것은 월터 스콧 경의 기념탑이었다.

월터 스콧은 1771년에 에든버러에서 태어나 수많은 명작을 남긴 스코틀랜드의 대표 작가다. 60미터 높이의 이 구조물은 그를 기리기 위해 지은 스콧 모뉴멘트, 우리로 치면 광화문의 이순신 장군처럼 에든버러의 상징이 되어버린 기념탑이다.

하지만 에든버러에 머무는 동안 스콧 모뉴멘트를 다시 보기 위해 올드타운에서 뉴타운까지 내려오기란 쉽지 않았다. 에든버러의 중심부인 로열마일을 걸어 다니며 곳곳에서 펼쳐지는 퍼포먼스를 구경하는 것만으로도 우리는 늘 시간이 모자랐기 때문이다.

그러다 바람이 몹시 부는 오늘, 우리는 무엇에 이끌리기라도 한 듯 세찬 바람을 가르며 웨이벌리 역까지 왔다. 이 역의 이름도 월터 스콧의 소설에서 따온 것이라고 했던가. 멀리서도 잘 보이게 삐죽이 솟아 있는 기념탑은 섬세한 조각상으로 재현된 그의 소설 속 인물들을 껴안은 채 세월의 흐름을 보여주고 있었다. 그을음으로 완전히 색이 바랬지만 그래서 더 웅장해 보인다. 굴곡 많았을 스코틀랜드의 역사를 그대로 반영한 모습이다.

날카로운 바람에도 불구하고 주말을 앞둔 스콧 모뉴멘트에는 여유로운 사람들로 가득했다. 기념탑을 배경으로 웨딩사진을 찍는 신랑 신부의 모습을 보니 이곳까지 잘 왔다는 생각이 들었다. 하얀 웨딩드레스를 입은 신부와 들러리도 아름답지만, 스코틀랜드 전통의 상인 킬트를 입은 신랑과 신랑 친구들의 익살스러운 포즈도 재미있는 구경거리였다.

"엄마, 아저씨들이 치마 입었어!"

조금 전까지만 해도 목도리 속에 얼굴을 파묻고 있던 아이는 열심히 뛰어다니며 그들을 카메라에 담느라 바쁘다. 동서양을 막론하고 웨딩드레스를 입은 사람들만이 지니는 행복 바이러스가 그들에게서도 퍼져 나오는 듯하다. 그것은 스콧 모뉴멘트 주변을 한가롭게 거닐고 있는 사람들의 입가에도 작은 미소를 만들어준다.

300개의 계단을 올라 스콧 모뉴멘트 전망대에 섰다. 에든버러에는 홀리루드 공원, 칼튼 힐, 에든버러 성 등 전망 좋은 곳이 워낙 많기 때문에 이곳은 사실 다른 곳들에게 다소 밀리는 편이라고 한다. 하지만 같은 그림도 어느 거리에서 바라보느냐에 따라 감동이 달라지듯, 60미터 높이에서 바라본 에든버러는 또 다른 아름다움으로 내 마음을 울린다.

혹시 스콧 모뉴멘트가 60미터인 이유를 아시는지? 브리튼섬을 지배했던 앵글로 색슨족의 후예인 잉글랜드인과 그들에게 쫓겨나 오랜 세월을 싸워온 켈트족의 후예인 스코틀랜드인. 두 민족은 역사가 이어지는 내내 사사건건 서로에게 맞섰다.

잉글랜드인들이 잉글랜드 역사에서 가장 존경받는 위인 중 한 사람인 넬슨 제독의 동상을 트라팔가 광장에 세우자, 스코틀랜드인들은 에든버러 한복판에 월터 스콧의 기념탑을 세웠다. 그것도 넬슨 기념탑보다 딱 5미터 더 높게 말이다. 다소 유치하다는 생각도 들지만, 같은 땅에서 늘 우위를 점했던 잉글랜드인들을 어떻게든 이기고 싶

어 하는 스코틀랜드인들의 절실한 마음이 읽히는 대목이다.

월터 스콧은 셰익스피어와 대적할 위대한 작가이자, 역사적 사실에 허구의 인물을 넣어 역사소설을 더욱 드라마틱하게 만든 최초의 작가다. 하지만 무엇보다 근사한 것은 그런 월터 스콧을 기리기 위해 기념탑을 세운 스코틀랜드인들이 아닐까. 그 옛날, 한 작가를 기리기 위해 기념탑을 세웠다니. 에든버러에서 유독 대단한 작가들이 많이 탄생한 것은 그 이유 때문이 아닐까. 〈올드 랭 사인〉으로 잘 알려진 스코틀랜드의 국민시인 로버트 번스를 비롯하여 《보물섬》, 《지킬박사와 하이드》의 로버트 루이스 스티븐슨, 《셜록 홈즈》의 코난 도일에 이르기까지 말이다.

우리는 에든버러에 있는 내내 월터 스콧의 후배 작가들의 발자취를 따라다녔다. 에든버러에서의 첫 일정으로 《보물섬》의 모티프가 된 섬을 보기 위해 홀리루드 공원을 갔었고, 마지막 일정으로 《해리 포터》 시리즈의 작가 조앤 K. 롤링이 글을 썼던 카페 '코끼리 하우스'를 갔다.

로열마일에서는 《지킬박사와 하이드》의 모델을 만나기도 했다. 점심을 먹기 위해 레스토랑과 카페를 기웃거리던 우리 앞에 뻔뻔하게 모습을 드러낸 디콘 브로디의 동상. 그는 길드의 수장이면서 밤이면 흉악한 도적으로 변해 에든버러 사람들을 공포에 빠뜨렸다고 한다.

그랬던 그가 이제는 카페의 문지기로 관광객을 불러 모으고 있으니 이 얼마나 아이러니한 일인지. 이전까지는 제대로 인정받지 못했던 추리소설을 하나의 장르로 확립시킨 코난 도일의 생가를 찾아가기도 했고, 방랑시인인 로버트 번스의 책상과 원고가 있는 작가 박물관도 들렀다.

특히 에든버러에서의 마지막 일정이었던 '엘리펀트 하우스'의 창가에 앉아 있을 때에는 이런저런 메모를 하면서, 나도 조앤 K. 롤링처럼 누구나 즐겁게 읽을 수 있는 글을 쓸 수 있다면 얼마나 좋을까, 하는 생각도 조심스럽게 해보았다.

언제부터인가 월터 스콧의 글은 현대인들의 관심 밖이 된 듯하다. 그의 대작인 《아이반호》만 해도 책을 읽은 사람보다 영화로 기억하는 사람들이 더 많으니 말이다. 하지만 월터 스콧처럼 기본과 틀을 잡아준 대선배가 있어 이 땅에서 멋진 작가들이 새순 돋듯 쉬지 않고 솟아난 게 아닐까.

커피 향 같이 진한 에든버러를 떠올리며 스콧의 책을 다시 한 번 찬찬히 잘근잘근 읽어내야겠다.

월터 스콧

Walter Scott (1771년 8월 15일~1839년 1월 28일)

역사소설가, 시인, 역사가.

생후 1년 반 만에 소아마비에 걸려 오른쪽 다리에 장애를 가지게 되었다. 변호사인 아버지의 영향으로 변호사가 되었으나, 어릴 때부터 민요에 관심이 많았던 그는 여러 나라들의 민요와 전설들을 수집, 출판했다.

1805년 《마지막 음유 시인의 노래》를 발표하여 명성을 얻었으며, 1813년 시인으로서는 최고의 영예인 계관 시인에 추천되었으나 사양하였다.

1814년 《웨이벌리》를 시작으로 소설을 쓰기 시작했는데 모두 27부 70권이나 되며, 거의 대부분 역사적 사실을 배경으로 한 작품들이다. 특히 1819년에 발표한 《아이반호》가 유명하다. 1820년 준남작 작위를 받았다.

그는 영국 낭만주의 소설의 대표 작가로서, 작품에 대중적인 성격을 부여해 소설을 대중의 것으로 만들었으며, 역사적 사회 소설을 창시했다.

저서 : 3대 서사시 《마지막 음유 시인의 노래》《마미온》《호수의 여인》, 역사소설 《웨이벌리》《로브 로이》《아이반호》

3장
잉글랜드

뉴캐슬
《해리 포터(2)》, 조앤 K. 롤링

"때로는 동화처럼,
때로는 영화처럼"

    동화나라를 찾아온 이번 여행에서 우리가 방문한 도시는 총 스무 곳. 그중에서 잉글랜드 북동부에 있는 뉴캐슬어폰타인은 동화나라와 가장 거리가 먼 곳이다.

    흔히 뉴캐슬이라고 줄여 부르는 이 지역은 영국 땅 중간쯤에 있어 스코틀랜드에서 잉글랜드로 내려가다 잠시 들르기에 적당하다. 로마시대에는 로마군의 북진 기지로 이용되다 11세기에 스코틀랜드에 대한 방위 목적으로 새로운 성채가 만들어지면서 '뉴' 캐슬로 불리게 되었다. 주변에 석탄광이 많아 철광과 조선의 도시로 번성

했지만 전후에 쇠퇴했고, 1980년대 새로운 산업도시로 태어나면서 지금의 모습을 갖추었다고 한다. 영화 〈빌리 엘리어트〉의 배경이 된 곳이기는 하지만 동화와는 전혀 상관없는 이곳을 찾아온 이유, 그것은 순전히 영화 〈해리 포터〉 때문이었다.

〈해리 포터〉 시리즈가 세계적으로 엄청난 인기몰이를 하게 된 것은 기발한 상상력, 생생한 캐릭터, 선악의 공존에서 비롯된 무궁무진한 스토리 등 원작 소설이 가진 미덕 덕분이기도 하지만, 영화 자체의 완성도도 한몫했을 것이다. 특히 영국을 여행하다 보면 곳곳에서 해리 포터의 영화에 나왔던 장소를 접할 수 있어 여행자를 들뜨게 한다.

더구나 런던, 옥스퍼드, 더럼, 안윅 성 등 영화 속 배경이 되는 곳에는 수백 년에 걸친 영국의 역사가 알알이 박혀 있다. 한 장소에서 영국의 옛 풍취와 최근에 본 영화 속 세상을 함께 누릴 수 있는 기회는 그리 흔치 않으리라. 그 중 나는 북동부 지역에서 두 곳이 꼭 가보고 싶었다. 변신술 수업 장면을 찍은 더럼 대성당과 퀴디치 게임이 이루어졌던 안윅 성. 두 곳을 염두에 두고 노선을 짜다 보니 그 중간에 위치한 뉴캐슬까지 오게 된 것이다.

하지만 기억해라, 해리.
우리가 사랑하는 것은 결코 우리를 떠나지 않는단다.
그것은 항상 여기서 찾을 수 있단다.

죽은 사람을 불쌍히 여기지 마렴, 해리.

살아 있는 사람을 불쌍히 여기렴.

그중에서도 사랑받지 못한 사람들을 불쌍히 여기렴.

만약 어떤 사람에 대해서 알고 싶다면

그 사람이 자신과 동등한 사람이 아닌

자신보다 약한 사람을 어떻게 대하는지 잘 살펴보면 된단다.

말은 무궁무진한 마법의 원천으로서

상처를 입히거나 상처를 치유해주기도 하지.

— 영화 〈해리 포터〉 중에서

"뭐라구요? 다시 한 번 말씀해주시겠어요? 쏜다이? 쏜다이가 뭐지? 지안아, 너 혹시 쏜다이가 뭔지 알아?"

"몰라, 그게 뭔데?"

"엄마도 모르겠어. 그런데 이 아줌마가 자꾸 쏜다이라고 말해."

정말 모르겠다. 다음날 안웍 성으로 가는 버스노선을 알아보기 위해 들른 관광안내소에서, 나는 듣지도 보지도 못한 '쏜다이' 때문에 속이 터질 것 같다. 이미 알고 있는 버스 번호나 확인하려고 했을 뿐인데, 느닷없이 나타나 사람을 당황시키는 '쏜다이'라니. 내 뒤로 줄지어 서 있는 사람들을 보니 더욱 난감하다.

하지만 속이 터지는 것은 관광안내소 직원도 마찬가지일 것이다. 쑨다이를 쑨다이라고 했을 뿐인데 그 쉬운 말을 알아듣지 못해 몇 번을 되묻는 동양 여자라니. 게임처럼 '통과'를 외칠 수도 없고 이 여자에게 뭐라고 쑨다이를 설명해줘야 하나, 딱 그런 표정이다.

얼마동안 그렇게 고개를 갸웃거리고 서 있었을까? 나는 그녀가 들고 있는 타임테이블과 눈빛을 번갈아보며 이런저런 추론을 거듭한 끝에 비로소 깨닫는다.

"아아, 쑨다이, 썬데이! 일요일, 예스! 나 쑨다이에 안윅 성에 갈 거야."

내가 예스를 외치자 그제야 안도의 한숨을 내쉬는 직원. 그녀는 버스노선 X15의 일요일 타임테이블을 보여주며 출발할 시간과 돌아올 시간을 확인시켜준다. 일요일에는 버스가 두 시간에 한 대씩 운행하니 시간을 잘 맞춰야 한다는 친절한 조언과 함께.

관광안내소에서 나오니 한낮의 광장은 시끌시끌하다. 비가 추적추적 내리던 전날 저녁엔 시내 한복판도 영화 〈배트맨〉의 배경처럼 괴기스럽고 음산하더니, 지금의 이 화창함과 북적거림은 언제 어디에서부터 나타난 것일까.

벼룩시장이 열리는 토요일의 광장은 넉넉함이 넘쳐흐른다. 지역 주민들이 직접 만든 초콜릿과 치즈, 빵과 잼을 들고 나왔다. 하지만 이곳은 물가 높은 영국. 벼룩시장이라고 해도 결코 싸지 않다. 하지만 영국인 특유의 자존심과 긍지가 담겨 있는 물건들은 구경하는 것만으로도 오감이 즐거워진다.

일렬로 늘어선 하얀색과 초록색 천막 안에서 행인을 향해 미소 지으며 자신의 상품을 홍보하는 상인이 있는가 하면, 누가 사든 말든 독서 삼매경에 빠져 있는 상인도 있다. 흥얼흥얼 콧노래를 부르며 이미 말끔하게 진열해놓은 상품의 배치를 바꾸고 또 바꾸는 상인이 있는가 하면, 수다를 떠느라 얼마냐고 묻는 손님의 말을 듣지 못하는 상인도 있다. 그들이 팔고 있는 식품이나 액세서리도 멋진 볼거리지만, 나는 개성 있고 고집스러운 영국인들을 구경하는 것이 더 흥미롭다.

"엄마, 우리 저거 살까? 엄마, 우리 이거 먹어볼까?"

이제 아이도 벼룩시장을 제법 구경할 줄 안다. 한국에서는 과자라도 입에 넣어줘야 엄마가 물건 고르는 것을 기다려주던 아이가 이곳에서는 앞장서서 시장을 누비고 다닌다.

"엄마, 이거 갖고 싶어? 내가 사줄까? 아냐, 그건 별로야. 이리 와 봐."

때로는 적극적으로, 때로는 단호하게, 아이는 용돈 주는 언니가 돈 헤프게 쓰는 동생을 대하듯 깐깐하게 참견한다. 그런 아이를 보니 우리가 '살아서', 이렇게 할 일 없이 기웃거리고 있는 것이 얼마나 감사한지.

예정대로라면 오늘 우리는 기차를 타고 더럼 대성당을 갔어야 했

다. 하지만 뉴캐슬에 도착했던 어제, 나는 오랜만에 차지한 호텔의 넓은 화장실에서 옷가지를 몽땅 꺼내놓고 빨래를 하다 미끄러져 장렬하게 화장실 바닥에 뻗어버렸다. 간신히 기어서 침대에 드러누웠더니 아이가 한숨을 내쉬며 이렇게 말했다.

"엄마, 우리 그냥 좀 쉬자."

볼 것도 많고 할 것도 많았던 아일랜드와 스코틀랜드를 거쳐 잉글랜드까지 왔다. 숨차게 달려오는 동안 아이도 좀 지쳤나 보다. 아니, 아이의 눈에 엄마가 지쳐보였을지 모르겠다. 오죽하면 빨래를 하다 넘어졌을까. 넘어지던 순간 머리속이 하얘졌지만 정신을 차린 후에는 살아 있어서 다행이라는 생각만 들었다. 영국의 작은 도시 호텔 화장실에서 속옷만 입고 빨래를 하다가 뇌진탕이라도 왔더라면. 아, 끔찍하다. 이국에 혼자 남겨질 뻔한 아이를 생각하자 세상이 노랗게 변하는 것 같다.

"엄마, 우리 그냥 쉬자니까. 아무데도 가지 말고, 응?"

대답이 없자, 아이는 꼭 확답을 받고 말겠다는 듯 목소리에 힘을 주어 말한다. 나는 꼼짝도 못하고 침대에 누워 멍하니 천장을 바라보며 간신히 대답했다.

"그래, 쉬자. 아무것도 하지 말자."

"아무데도 가지 말고 하루 종일 침대에 달라붙어 있자, 매미처럼."

"그래, 매미처럼."

사실 더럼 대성당을 포기하는 일은 쉽지 않았다. 해리 포터가 변신술 수업을 받는 장면이나 비둘기를 날려 보내는 장면이 자꾸 눈에 아른거렸다. 게다가 여행 전 여러 블로그에서 봤던 풍경은 얼마나 아름다웠는지. 크게 휘어진 위어강을 사이에 두고 언덕 위에 세워진 성과 대성당은 카메라에 꼭 담고 싶을 만큼 고혹적이었다. 하지만 아이와의 여행은 나를 다스려야 하는 여행, 내 욕망을 비워야 하는 여행이다. 아이가 하루쯤 침대에 달라붙어 있고 싶다는데, 매미가 되고 싶다는데, 그까짓 영화 속 성이 대수냐. 그래, 쉬자. 내일은 아무데도 가지 말고 푹 쉬자.

그래서 우리는 오늘 느지막이 일어났다. 오전 내내 침대에서 뒹굴었다. 화장실 갈 때를 빼고는 바닥에 발도 내딛지 않았다. 그런데 오전이 휘리릭 지나가고 점심때가 되자 그만 엉덩이가 들썩이는 것이다. 창밖으로 보이는 하늘이 너무 맑은 탓도 있었다. 호텔이 기차역 바로 옆인 탓도 있었다. 기차소리는 토요일의 활기를 주체하지 못한 채 5층이나 되는 우리 방 창문까지 뻗쳐 올라왔다. 나도 나지만, 아이도 호기심이 발동했나 보다.

"엄마, 너무 시끄럽지 않아? 우리 나가볼까?"

아이의 말이 끝나자마자 우리는 용수철처럼 튀어 올라 바람처럼 준비를 끝내고 밖으로 달려 나갔다. 찻길을 건너, 누워 있거나 걸어가는 동상들 옆을 지나 구 시가지 안으로 들어섰더니 저 멀리 높다랗게 솟은 얼 그레이의 기념물이 보였다.

홍차의 쌉쌀한 맛을 선호하지 않는 내가 유일하게 마시는 차가 얼 그레이다. 홍차의 한 종류인 줄만 알았던 얼 그레이가 19세기 영국의 수상이었다니, 뉴캐슬에 와서 처음 알게 된 사실이다. 그는 외교사절로 중국 두메산골을 방문했다가 그 지방 노인이 내놓은 차 맛에 반했다고 한다. 그는 노인에게 블렌딩 기법을 배워 영국에 전파했는데 그것이 오늘날 우리가 마시는 얼 그레이란다. 바로 그 얼 그레이 백작의 동상을 중심으로 벼룩시장이 한창이었다.

"엄마, 피에로다! 나도 풍선 달라고 할래."

"엄마, 저 언니 머리색이 보라색이야. 어? 뒤에는 초록색이네?"

"엄마, 방금 지나간 아저씨 봤어? 아저씨가 입고 있는 옷 봤어? 막 쇠사슬이 달려 있어."

나도 아이만큼이나 사람들을 구경하는 게 재미있다. 지나가는 10대 아이들이 모두 '써니'다. 무스로 **빳빳하게** 세운 앞머리, 초록색 보라색 주황색으로 요란하게 염색한 머리카락, 징이 박힌 옷과 쇠사슬이 달린 바지. 맞다, 디스코바지를 입은 아이들도 서너 명은 봤던 것 같다. 촌스럽다고 하기에는 미안하고, 세련되었다고 하기에는 모자라는. 정말이지 뉴캐슬은 내가 가본 영국 도시 중 가장 희한한 곳이다.

하루 종일 침대에서 빈둥거리다가 잠깐 시장 구경, 사람 구경을 하고 돌아오는 길, 아이가 웃으며 말한다.

"엄마, 쉬는 것도 재미있지!"

다음날은 썬다이, 우리는 안윅 성으로 가기 위해 새털처럼 가벼운 기분으로 길을 나섰다. 노섬벌랜드 주에 있는 안윅 성은 스코틀랜드에 대항해 잉글랜드 북동부를 지키는 데에 사용했던 요새로 영화 〈해리 포터〉에서 퀴디치 게임을 했던 장소다.

안윅 성으로 가는 버스는 우리 숙소에서 전철로 두 정류장 떨어져 있는 헤이마켓 터미널에서 출발하기로 되어 있었다. 두 시간마다 한 대씩 출발하는 버스를 놓치면 큰일이라는 사실을 깜빡한 탓에, 우리는 여느 때처럼 골목을 기웃거리며 능장을 부리다가 막판에 전력질주를 해서 겨우 버스에 올라탔다.

"지안아, 괜찮아? 물 좀 마실래?"

"난 괜찮아. 엄마도 괜찮아?"

제법이다. 이제 아이는 엄마를 챙길 줄도 안다. 우리는 헉헉대며 이층버스에 앉아 안도의 한숨을 쉰다. 아니나 다를까. 버스 안에는 기대감이 풍선껌처럼 부풀어 있다. 어른 아이 할 것 없이 다들 진짜 해리 포터에게 사인이라도 받을 것처럼 들떠 있다.

"엄마, 거기 가면 해리 포터 오빠 있어? 그리고 헤르… 뭐더라? 헤리, 헤르미, 아 뭐지? 그 언니도 만날 수 있어?"

지안이도 이제 해리 포터와 헤르미온느를 안다. 며칠 전 기차 안에서 〈해리 포터〉 1편을 봤기 때문이다. 사실 〈해리 포터〉는 여섯 살짜리 아이가 보기에는 무서운 영화다. 유령이나 괴물들의 모습도 그렇고, 어둡고 음습한 풍경도 그렇다. 주요인물 중 하나인 스나이퍼 교수만 해도 얼마나 그로테스크하게 생겼는가.

　요약본 동화도 출간되지 않아서, 아이는 내내 해리 포터의 존재를 알지 못했다. 하지만 안윅 성이든 해리 포터 스튜디오든, 아이가 내용을 알아야 재미있을 것 같아서 무서울 것 같은 부분만 빼고 영화를 보여주었다. 아이는 인상을 쓰고 연신 엄마 손을 힘주어 잡으면서도 화면에서 시선을 떼지 못했다. 그리고 오늘은 해리 포터가 퀴디치 게임을 했던 성에 간다고 했더니 정말 그 성에 가면 영화 속 언니 오빠들을 볼 수 있느냐고, 누군가 하늘을 나는 것도 볼 수 있느냐고, 묻고 또 묻는다.

　"엄마, 여기 진짜 좋아. 정말 재미있어!"

　달려와 엄마를 꼬옥 끌어안는 아이. 지금까지 여행한 곳 중에서 제일 신기한 것이 많은 모양이다. 그도 그럴 것이 이곳은 해리 포터도 오면 푹 빠질 100퍼센트 어린이들을 위한 성이다. 일단 받아든 지도부터 달랐다. 성의 내부가 알록달록 만화로 그려져 있다. 들어가자마자 맞닥뜨린 광경도 사람들이 일렬로 줄을 서서 마법의 빗자루로 레슨을 받는 모습이었다. 어른 아이 할머니 할아버지 모두가 주문을 외우며 빗자루를 들었다 놨다 들었다 놨다, 다리 사이에 빗자루를 끼우고 점프 점프!

　어떻게 이 장면을 가만히 보고만 있겠는가. 우리는 부랴부랴 달려가 줄 끝에 선 뒤, 온 정신을 다해 주문을 외운다. 수리수리마수리! 아브라카다브라! 쿵따리샤바라! 아는 주문을 다 외워봤지만 빗자루는 날지 않는다. 아아, 실패. 주위를 둘러보니 성공한 사람이 하나도 없다. 서른 명쯤 레슨을 받았으니 한두 명쯤은 성공해도 좋으련만. 하지만 아무도 실망하지 않는다. 실망하기는커녕 다들 입이 귀에 걸려 있다. 마법의 빗자루 레슨을 받는 것만으로도 몸살나게 즐겁다는 표정들이다.

이제 사람들은 다리 사이에 지팡이를 끼우고 폴짝 뛰어오르면서, 하늘을 나는 모습을 연출하며 사진을 찍느라 바쁘다. 어설프게 따라 해 보지만, 여행 내내 그렇게 호흡이 잘 맞았던 우리도 이것만은 쉽지 않다. 체중 차이가 크다 보니 아이가 먼저 떨어지거나 엄마 혼자 점 프하거나 모든 사진이 제각각이다. 그래도 나는 흥분으로 벌게진 아이의 얼굴을 보면서 행복하다. 지팡이를 반납할 때도 아이는 손바닥과 지팡이 사이에 접착제라도 발라둔 것처럼, 마지막 순간까지 지팡이를 놓지 않으려 한다.

아쉬워하는 아이를 다독이며 돌아서는데, 바람을 타고 오케스트라의 음악 소리가 들려온다. 언제 자리를 잡았을까? 한쪽에서 오케스트라가 〈러브 스토리〉부터 〈미션 임파서블〉까지 영화 음악을 시리즈로 연주하고 있다. 아이는 마법의 빗자루는 금세 잊어버리고 쪼르르 달려간다. 지역 주민들로 이루어진 듯한 아마추어 오케스트라지만, 나는 푸른 잔디 위에서 잔디만큼 푸른 성을 바라보며 열심히 연주하는 그들이 고맙기만 하다.

키즈 카페는 아니지만 안윅 성에서 우리가 가장 흥미를 느꼈던 장소는 '기사의 원정' '용의 원정'으로 구분되어 있는 키즈 존이다. 중세시대의 마차 위에는 드레스와 양복이 아이용은 물론 성인용까지 빼곡히 걸려 있고, 성 안마당에는 커다란 체스와 칼싸움 도구, 투구놀이 도구들이 있다. 지안이는 중세시대 왕자와 공주로 변신한 뒤 신나게 마당을 가로지르는 아이들을 가리킨다.

"엄마, 우리 공주 옷 입자. 엄마도 같이 입어!"

뭣이라? 나더러 공주 드레스를 입으라고? 내가 싫다고 하자, 아이는 딸과 똑같은 공주 드레스를 입은 다른 엄마를 가리킨다. 지안아, 저 아줌마는 몸매가 되잖아. 머리카락도 공주처럼 긴 금발이고. 제발 드레스는 너 혼자 입으렴. 엄만 아니란다. 엄마 속을 알 리 없는 아이는 한참을 조르다가 결국 저 혼자 핑크색 드레스를 입었다.

"엄마, 나 어때? 예뻐?"

"어, 그, 그래. 예… 뻐."

안 예쁜 건 아닌데 머리색이 검어서 그런가, 금발머리 아이들은 그야말로 영화에서 톡 튀어나온 중세 시대 공주 같은데 어째 내 아이는 아랍 쪽 느낌이다.

조금 전까지 춥다던 아이는 겉옷도 벗어던지고 팔이 훤히 드러나는 핑크색 드레스 차림으로 키즈 존을 날아다닌다. 공주가 앉는 의자에도 앉아보고, 용이 덤벼드는 마차에도 다가가보고, 커다란 황금 거울 앞을 한참 서성거리기도 한다. 웬일인지 아이는 서양 아이들이 노는 곳도 자꾸 기웃거린다. 영어도 못하고 낯가림도 있어서 대놓고 같이 놀자고 말하진 못하지만, 나름대로 조금씩 다가서보려고 노력하는 것 같다. 그 모습이 작년과는 또 달라 엄마는 아이가 기특하고 자랑스럽다.

"엄마, 다음엔 아빠랑 와야겠다. 그래서 아빠랑 나도 칼싸움해야지."

해리 포터가 여기에서 독심술을 익혔던가. 때마침 나도 같은 생각을 하고 있었다. 30대 후반으로 보이는 아빠가 이제 막 걸음마를 뗀 아들과 어찌나 용맹스럽게 칼싸움을 하는지, 지안이가 아빠 생각이 나겠구나 했던 것이다. 다른 사람에게 보여주기 위해, 또는 아이가 놀아달라고 해서, 마지못해 하는 칼싸움이 아니다. 세 살짜리 아이와 똑같이, 아니 아이보다 더 열성을 다해 칼싸움에 임하는 아빠. 이마에는 진작부터 구슬땀이 흐르고 있었다. 저렇게 최선을 다해 놀아주는 어른 친구는 모든 아이들의 로망이 아닐까.

그 아빠만이 아니다. 이 성 안에는 아이와 동등하게 놀아주는 어른들로 가득하다. 왕비님으로 변신한 엄마는 예쁜 공주님이 된 딸과 함께 신나게 고리 던지기를 하고 있고, 단두대 밑에서 목을 빼고 있는 아빠는 생사를 확인해보고 싶을 만큼 실감나게 연기 중이다. 기사 복장으로 달려가는 아들을 무섭게 잡으러 가는 아빠와, 벌써 왕비 옷을 다섯 벌 째 갈아입는 엄마도 보인다.

그뿐인가. 선글라스에 하이힐을 신고 새침한 표정으로 걸어오던

한 여자는, 남편과 있던 아이가 엄마를 보고 두 팔 벌려 달려오자 언제 그런 깍쟁이 표정을 지었느냐는 듯 헤벌쭉 웃으며 아이를 와락 품에 안는다. 덕분에 나는 새삼스럽게 깨닫는다. 사람이 가장 아름다운 순간, 그것은 자식을 바라보는 그 순간이다.

안윅 성은 머글인 우리가 결코 갈 수 없는 호그와트를 대신해 인간에게 허락된 또 다른 마법의 성이다. 안윅 성과 나란히 붙어 있는 안윅 가든 역시, 아이를 동반한 여행자라면 꼭 가보라고 추천해주고 싶을 만큼 환상적인 곳이다.

안윅 성에서 나와 가든으로 가는 길은 온통 푸른 초원이었다. 우리는 초록빛 바다처럼 출렁이는 풀밭을 지나, 입구에서부터 향긋한 향기를 풍기는 허브 정원에 도착했다. 작고 예쁘장하게 생긴 문을 통해 안으로 들어가면 또 다시 푸른 초원이 펼쳐지고, 정면에는 층층이 질서 정연하게 가꾸어진 분수대가 있다.

샌드위치로 점심식사나 할 겸 허브 정원 바로 옆에 있는 레스토랑으로 들어서는데, 옆을 보니 당연히 따라 들어와야 할 아이가 없다. 깜짝 놀라 돌아보니, 지안이는 분수대를 향해 총알처럼 뛰어가고 있다. 분수대 근처에 줄지어 서 있는 장난감 포클레인들을 보고 그만 정신을 놓아버린 것이다.

간신히 아이를 붙잡아 레스토랑 의자에 앉혀놓았더니, 다른 친구들이 포클레인을 다 차지하면 어떡하느냐고 발을 동동 구른다. 저렇게 많으니 한 개쯤은 남아 있을 거라고 큰소리를 쳤는데, 아아, 이게 웬일인가, 샌드위치를 흡입하다시피 먹어치우고 달려갔는데도 정말 다른 아이들이 포클레인을 몽땅 차지해버렸다.

"거봐, 친구들이 벌써 다 타버렸잖아. 나만 못 타구."

아이는 울음을 터뜨릴 것 같은 표정으로 엄마를 쳐다본다. 아니, 그 많던 것이 어쩌다 한 대도 안 남았지? 그래도 나는 뻔뻔하게 또 한 번 장담한다.

"미안해, 엄마는 하나쯤 남을 줄 알았어. 하지만 이제 봐봐. 조금만 기다리면 금방 네가 탈 게 나올 테니까. 그때까지 친구들 보면서 어떻게 해야 포클레인을 움직일 수 있는지 연구해보는 거야. 알았지?"

잠시 후 포클레인 세 대가 한꺼번에 빈다. 아이는 그중에서 제일 마음에 드는 것에 냉큼 올라탄다. 그리고는 헤벌쭉. 하지만 역시나 포클레인을 움직이기란 쉽지가 않다. 페달도 무겁고 물을 받아서 붓는 등 작동을 하는데도 요령이 필요하다. 그때마다 얼마나 애타게 엄마를 부르는지 도무지 잔디밭에 앉아 있을 수가 없다. 몇 번을 뛰어가 방향도 바꿔주고 밀어주기도 하다가 나는 단호하게 말한다.

"지안아, 혼자서 못하겠으면 그냥 내리자. 둘러봐. 친구들은 다 자기가 알아서 하고 있잖아. 일단 해봐. 될 때까지 해보고 또 해봐. 그래야 포클레인을 움직일 수 있는 거야. 멈췄다고 엄마가 밀어주고, 힘들다고 엄마가 올려주면 넌 포클레인에서 내릴 때까지 운전을 할 수 없어."

오기가 생긴 걸까, 경쟁심이 발동한 걸까. 잘 안 된다고 짜증을 부리던 아이는 징징대기를 멈추고 어떻게든 제 힘으로 포클레인을 움직여보려고 안간힘을 쓴다. 드디어 요령을 터득한 아이는 이번엔 자랑을 하기 위해 연신 엄마를 불러댄다.

"엄마! 방금 봤어? 나 이제 혼자서도 잘하지? 엄마! 계속 보고 있어야 해. 내가 얼마나 잘하는지 봐야 돼?"

땀이 나는지 겉옷까지 벗어던지고 신나게 포클레인을 운전하는 아이. 때때로 분수대에서 튀어 오른 물줄기가 오렌지 과즙 터지듯 햇살에 알알이 부서지며 떨어진다. 아이는 물줄기가 옷을 적실 때마다 자지러지게 비명을 지르며 포클레인을 타고 도망친다. 눈치껏 남자아이들과 경주도 하고 양보도 하면서, 신나게, 눈부시게.

아이가 포클레인에 시들해질 무렵, 마법사 복장을 한 한 쌍의 남녀가 등장했다. 두 사람은 바구니 안에서 사탕을 꺼내 아이들에게 주더니, 공을 가지고 노는 즉석 게임을 제안한다. 아이에게 같이 해보라고 했더니 아이는 쑥스러운 표정을 지으며 고개를 흔든다. 하지만 게임을 하는 친구들의 모습에서 시선을 떼지 못한다. 실은 해보고 싶은 것이다. 나는 은근슬쩍 다가가 다시 한 번 권했다.

"재미있을 것 같지 않아? 영어는 못 알아들어도 돼. 가서 공에 올라타고 뛰기만 하면 돼."

이번에도 고개를 흔들 줄 알았는데 이게 웬일일까. 아이는 다부진 표정으로 고개를 끄덕인다.

"그럼 나도 해볼래."

아이는 공에 올라탄 뒤 출발지점에서 준비를 한다. 잔뜩 긴장한 표정. 하지만 그 속에 숨어 있는 아이의 벅찬 기대감을 엄마는 충분히 느낄 수 있다. 이윽고 호루라기 소리와 함께 공을 타고 힘차게 뛰어오르는 아이! 아이의 얼굴에 즐거움이 가득하다. 몇 번의 게임을 끝낸 뒤 아이는 양손에 사탕을 한 아름 들고 엄마를 넘어뜨릴 기세로 힘차게 달려왔다.

"엄마! 내가 같이 게임한 사람이 왕자님과 공주님 맞지? 엄마, 내가 드디어 왕자님 공주님이랑 같이 게임하고 놀았어!"

엄마가 보기엔 마법사 같았는데 네 눈에는 왕자님과 공주님이었구나. 그래서 그렇게 행복한 거였구나. 나는 아이의 벌겋게 상기된 두 볼을 가만히 바라보았다. 아이의 콩닥거리는 심장소리가 엄마의 가슴에도 고스란히 전해진다.

뉴캐슬로 가는 막차 시간이 가까워올 때까지, 우리는 해리 포터가 보물을 숨겨놓았을 것 같은 안윅 성에서 신나게 뛰어놀았다. 넓디넓은 잔디밭을 데구르르 굴러보고, 이 끝에서 저 끝까지 원 없이 뛰어보고, 오리들도 쫓아가보고, 마음껏 소리를 지르기도 하면서. 그러다 문득 해리 포터의 저자인 조앤 K. 롤링이 떠올랐다. 혹시 그녀가 안윅 성의 이 모든 이벤트를 제안한 것이 아닐까?

평소 롤링은 자선활동도 많이 하고, 시한부 어린이들을 만나면 철저하게 비밀에 부쳐온 집필 내용도 이야기해준다고 한다. 그런 그녀라면 어린이들을 위해, 또 어린이를 가슴에 품고 있는 어른들을 위해, 고색창연한 중세의 성을 마법의 성으로 바꾸어놓지 않았을까.

마흔 살이 넘어 하루 종일 동화 속 주인공으로 사는 것도 쉽지 않다. 더구나 하늘을 나는 해리 포터를 흉내 내려 했으니 온몸이 쑤시는 것도 당연하다. 뉴캐슬로 오는 버스 안, 엄마는 피곤해서 자꾸 눈꺼풀이 내려오는데, 아이는 엄마 무릎을 베고 누워서 흥얼흥얼 노래를 부른다.

"안 피곤해? 안 졸려?"

엄마의 말에 아이는 어떻게 그럴 수 있느냐는 듯 눈을 동그랗게 뜬다.

'오늘은 뭐가 재미있었어?' '오늘은 뭐가 제일 신났어?' 여행 초반 나는 자꾸 아이의 마음을 확인하려고 했다. 하지만 이제는 묻지 않아도 안다. 아이가 부르는 노래로, 가벼운 발걸음과 까딱거리는 고갯짓으로. 엄마는 아이가 체험한 하루의 행복을 흡수할 수 있게 되었다. 몸은 피곤하지만 마음은 아이처럼 가벼워 둥둥 떠다니는 것 같다. 두 여자아이는 오늘 하루도 동화 속 주인공이 되는 미션을 무사히 마치고, 이제 뉴캐슬을 향해 달리는 이층버스 안에서 똑같은 노래를 흥얼거린다.

"작은 가슴 가슴마다 고운 사랑 모아, 우리 함께 만들어가요 아름다운 세상."

빛이 유난히 아름다운 9월의 어느 날이다.

윈더미어, 보우네스

《피터 래빗 이야기(1)》, 베아트릭스 포터

"엄마! 우리도 생쥐 키울까?"

덜컥 약속을 해버리는 것이 아니었다.

"알았어. 알았어. 이따가 윈더미어에 가면 햄버거 사줄게. 너 좋아하는 감자튀김도 실컷 먹자."

오후 늦게 도착한 윈더미어. 미리 예약해둔 비앤비에 체크인을 하자마자 우리는 피터 래빗처럼 코를 찡긋거리며 밖으로 뛰쳐나왔다. 기차에서 머핀 하나로 점심을 때운 아이에게 저녁만큼은 영국에서 처음 맛본 뒤 폭 빠져버린 햄버거를 사주기로 했기 때문이다. 그런데 도대체 어떻게 된 일인지 다운타운 그 어디에도 맥도널드와

KFC가 보이지 않는다. 작은 동네를 몇 바퀴나 돌았는지 모른다. 하는 수 없이 스파게티로 배를 채우고 디저트로 초콜릿 아이스크림까지 먹은 우리는 초저녁 산책에 나섰다.

"와, 엄마! 이 집 좀 봐. 진짜 예쁘다."

"그러게. 어쩜 이렇게 예쁘게 꽃을 심어 놓았을까? 색깔 좀 봐. 24색 크레파스를 콕콕 박아놓은 것 같네!"

"엄마, 이 꽃 이름은 뭐야? 새롭다!"

"글쎄. 엄마도 꽃 이름은 잘 모르는데…. 지안아, 지안이라면 이 꽃 이름을 뭐라고 지어주고 싶어?"

"나보고 꽃 이름을 지으라고?"

"응. 원래 이름이 있겠지만, 우리가 별명으로 불러줘도 좋잖아."

"음, 그럼 난 릴리쇼리."

"좋은데, 릴리쇼리! 진분홍색이랑 꽃잎 모양이랑 꽤 잘 어울리는 걸. 그럼 이건?"

"그건 보라색이니까 쭈쭈삐삐!"

"굉장히 개구쟁이 꽃 같다. 그렇지?"

"엄마, 우리 이 꽃들 이름 다 지어줄까? 나도 유치원에선 별이잖아. 아빠는 짠이라고 부르고. 우리도 꽃들한테 별명 지어주자."

그 한마디에 우리는 아주 바빠진다. 아는 단어를 총동원해서 꽃들에게 이름을 지어주는 것은 우연찮게 발견한 아주 깜찍한 놀이. 처음에는 분홍색 꽃, 다홍색 꽃, 하얀색 꽃, 파란색 꽃이었던 것들이

미미루, 제니, 수슈, 피치라는 이름을 새로 갖게 되었다. 도착한 지 세 시간도 안 된 윈더미어가 어릴 때부터 놀던 정원처럼 친근하게 느껴진다.

 그날 밤, 곤하게 잠든 아이 옆에서 인터넷을 뒤지다가 놀라운 사실을 알았다. 윈더미어는 물론이고 아랫동네인 보우네스에도, 베아트릭스 포터의 농가가 있는 혹스헤드나 어즈워스의 흔적이 있는 앰블사이드까지 올라가도 이 곳 호수지방에는 패스트푸드점이 없다는 것이다. 그리고 그것은 바로 피터 래빗의 작가 베아트릭스 포터의 뜻이라는 것이다.

 어린 시절부터 토끼, 고슴도치, 개구리, 심지어 박쥐까지 기를 정도로 동물과 자연을 사랑한 포터는 이곳 초록의 땅 레이크 디스트릭트가 개발되는 것을 원하지 않았다. 그래서 아버지로부터 받은 유산과 책을 팔아 모은 전 재산으로 이 지역 인근의 땅을 모두 사들였고, 있는 그대로 보존되도록 환경단체인 내셔널 트러스트에 기증했다. 패스트푸드점을 비롯해 현대적인 건물이 들어올 수 없는 까닭이 바로 여기에 있었다.

 깊은 숲 속 아주 아주 커다란 전나무 밑동 모래 언덕 토끼굴에
 엄마 토끼랑 꼬마 토끼 네 마리가 살았어요.
 꼬마 토끼들의 이름은 플롭시, 몹시, 코튼테일, 그리고 피터였어요.

"얘들아, 얘들아." 엄마 토끼가 말했어요.

"들판에는 샛길에는 나가 놀아도 좋다마는

맥그리거 아저씨네 텃밭에는 들어가지 말거라.

아빠 토끼를 맥그리거 부인이 잡아갔단다.

자. 이제 뛰어 놀거라. 말썽 피우지 말고. 엄마는 나갔다 올 테니."

엄마 토끼는 바구니랑 우산이랑 챙겨 들고 숲길을 지나 빵집으로 갔어요.

그리고 커다란 갈색 빵 한 덩어리하고 달콤한 건포도 빵을 다섯 개 샀답니다.

엄마 말씀 잘 듣는 착한 꼬마 토끼들,

그러니까 플롭시하고 몹시하고 코튼테일은 산딸기를 따러 오솔길을 갔어요.

하지만 요 말썽쟁이 피터, 장난꾸러기 꼬마 토끼 녀석은

곧장 맥그리거 아저씨네 텃밭으로 달려가서

문틈을 비집고 쓰윽, 안으로 기어 들어갔어요.

－《피터 래빗 이야기》 중에서

윈더미어와 쌍둥이 마을 격인 호반의 도시 보우네스에는 '베아트릭스 포터 어트랙션'이 있다. 피터 래빗과 그 사촌인 벤자민 버닌, 다람쥐 넛킨, 아기 고양이 톰 키튼, 오리 아줌마 제미마 퍼들덕, 아기돼지 피글링 블랜드 등 베아트릭스 포터의 그림책 세계가 판화처럼 재

현되어 있는 곳이다. 윈더미어에서 남쪽으로 2킬로미터 떨어진 보우네스까지 오가는 버스가 있지만 이곳에 오면 누구나 같은 생각을 하게 되지 않을까? 이렇게 아름다운 마을에서 버스를 타고 다니는 것은 예의가 아니야, 라고.

여섯 살 아이와 걷다 보면 절대 앞으로만 걸을 수가 없다. 길가에 피어 있는 꽃을 쳐다보느라 게걸음을 하게 되고, 초등학교 운동장에서 벌어지는 축구 시합에 응원을 보태느라 한참을 멈춰 서 있기도 하고, 어디로 뻗어 있는지 모르는 샛길을 들어갔다 나오면 한 시간도 모자란다. 그렇게 보우네스로 향하면서 우리는 어제 윈더미어에서 본 예쁜 정원과 집들이 애피타이저에 불과했음을 깨달았다. 우리는 그곳을 꿀벌처럼 붕붕대며 기웃거렸다.

곧이어 파스텔 톤의 상가들이 등장하고 공기가 촉촉해지기 시작하더니 탁 트인 호숫가가 나타났다. 보우네스다.

"엄마, 바다다! 배도 되게 많네? 우리 배 탈까?"

커다란 물을 보면 바다부터 떠올리는 아이. 보우네스의 열여섯 개 커다란 호수들은 빙하가 지나간 자리에 물이 고여 만들어진 것이라고 했던가. 그 하나하나가 우리나라의 웬만한 산보다 넓다고 하니 아이에게는 바다로 보일 수도 있겠다.

호수 건너에는 영국에서 보기 드문 산들이 하늘에 곡선을 그리고 있고 나무들은 푸름에 푸름을 보태고 있다. 그 뒤로는 깎아지른 듯한 협곡과 초원이 층층이 쌓여 지형적인 변화가 없는 영국에서 보기 드

문 장관을 이루고 있다고 한다.

풍경 화가 존 콘스터블이 '역사상 가장 아름다운 곳'이라고 극찬했고 이곳에서 자란 영국의 낭만주의 시인 윌리엄 워즈워스가 '사람이 발견한 장소 중 가장 아름다운 곳'이라고 노래한 곳. 우리는 한동안 새와 비둘기, 백조들과 어우러져 아무 말 없이 호수만 바라보았다. 선착장에 놓여 있는 아무 보트에나 올라 저 호수 위에 떠 있어도 좋을 것 같고, 벤치에 앉아 물새 떼를 바라보는 것도 좋을 것 같다.

"맞다! 새들한테 빵 줘야지."

아이는 기다렸다는 듯 가방을 열고 아침식사 때 챙겨놓은 빵 조각을 꺼낸다. 제법 커다란 식빵을 들고 한 조각 떼어서 새들에게 뿌리려고 하는데, 갑자기 딱 저만한 키의 백조가 아이의 손을 향해 달려든다. "엄마!" 하고 비명을 지르며 내 품으로 뛰어드는 아이는 엄마 뒤에 숨어서 남은 빵을 주고 싶다고 하지만, 미안해 지안아, 엄마도 너만한 백조가 달려드는 것은 사양하고 싶어. 어쩔 수 없이 우리는 아무나 알아서 먹으라는 듯 재빠르게 빵을 던져버리고 그곳을 도망쳐 나왔다.

근처 어딘가에 있을 베아트릭스 포터 월드를 찾기 위해 두리번거리고 있을 때였다.

"엄마, 피터 래빗 여기 있네. 얘네 쫓아가면 엄마가 말한 그 동화 속 세상으로 가는 거야?"

놀라운 일이다. 이런 순간에는 꼭 아이가 엄마의 길잡이가 된다. 조금 전 내가 둘러보았을 때는 아무것도 없었는데, 아이가 가리키는 곳을 보니 어느 틈엔가 피터 래빗이 서 있다. 건너편 벽에는 제미마 퍼들덕과 벤자민 버니가 엉덩이를 씰룩대고 있다. 그 옆에 찰싹 붙어 단체로 소풍이라도 가듯 포즈를 잡는 아이. 그래, 딱 그 느낌이야! 그럼 이제부터 피터 래빗과 친구들을 만나러 떠나볼까?

피터 래빗과 제미마 퍼들덕의 안내를 받아 골목을 내려가니 피터 래빗을 상징하는 여러 조형물들이 있는 작은 건물이 나온다. 옅은 청

록색 문을 열고 들어가자 또 다른 피터 래빗의 세상이 있다. 5분짜리 영상을 통해 베아트릭스 포터와 그녀가 만들어낸 친구들이 소개되고, 불이 켜지면 왼쪽 자동문이 열리면서 드디어 일곱 가지 무지개 색 동화 세상이 펼쳐진다.

툭하면 엄마 말을 안 듣고 맥그리거 아저씨의 텃밭으로 들어가는 피터 래빗, 도토리를 주우러 와서 도토리는 줍지 않고 올빼미 할아버지에게 버릇없이 굴다 혼쭐이 나는 다람쥐 넛킨, 송사리 낚시를 하러 갔다가 오히려 가시고기에게 찔리고 송어에게 잡아먹힐 뻔한 개구리 아저씨 제레미 피셔, 여우에게 속아 여우 오두막에 알을 낳은 어리숙한 오리 아줌마 제미마 퍼들덕까지, 어설프고 모자라서 불안한 우리의 주인공들이 모두 한 자리에 있다.

한 발짝 내딛을 때마다 새롭게 펼쳐지는 이야기 세상에 아이의 환호는 점점 더 높아지고, 엄마는 실감나게 재현해놓은 인형들을 보느라 한 발 한 발 내딛는 것이 아깝기만 하다. 우리는 "엄마, 이리 와 봐"와 "지안아, 잠깐만"을 주고받으며 천천히 앞으로 나아간다. 그러다 둘 다 동시에 쭈그리고 앉아 속닥거리기 시작한 것은 《글로스터 재봉사》에 나오는 생쥐들이 땅 속과 나무 구덩이 속에 만들어 놓은 침실과 부엌을 보면서다.

"엄마, 진짜 생쥐들은 땅 속에 이렇게 집을 만들어놔?"

"글쎄, 엄마도 땅 속엔 들어가 본 적이 없어서 뭐라 말하기가 그러네. 그런데 개미도 집을 만드니까 그보다 훨씬 큰 생쥐도 집을 만들

수 있지 않을까?"

"이렇게 예쁘게? 침대도 있고?"

"침대랑 식탁까지는 못 만들더라도 침실이랑 부엌은 만들어놓을 수도 있겠지."

"너무 예쁜 것 같지 않아? 어떻게 이렇게 만들지?"

"그러니까 말이야. 우리 집보다 더 예쁘다."

"예쁜 그릇에 치즈랑 빵도 담겨져 있어. 정말 근사하지? 엄마도 좋지?"

"응. 진짜 멋져!"

"그럼 엄마, 우리 한국에 돌아가면 생쥐 키워볼까?"

뭐, 뭘 키우자고? 아이와 도란도란 이야기를 나누다 보면 끝에 가서 꼭 이렇게 된다. 미안하다 아가야. 동화 속의 생쥐는 정말 예뻐. 특히 포터 아주머니가 그린 생쥐들은 깨물어주고 싶을 만큼 귀여워. 하지만 현실 속의 생쥐, 그건 좀 아니잖니. 그 가느다랗고 긴 꼬리만 생각해도 엄마는, 어휴 정말, 발가락이 오그라든단다.

베아트릭스 포터 월드는 그리 크지 않은 공간을 최대한 효율적으로 이용했다. 이야기 속 삽화가 인형들로 고스란히 재현되어 있고, 굳이 배를 타고 작가가 글을 쓰던 농가인 힐탑까지 가지 않아도 될 만큼 그녀에게 영감을 주었던 시골 마을을 대형 스크린으로 볼 수 있게 해놓았다.

어디 그뿐인가. 피터 래빗 그림으로 이루어진 퍼즐과 터치스크린으로 되어 있는 색칠하기까지 있어서 아이들에겐 놀이터가 되기도 한다. 어린이는 물론 어른이 하루 종일 머물러도 지루하지 않을 꿈의 나라를 완성해놓은 것이다. 흥미로운 것은 그 모든 것들이 아이들의 눈높이에 딱 맞게 설계되었다는 점이다. 여섯 살 아이는 엄마도 포기하고 만 퍼즐을 순식간에 완성한 뒤 하이파이브를 날리고, 엄마가 터치스크린 앞에서 당황하는 사이 아무렇지도 않게 손가락으로 그림을 골라내고 색을 칠한다.

처음부터 다시 돌아보고 싶다는 마음을 간신히 떨쳐내고 문 밖으로 나오니 한쪽 벽에 베아트릭스 포터가 자신이 만든 캐릭터들에게 둘러싸인 채 서 있다. 그 옆에 엉거주춤 서서 기념사진을 찍으며 그녀를 바라본다. 평생 자신이 사랑하는 일, 옳다고 믿는 일을 해낸 사람은 동상마저도 편안하고 당당해 보인다. 그녀만큼 나도 자신을 믿고 내가 좋아하는 일에 열정과 부지런함을 담아야겠다고 생각한다.

마지막으로 피터 래빗의 한 시리즈인 《글로스터 재봉사》라는 티룸을 들르는 코스가 남았다. 영국에 온 뒤 아직 한 번도 티 룸을 가본 적이 없는 우리는 모처럼 호사를 부리기로 한다. 메뉴판을 보던 아이는 다른 것을 다 제쳐두고 케이크 트레이를 가리킨다. 1인분만 주문하니 3단 트레이가 아닌 2단 트레이에 홍차가 나온다. 하지만 그것만으로도 훌륭하다.

아래층에는 햄 샌드위치와 치즈 샌드위치가 각각 다섯 조각씩 삼각형으로 놓여 있고 싱싱한 양상추와 노란 파프리카, 방울토마토, 그리고 오이가 올리브 오일에 살짝 버무려져 있다. 위층에는 바닐라 크림을 얹은 컵케이크와 촉촉한 브라우니, 거기에 바삭하면서도 따끈한 스콘이 딸기잼과 버터 사이에 놓여 있으니, 아, 보기만 해도 만찬에 초대 받은 디즈니 만화의 공주가 된 기분이다.

"엄마, 우리가 이걸 다 먹어? 뭐부터 먹어야 되지? 진짜 맛있겠다."

"지안아, 우리 이 점심은 좀 우아하게…."

엄마의 말이 끝나기도 전에 아이는 샌드위치를 순식간에 먹어치운다. 누가 보면 사흘은 굶은 줄 알겠다.

"엄마, 뭐? 무슨 얘기 하려고 했어?"

손가락을 쪽쪽 빨며 두 번째 샌드위치를 드는 아이에게 엄마는 그저 입맛만 다시며 천천히 먹으라는 말이나 할 수밖에. 아이가 먹을 양을 눈짐작으로 헤아리며 드디어 엄마도 샌드위치를 하나 집어 든다. 이 아이가 영국에 오기 전까지 샌드위치를 못 먹던 그 아이 맞나? 하긴 나도 영국에 오기 전까지 홍차는 내 스타일이 아니라고 말하곤 했다. 그런데 지금은 홍차의 씁쓸함과 쿠키의 달콤함을 한꺼번에 입 안에서 느끼며, 두고두고 그 여운을 되새기고 있으니….

"엄마, 우리 내일 다시 올까? 여긴 정말 동화나라 같았어."

아쉬움을 달래며 나오는데, 입구에 놓인 탁자에 물감과 붓이 펼쳐져 있다. 누가 걸쳐 놓았는지 귀여운 피터 래빗 앞치마도 있다.

"엄마, 나 그림 그려도 돼?"

"물론이지."

엄마의 대답이 떨어지기 무섭게 냉큼 앞치마를 두르고 의자에 앉는 아이. 하얀 도화지에는 금세 기다란 귀가 그려지고, 씰룩거리는 토끼의 엉덩이와 토실토실한 꼬리가 그려진다. 점심도 먹었겠다, 이 토끼들과 함께 윈더미어의 예쁜 방 분홍색 꽃무늬 침대 위에서 늘어지게 낮잠이나 잤으면 좋겠다.

언제부터 내리기 시작했을까? 창밖에 빗줄기가 굵어졌다 가늘어지기를 반복하고 있고, 어디선가 피터 래빗이 사각사각 당근을 갉아 먹는 소리가 들리는 듯하다. 다행이다. 아무래도 오늘은 동화 나라에서 빠져나올 수 없을 것 같다.

니어소리, 혹스헤드

《피터 래빗 이야기(2)》, 베아트릭스 포터

"흔들리지 말고 포기하지 말고 너만의 꿈을 키워 나가렴."

영화 〈미스 포터〉를 보면 베아트릭스 포터를 연기하는 르네 젤위거의 모습에 푹 빠지게 된다. 마르지 않은 체형, 고집스럽게 삐죽이는 입술, 자신이 하고자 하는 것을 그대로 밀고 나가는 배짱, 그림 속에서 튀어나오는 캐릭터들을 향해 수시로 눈을 흘기는 그 표정은 딱 내가 상상했던 베아트릭스 포터다.

보우네스에서 배를 타고 윈더미어 호수를 지나 서쪽 편에 도착하면 베아트릭스 포터가 사랑했던 마을 혹스헤드가 있다. 피터 래빗의 주 무대라고 할 수 있는 이곳에서 우리가 가보고 싶었던 장소는 두 곳. 포터의 스케치와 수채화가 전시되어 있는 베아트릭스 포터 갤러리와 그녀가 피터 래빗을 집필한 농가 힐탑이다.

더 멀리 있는 베아트릭스 포터 갤러리를 먼저 다녀오는 것이 맞을 듯싶지만, 페리의 티켓을 끊을 때 받은 조언은 반대였다. 힐탑은 건물을 보존하기 위해 입장객 수를 제한하고 있으니 그곳부터 가는 것이 좋을 것이라고 했다. 그래서 우리는 선착장에 내리자마자 힐탑으로 가는 봉고버스에 올랐다.

힐탑으로 가는 방법은 두 가지다. 우리처럼 버스를 타고 7분 정도 가는 것과 걸어서 숲을 질러가는 방법이다. 체력이 되거나 시간적으로 여유가 있는 사람들에겐 숲속을 걸어서 가는 방법을 추천하고 싶다. 새들이 푸드덕 날아오르며 지저귀고, 푸른 초원에 점점이 누워있는 양떼와 소떼들이 장관을 이룬다. 한 가지 주의할 점은 대부분의 농장들이 사유지이기 때문에 농장을 지날 때마다 양들이 밖으로 탈출하지 못하도록 문을 닫아주는 것이 예의라고 한다.

버스에 올라 기사 아저씨 바로 뒤에 앉아 힐탑이 있는 니어소리 마을까지 간다고 말했다. 대답 없이 그저 빙그레 웃어주던 기사 아저씨는 잠시 후 우리를 예쁜 마을 입구에 내려준다.

"여기가 진짜 힐탑 맞아요? 버스 정류장도 없는데? 그럼 나중에 혹 스헤드 가려면 그때도 여기에서 버스를 타면 되는 건가요?"

세 번이나 질문을 했지만 아저씨는 계속 빙긋이 웃기만 한다. 얼떨

떨한 기분으로 버스에서 내렸는데, 버스의 엔진 소리가 사라지고 탁
트인 마을의 따사로운 풍경이 눈에 들어오자 절로 고개가 끄덕여진
다. 아, 여기일 수밖에 없구나! 누가 꼭 말해주지 않아도 저 멀리 엄마
의 둥근 가슴 같은 언덕과 꽃들로 장식된 하얀 집들이, 이곳이 동화
나라임을 알려주고 있었다.

　　니어소리 마을에는 힐탑을 중심으로 여기저기 피터 래빗 시리즈에
등장하는 장소의 이름이 붙어 있다.

"엄마, 맥그리거 아저씨다. 여기가 맥그리거 아저씨네 집이구나."

버스가 지나간 큰 길을 따라 내려가니 제일 먼저 맥그리거 아저씨의 집이 보인다. 누군가가 살고 있는 것 같아서 문을 열고 들어가거나 안을 들여다보지는 않았지만 피터 래빗 속 캐릭터들 중 몇 안 되는 악역들과 사진을 찍을 수 있다는 것만으로도 즐겁다. 물론 벤치에는 이렇게 쓰여 있다. '사진을 찍으려면 돈을 내시오.'

제미마 퍼들덕의 무대가 되었던 타워 뱅크 암즈는 샌드위치와 맥주를 파는 바Bar로 꾸며져 있다. 우리는 힐탑으로 들어가기 전 이곳에서 간단히 점심을 먹었다. 주인아저씨가 어디에서 왔냐고 묻더니 지안이에게 보여줄 것이 있다고 한다. 그러더니 칵테일 만드는 곳으로 들어가 계산기 옆에 있는 단추를 누르자, 천장에서 손바닥만 한 거미가 뚝 떨어진다.

아이는 사색이 되었다가 이내 장난감 거미인 줄 알아채고 능글맞은 표정을 짓는다. 아이가 한국어로 거미 장난감을 계속 보여 달라고 보채자, 아저씨는 어떻게 알아들었는지 신속하고 정확하게 거미를 낙하시켜주는 센스를 보여준다. 동화 나라와 달리 실내가 어둡고 안에 앉아 있는 아저씨들도 무뚝뚝하게 생겨서 처음엔 그냥 나갈까 고민했다. 하지만 조금만 마음을 열어도 금방 친구가 될 수 있는 것, 이것이 여행이다.

여러분, 위험한 곳에는 가지 마세요. —벤자민 버닝 이야기
손님이 계실 땐 얌전히 놀아야 해요. —톰 키튼 이야기
모르는 사람을 따라가면 큰일 나요. —제미마 퍼들덕 이야기
어른한테 버릇없이 굴면 못 써요. —다람쥐 넛킨 이야기

《피터 래빗》 시리즈가 재미있는 이유 중 하나는 책의 맨 마지막에 일종의 조언이라고 할 수 있는 잔소리가 있다는 점이다. 요즘 같은 세상에 동화책 맨 마지막에 '그래서 거짓말을 하면 안 돼요', '엄마 말씀 잘 들어야 해요', '동생과 사이좋게 놀아야 해요' 등의 말들이

직접적으로 쓰여 있다면 아이들은 어떤 반응을 보일까?

다행히 피터 래빗 시리즈는 19세기 작품이다. 당시에는 아이들에 대한 교육이 지금보다 훨씬 더 엄격했을 것이다. 마흔일곱 살에 결혼하기 전까지 노처녀로 지냈던 포터가 보기엔 집집마다 버릇없는 아이들이 넘쳐났을지도 모른다. 부모들이 일일이 잔소리를 하지 않는다면 자신이 직접 동화를 통해 메시지를 주고 싶었던 것은 아닐까? 결코 평범하지 않았을 그녀를 상상하며, 우리는 꽃밭을 지나 힐탑으로 향했다.

힐탑은 상상했던 것보다 소박하고 아름답다. 호박과 무 등의 농작물이 빼곡한 작은 텃밭을 지나자 너른 마당이 나오고, 그 뒤로는 전형적인 영국의 시골 농가가 단아하게 서 있다. 벽은 까칠까칠한 회갈색 돌로 이루어져 있고, 순정만화에서나 볼 수 있는 초록색 지붕과 하얀색 격자무늬가 가지런한 창문도 있다. 그 앞으로는 코스모스보다 더 큰 분홍색 꽃이 수줍게 피어 있고, 까만 열매와 붉은 열매들이 콕콕 박혀 있는가 하면, 노란 장미꽃도 마당 한 켠에 피어 있다. 새소리는 어디에서부터 이렇게 맑게 들려오는 것인지, 입장을 기다리는 동안 지루할 틈이 없다.

"지안아, 새소리 들려? 너무 좋다. 도대체 새는 어디에 있는 걸까?"

엄마가 두리번거리자 아이는 이번에도 새가 앉아 있는 곳을 먼저 찾아낸다.

"엄마, 창문 보여? 새들이 앉아서 모이를 먹고 있어."

"그러네. 이곳을 관리하는 아주머니 아저씨들이 모이를 뿌려놓았나 보다."

"새들이 매일매일 밥 먹으러 오는 창문이구나. 세상에서 제일 예쁜 창문이네."

세상에서 제일 예쁜 창문을 볼 줄 아는 그 마음이 너무 예뻐 내 기분도 상쾌해진다.

힐탑의 내부는 단출했다. 작은 이층집에는 그녀의 책상, 원고, 책, 그리고 접시와 가구뿐이다. 그런데 입장료는 한화로 1만8천 원 정도. 사진을 찍는 것도 금지고, 아무리 오래 둘러보아도 15분을 넘길 수 없을 것 같은 장소인데 입장료가 너무 과하다는 생각이 든다. 하지만 이 지역의 자연을 지키고 가꾸는 데 쓰이는 것이라면, 그리고 이 지역을 포함하여 내셔널 트러스트에서 관리하는 모든 명승지들을 위해 쓰이는 돈이라고 생각하면 전혀 아깝지 않다.

내셔널 트러스트는 영국 윈더미어 지방에서 시작된 자연보호와 사적 보존을 위한 민간단체다. 런던에서 살았던 베아트릭스 포터는 열다섯 살 때부터 이 호수 지방에서 여름을 보냈는데, 1882년 윈더미어에 머물던 중 목사 캐논 론슬리를 만났다. 론슬리는 호수 지방의 과도한 개발과 관광산업에 우려를 표했고 1895년 내셔널 트러스트를 설립한 인물이다. 아마 포터는 론슬리를 통해 어린 시절부터 자연과 환경의 중요성을 배우지 않았을까. 포터가 여의도의 열 배가 넘는 땅과 농장과 저택을 기부하며 받아낸 약속은 딱 한 가지였다. 그저 자연을 있는 그대로 보존해달라는 것.

힐탑에서 나온 뒤 벤치에 앉아 다시 힐탑을 바라본다. 10분 단위로 관광객을 불러들이는 안내인의 목소리가 새소리에 묻힌다. 아이는 가만있지 못하고 온 마당을 뛰어다니다가 어떤 영국인 할머니가 힐탑을 스케치하는 모습을 보더니 쪼르르 돌아온다.

"나도 그림 그려야지!"

아이는 종이를 펼치고 연필을 들더니 한참동안 진지하게 힐탑을 바라보다 스케치를 시작한다. 그새 할머니의 손놀림을 보고 배운 것일까? 평소처럼 한 번에 굵게 선을 긋지 않고, 흐리고 짧게 끊어서 제법 스케치다운 스케치를 해나간다. 그 모습을 바라보다 나는 놓치고 싶지 않은 풍경 하나를 더 발견한다.

어느 나라에서 온 노부부일까. 힐탑으로 들어가는 입구 옆 작은 벤치에 두 손을 포개고 나란히 앉아 있는 부부가 보인다. 쏟아지는 햇살을 맞으며 서로의 어깨에 기댄 채 눈을 감고 있는 두 사람. 그들을 보는데 코끝이 찡해진다. 언제부터인가 반평생을 함께 살아온 부부를 보면 나도 모르게 가슴이 찌릿하다. 아직 결혼 10년차도 안 된 우리 부부는 앞으로 함께 발맞추어 나아가야 할 날들이 무성한 나뭇잎 같은데, 색깔이 선명한 잎사귀들처럼 빛바래지 않고 잘 살아갈 수 있을까 하는 생각 때문이리라.

노부부를 바라보다 나도 두 눈을 감아본다. 확실히 눈을 뜨고 있을 때와 다르다. 한 겹 더 부드럽게 느껴지는 바람과, 또르르 또르르 구슬처럼 굴러 들어오는 새의 지저귐과, 밝은 햇살의 잔상이 순식간에 더욱 진하게 스며든다. 얼마나 포근한지….

"엄마, 눈 감고 뭐해?"

아이의 말에 나는 살며시 눈을 뜬다.

"바람 소리 들었어. 지안이도 한 번 눈 감고 들어봐. 저기 건너편 할머니 할아버지 보이지? 너무 예뻐 보여서 엄마도 따라한 거야."

아이는 씨익 웃더니 눈을 감는다.

"어때?"

"따뜻해. 햇빛이 둥둥 떠다녀. 꼭 엄마랑 안고 있는 것 같아."

여섯 살 어린아이라고만 생각했는데, 이제 제법 엄마가 느끼는 것을 똑같이 느낄 줄 안다. 아이는 금방 눈을 뜨고 다시 그림을 그리기 시작한다. 맑아진 귓가로 연필 사각거리는 소리가 들리고, 그 위로 동화 마을을 찾아온 착한 사람들의 발소리가 들린다. 나도 착한 사람이 되어가는 것 같은 착각이 든다. 이런 착각만으로도 얼마나 고마운지.

다시 버스를 타고 혹스헤드에 있는 베아트릭스 포터 갤러리를 찾아갔다. 혹스헤드는 니어소리 마을보다는 좀 더 번화한 느낌으로, 버스 정류장도 제대로 갖춰져 있다. 정류장 건너편에는 기념품 가게가 아주 길게 늘어서 있어 들어가 보지 않을 수 없었다. 힐탑은 물론이고 이곳도 온통 피터 래빗이다. 이곳에서 파는 물건들이 더 저렴한가 하고 가격을 비교해봤더니 거기서 거기다. 하긴 이 동네의 모든 사람들이 서로 알고 지내는 사이일 것이다. 가격책정도 분명 의논에 의논을 거쳐 결정했겠지.

버스에서 내리니 탁 트여 있는 오른쪽 길이 우리를 이끈다. 방향이 바뀌었지만 여전히 한쪽 길은 기념품 가게들로 이루어져 있다. 들어가 봤자 아까와 똑같겠지만, 하나같이 사랑스러워 사지 않고는 못 배길 것 같다. 기념품 가게 건너편으로는 카페와 레스토랑들이 역시 길을 따라 늘어서 있는데, 어디에나 테이블과 의자가 밖에 놓여 있고 사람들이 한가롭게 오후의 티타임을 즐기고 있다. 골목마다 예쁜 카페들은 또 어찌나 많은지, 잘 찾아보면 어딘가에 피터 래빗과 만만치 않게 개구쟁이인 벤자민 버닌이 차를 홀짝이고 있을 것만 같은 착각이 든다.

베아트릭스 포터 갤러리는 힐탑 못지않은 아담한 건물로, 그녀의 남편 윌리엄 힐리스 변호사의 사무소가 있던 곳이다. 바닥마저 기울어진 투박한 옛날 나무집, 입구에서부터 나무 냄새가 확 밀려온다. 갤러리를 지키고 있던 분은 고맙게도 지안이에게 아기 돼지 피글링 블랜드가 그려져 있는 배지를 가슴에 달아준다.

덕분에 조금 전까지만 해도 밖에 볼 것이 더 많다며 갤러리 안으로 들어가지 않겠다던 아이는 신이 난다. 삐걱거리는 층계를 성큼성큼

올라가더니, 이 방 저 방 포터의 그림들을 기운차게 둘러본다. 그러다가 방 한 쪽 구석에 뚫린 구멍 사이로 피글링 블랜드의 엉덩이를 찾아내는 아이. 어른들이라면 그냥 지나치고 말았을 것이다.

"엄마, 여기 돼지 엉덩이가 있어. 그러면, 잠깐만⋯."

아이는 얼른 옆방으로 가 돼지의 얼굴도 찾아낸다.

"엄마, 엄마, 내 손 보여? 내 손가락 보여?"

방과 방 사이에 뚫린 작은 구멍 사이로 피글링 블랜드의 엉덩이와 내 아이의 작은 손가락이 나란히 꿈틀거린다. 그러다가 아이는 색색 가지 쿠션이 놓여 있는 다락방 크기의 공간을 발견한다. 베아트릭스 포터의 갤러리답게 아이들을 위한 공간이 따로 마련되어 있는 것이다. 재빨리 신발을 벗어 던지고 쿠션들 속에서 뒹굴며 장난감을 가지고 노는 아이. 덕분에 나는 포터의 그림들을 다시 한 번 음미하며 추억을 불러낼 수 있었다. 기분이 묘하다. 나는 살면서 수많은 피터 래빗들을 만나왔던 것이다. 접시, 컵, 필통, 공책⋯. 어느 문구점, 어느 친구의 집에 가더라도 쉽게 볼 수 있었던 그림이 바로 피터 래빗이었다.

그중에서 가장 뚜렷한 기억은 20대 후반 혼자서 미국을 여행하던 중에 만난 피터 래빗의 포켓북이다. 새벽에 도착한 보스턴에는 비가 내리고 있었다. 하버드 대학 바로 건너편에 있는 카페에 앉아 커피를 홀짝이다 비가 그치자 대학 교정을 둘러보았다. 비 온 뒤라 좀 춥던 차에 서점이 눈에 띄기에 불쑥 안으로 들어갔다.

하버드 대학을 다니는 공부벌레들은 어떤 책을 읽을까. 손가락으로 선을 그으며 책장을 지나치던 나는 그 많은 두꺼운 책들을 지나 어린이 책 코너에서 걸음을 멈추었다. 그때 내 시선을 잡아 끈 것이 열두 권의 피터 래빗 미니어처북. 손바닥보다 더 작은 책은 앙증맞았고, 열두 권이 쏙 들어가는 종이 재질의 책장도 무척 마음에 들어서 나는 냉큼 그것을 집어 들었다. 집으로 돌아와 그 열두 권을 전부 읽은 기억은 없다. 하지만 그 책은 나 자신에게 주는 선물이었고, 내가 외국 여행을 하면서 샀던 기념품 중 가장 만족스러운 것이었다.

지금 내 배낭 속에도 피터 래빗의 책들이 들어 있다. 힐탑에서, 다른 곳도 아닌 베아트릭스 포터가 피터 래빗의 이야기를 쓴 바로 그 힐탑에서 산 것이다. 아무리 예쁜 것을 보아도 트렁크가 무거워진다며 거들떠보지도 않던 내가, 보스턴에서 샀던 것보다 무려 네 배나 큰 책을 열 권이나 산 것이다. 앞으로 챙겨 다니려면 무겁겠지만, 애 엄마가 된 친구들에게 하나씩 선물하면 다들 얼마나 기뻐할까.

우리는 마을을 좀 더 둘러보다가 혹스헤드에 도착했을 때부터 자꾸 눈에 걸렸던 교회를 향해 언덕을 오른다. 언덕이라고 해봤자 예쁜 꽃들과 화분들이 놓여 있는 경사진 작은 골목이다.

"엄마, 이건 뭐야?"

탁 트인 혹스헤드의 풍경이 손에 잡힐 듯 선명하게 눈에 들어오는 그곳에서 아이는 엉뚱한 것을 가리킨다. 뾰족뾰족 솟아 있는 교회 마당의 묘지들이다. 죽음과 삶을 별개로 생각하는 우리네 삶과는 달리

이들은 죽음도 삶의 일부로 생각하는 것일까? 영국의 시골 마을에는 꼭 이렇게 교회와 묘지들이 어우러져 있다.

화창한 태양 아래에서 여섯 살 아이에게 죽음을 설명하려니 쉽지 않다. 그래도 어디선가 들은 게 있는지, 아이는 알겠다며 고개를 끄덕인다. 아이와 함께 아늑하고 고운 시골 풍경을 바라보니 문득 이런 생각이 든다. 만약 우리가 죽어서 천국이라는 곳을 가게 된다면, 그때 보이는 풍경이 이곳 같지 않을까.

교회를 빙 돌다가 우연히 벤치에 앉아 있는 노부부를 만났다. 커다란 개 두 마리를 이끌고 산책을 하다 잠시 쉬는 중인가 보다. 지안이를 보더니 할머니가 일어서면서 아이에게 물으신다.

"몇 살이야?"

"다섯 살이요."

아이는 잊지 않고 외국 나이를 말한다.

"이름이 뭐야?"

"이지안."

"어디에서 왔어?"

"한국."

"엄마랑 다니는 거 힘들지 않니?"

아이가 나를 쳐다보기에 통역해주니 고개를 살랑살랑 흔든다. 기특하다고 웃으시는 두 분. 이번에는 할아버지 차례다.

"피터 래빗 알아?"

이번에도 고개를 끄덕끄덕한다.

"책 많이 읽어?"

역시나 엄마 말을 듣고 끄덕끄덕.

"꿈이 뭐야?"

아이는 기다렸다는 듯 곧바로 대답한다.

"집 만드는 사람이요."

갑자기 무슨 소리인가 싶었다. 작년부터 아이의 꿈은 가수였다. 그런데 갑자기 집 만드는 사람이라니. 내가 아이에게 다시 물으니, 자기가 돌로 직접 집을 짓겠다는 것이 아니라 멋지게 집을 그리면 누군가가 그 집을 똑같이 만들어주면 좋겠다고 한다.

"아하, 건축가!"

할머니 할아버지가 동시에 고개를 끄덕이신다. 꿈을 꼭 이루라는 격려도 잊지 않으신다.

마을을 내려오는 길, 엄마는 다시 한 번 아이에게 확인을 해본다.

"지안아, 꿈이 언제 바뀐 거야? 너 가수 되고 싶다고 하지 않았어? 갑자기 집을 그리는 사람이 되겠다고 해서 엄마 깜짝 놀랐잖아."

"가수도 하고 집도 만들래. 그래도 돼?"

"그럼. 당연히 되지. 우리나라에는 가수도 하고 연기도 하는 사람도 많고, 가수도 하면서 증권회사에 다니는 아저씨도 있어. 그런데 왜 갑자기 집 만드는 사람이 되고 싶어졌어?"

"영국에 오니까 만날 숙소가 바뀌잖아. 그때마다 정말 궁금해. 오늘은 또 어떤 집에서 자게 될까? 기대되고 재미있어. 그래서 나도 예쁜 집 만들고 싶어졌어."

어쩐지…. 아이는 언제부턴가 새로운 숙소에 도착하면 자기 눈을 가리며 조심조심 들어섰다. 그러고는 마음에 쏙 든다며 침대 위로 몸을 날려 온 몸으로 기쁨을 표현했다. 예쁜 방, 예쁜 집을 만들어 다른 사람에게 자신이 느낀 기쁨을 똑같이 느끼게 해주고 싶다는 그 마음이 대견하고 기특하다. 하지만 물욕에 눈이 어두운 엄마는 다짐부터 받아둔다.

"지안아, 제일 먼저 만드는 집은 누구 줄 거야?"

"당연히 엄마지!"

"정말이지? 엄마한테 그냥 줄 거지? 공짜로?"

"아니, 그건 좀 생각해보고. 공짜로 줘도 되나 안 되나 잘 모르겠어."

"야, 엄마한테 그런 게 어디 있어. 당연히 네가 돈 많이 벌어서 공짜로 지어줘야지."

"그래? 그럼 그렇게."

"진짜지? 정말이지? 그럼 약속! 어서 새끼손가락 걸어. 나중에 딴소리 하기 없기다."

"알았다니까, 엄마."

선착장에서 배를 타고 보우네스로 건너오는 길. 호수 바람이 아이의 머리카락을 시원스레 날린다. 고작 여섯 살인 이 아이가 앞으로 성인이 될 때까지 머릿속에 그릴 꿈은 몇 개나 될까. 공주에서 엄마로, 엄마에서 가수로, 가수에서 건축가로. 지금까지 떠올린 꿈만 네 개인데….

자연스럽게 베아트릭스 포터가 떠오른다. 그녀가 살던 시절, 대부분 여성들의 바람은 좋은 집안의 남자를 만나 결혼을 하고 자녀를 두고 행복한 가정생활을 꾸리는 것이었다. 하지만 포터는 달랐다. 자신이 좋아하는 일을 찾아내어 거기에 열정을 쏟았고 꿈을 키웠으며 마침내 그 꿈을 이뤘다. 그리고 자연을 사랑하는 자신의 뜻까지 후세에 전하고 있다.

오늘 아이가 만난 것은 그저 세상에서 가장 예쁜 창문과 그 창문에 내려앉아 모이를 먹는 참새와 피터 래빗 인형들과 퍼즐들, 그리고 길가의 애벌레와 두 마리의 개였는지 모른다. 하지만 사진을 보든 엄마의 이야기를 듣든, 나중에 아이가 이곳 베아트릭스 포터가 사랑했던 마을에서 뛰놀았다는 것을 기억해내리라 믿는다. 더 욕심을 내본다면 같은 또래의 소녀들과 다른 꿈을 꾼 베아트릭스 포터의 삶에 대해서도 조금이나마 생각할 수 있게 되길 바란다. 마흔이 넘은 나도, 여섯 살 내 아이도, 부디 그녀처럼 누구나 꾸는 꿈이 아닌 자신만의 꿈을 꾸는 사람이었으면 좋겠다. 언제까지나 매일매일 우리가 우리 자신에게 부끄럽지 않게.

베아트릭스 포터

Beatrix Potter (1866년 7월 28일~1943년 12월 22일)

영국의 아동문학 작가이자 일러스트 작가다. 평생을 환경보호에 헌신한 환경운동가이기도 하다.

런던의 부유한 집에서 태어나 어린 시절부터 그림 그리기를 좋아했고, 그녀의 아버지는 딸의 예술적 재능을 키워주기 위해 많은 노력을 했다. 27세 때 옛 가정교사의 아들이 아파서 눕게 되자, 용기를 주기 위해 '피터'라는 이름의 토끼가 등장하는 그림이야기 편지를 보냈다. 이 편지가 바로 '피터 래빗 시리즈'의 시작이다.

1902년 '피터 래빗 시리즈'의 첫 권인 《피터 래빗 이야기》가 출간된 후 지난 100년 동안 30개 언어로 번역, 전 세계에서 1억5천만 부 이상이 판매되는 등 20세기는 물론 21세기에도 아이들과 어른들의 사랑을 꾸준히 받고 있다.

저서 : 그림동화 《피터 래빗 이야기》《벤자민 버니 이야기》《제미마 퍼들덕 이야기》《톰 키튼 이야기》《제레미 피셔 이야기》《헝커멍커 이야기》

"우리는 누구나 이상한 나라에 빠져보고 싶다."

나는 얼마 전에서야 루이스 캐럴의 《이상한 나라의 앨리스》를 제대로 읽었다. 콩닥거리는 마음으로 봤던 드라마에서 남녀 주인공이 폭 빠져버린 소설이 있었는데, 그게 바로 《이상한 나라의 앨리스》였다. 그 드라마 덕분에 서점가에서는 갑자기 《이상한 나라의 앨리스》가 날개 돋친 듯 팔렸고, 마침 크리스마스가 다가오고 있어서 나는 조카에게 선물을 하려다가 내 것도 한 권 샀다.

초등학교 때 읽었던 동화책 속, 파란 원피스를 입은 노란머리 앨리스와 회중시계를 들고 뛰어가던 토끼만 생각하고 가볍게 책장을 넘긴 것이 잘못이었다. 어느덧 나는 책장을 계속 넘길 수도, 그렇다고 덮어버릴 수도 없는 상황에 빠져버렸다.

처음엔 오호, 만족스러운 감탄사가 나왔다. 앨리스가 강둑에 앉아 언니 옆에서 할 일 없이 뒹굴다가, 시계를 보며 달려가는 토끼를 따라간 것부터 재미있었다. 그래, 어릴 때는 신기한 것을 보면 앞뒤 재지 않고 쫓아가고 싶은 마음이 들지. 나는 앨리스의 충동적인 행동이 마음에 들었다. 병에 들어 있는 음료수를 마셨더니 키가 커지는 것도 재미있었다. 아, 나도 그 음료수를 마시고 5센티미터만 더 커지면 좋겠다. 키가 줄어든 앨리스가 조금 전 자기가 흘린 눈물바다에 빠져 허우적댈 때는 어린이들이 가진 상상의 날개를 톡 건드려주는 것 같아 감탄하기도 했다. 아, 이래서 명작이라고 하는구나.

하지만 책장을 넘기면 넘길수록 나는 발이 빠지지 않는 진흙탕 속으로 끌려가는 기분이었다. 수수께끼에 무책임하게 대꾸하는 모자 장수, 갓난아기를 위아래로 난폭하게 흔들어대는 못생긴 공작부인, 여왕에게 벌을 받을까봐 하얀 장미에 빨간 칠을 하고 있는 카드 정원사, 툭하면 "저것의 목을 쳐라!" 하며 무시무시한 명령을 내리는 여왕까지…. 그 어떤 인물도 정상이 아니었다. 개연성도 전혀 없었다. 이야기는 꿈속에서처럼 이리저리 점프를 했고, 새로운 등장인물들은 나타났다가 말도 없이 사라졌으며, 어떤 에피소드는 완벽하게 말장난으로 시작해서 말장난으로 끝났다.

에이, 못 읽겠다! 도대체 내가 무슨 이야기를 읽고 있는지조차 알 수가 없어 책을 휙 던져버렸다. 하지만 금방 궁금해진다. 그래서 이야기를 어떻게 마무리 지을 건데? 한숨을 쉬며 책을 다시 집어 들기를 수십 번, 마지막 페이지를 덮고 나니 그제야 고개가 끄덕여진다.

"와, 이게 진짜 동화구나!"

아이들은 그런 존재다. 세상을 눈으로 보거나 머리로 이해하는 게 아니라, 자신들의 꿈과 상상을 가미해 마음 내키는 대로 볼 수 있는 존재. 논리나 개연성이라곤 전혀 없는 문제를 내놓고 "나도 몰라"라고 천연덕스럽게 대답할 수 있으며, 어떤 이야기를 기승전결이 아니라 승결전기로 하면서도 전혀 문제가 없다고 생각한다. 그러니 《이상한 나라의 앨리스》야말로 딱 아이들의 눈높이에 맞춰진 아이들의 이야기, 모든 것이 뒤죽박죽된 최고의 환상 세계가 아닐까.

그때 앨리스는 조금 떨어진 곳의 한쪽 나뭇가지에 앉아 있는
체셔 고양이를 보고 움찔 놀랐다.
고양이는 앨리스를 보고 씩 웃을 뿐이었다.
마음씨가 좋게 생긴 것 같았다.
하지만 엄청나게 긴 발톱과 날카로운 이빨이 많이 보여서
앨리스는 고양이에게 정중하게 대해야겠다고 마음먹었다.
앨리스는 자기가 부르는 이름을 고양이가 마음에 들어 할지 몰라서
머뭇거리며 말을 걸었다.
"체셔 고양이야."

하지만 고양이는 더 많이 씩 하고 웃을 뿐이었다.

앨리스는 '아직까지는 마음에 드나봐' 라고 생각하며 말을 이었다.

"내가 여기서 어느 길로 가야 하는지 말해줄래?"

"네가 어디로 가고 싶은지에 달려 있지."

"어디든 별로 상관없는데…."

"그렇다면 어느 쪽으로 가든 무슨 문제가 되겠어."

앨리스가 설명을 덧붙였다.

"내가 어딘가에 도착할 수만 있다면야…."

"아, 넌 틀림없이 어딘가에 도착하게 돼 있어. 걸을 만치 걸으면 말이지."

–《이상한 나라의 앨리스》 중에서

'걸을 만치 걸어서' 이상한 나라의 앨리스를 만나기 위해 찾아온 곳은 웨일즈의 북서부 아이리시 해에 면한 도시 랜디드노. 활처럼 굽은 긴 해안가를 따라 파스텔 톤의 빅토리아 양식 건물들이 우아하게 펼쳐져 있는 바닷가 도시다. 랜디드노는 19세기부터 휴양지로 사랑받아왔는데, 작가인 루이스 캐럴은 여름이면 앨리스의 실제 모델인 앨리스 리델 일가와 이곳에서 휴가를 보냈다고 한다.

여행을 오기 전 인터넷으로 자료를 찾아보다가 나는 랜디드노에 앨리스 센터가 있다는 사실을 알게 되었다. 하지만 앨리스 센터가 어떤 곳인지는 전혀 나와 있지 않았다. 캐릭터가 가득한 선물가게인지,

베이트릭스 포터 월드처럼 인형들로 재현된 동화 나라인지도 알 수 없었다. 하지만 나는 그것만으로도 랜디드노를 방문할 이유가 충분하다고 생각했다. 랜디드노, 이름도 얼마나 매력적인가. 앨리스가 떨어진 토끼 굴 세계에 새로운 이름을 붙여준다면 랜디드노가 제격인 것 같았다.

그래, 일단 가보자. 앨리스를 쫓아, 하얀 토끼를 쫓아. 여행 중에는 무작정 쫓아가야 하는 순간도 있어야 하는 법이니까. 그렇게 우리는 아일랜드와 스코틀랜드, 잉글랜드에 이어 웨일즈까지 찾아오게 되었다. 윈더미어에서 맨체스터로, 맨체스터에서 랜디드노로 이어지는 긴 여정이었다.

기차에서 내리자 톡 빗방울이 떨어진다. 하늘은 파란데 다섯 걸음에 한 번씩 빗방울이 떨어진다. 역시 영국에서는 다양한 비트의 빗방울을 체험할 수 있다.

역에서 나와 숙소로 가는 길을 찾기 위해 두리번거리는데, 지나가는 사람들이 하나같이 아는 체를 하며 내가 들고 있는 쪽지를 봐준다. 오른쪽으로 가라, 왼쪽으로 가라, 한 블록 더 가라, 세 번째 코너에서 돌아라. 할머니부터 10대 소년까지 우리를 도와주지 못해 안달이다. 길을 잘 모르는 사람은 식료품 가게에 들어가 주소지를 보여주고, 가게 주인도 모르면 같이 나와 지나가는 또 다른 사람에게 물어봐준다. 비슷비슷하게 생긴 하얀 건물들이 늘어서 있는 거리에서, 덕분에 우리는 참 쉽게 게스트하우스를 찾았다.

"네? 뭐라구요? 앨리스 센터가 없어졌다구요?"

나도 모르게 목에서 삑–쇳소리가 났다. 게스트 하우스에 짐을 풀고 나와 제일 먼저 찾아온 관광 안내소. 고작 이런 소리를 듣기 위해 여섯 살 딸아이를 데리고 긴긴 시간 기차를 타고 환승까지 해가며 이곳에 온 것이 아니다.

"앨리스 센터에 대해서는 어디서 들으셨는데요?"

"인터넷에서…."

"어휴, 정보가 잘못 올라가 있네요. 이미 4년 전에 문을 닫았는데. 어쩌나…."

무작정 토끼를 따라 나섰다 캄캄한 토끼 굴에 빠져버린 앨리스의 심정이 이러했을까. 관광 안내소를 나가야 하는데 나는 꼼짝도 할 수가 없었다. 《이상한 나라의 앨리스》를 읽었을 때처럼 발이 빠지지 않는 진흙탕 속에 서 있는 기분이었다.

"그럼 랜디드노에 《이상한 나라의 앨리스》와 관련된 다른 것은 없을까요? 작가가 여름휴가를 보냈던 별장이 아파트가 되었다는 이야기도 들은 것 같은데…. 거기가 어딘지 알 수 있을까요?"

생떼라도 쓰고 싶은 심정이다. 무작정 가보자, 하는 마음으로 정보도 잘 챙기지 않은 채 와놓고, 지금은 앨리스 센터가 왜 없어졌느냐고 따지고 싶다. 하지만 내 의지로 와놓고 다른 사람에게 따질 수도 없는 노릇이니 괜히 심술이 난다.

다행히 관광 안내소의 세 직원은 정말 친절한 아가씨들이었다. 그들은 컴퓨터 앞에서 열심히 자판을 두드리더니 내게 두 장의 프린트물을 건넨다. 그 중 하나는 이 도시의 지도다. 동서남북 네 방향에 앨리스와 토끼, 모자장수와 여왕이 그려져 있다.

"미안해요, 힘들게 여기까지 왔을 텐데. 앨리스 센터는 사라졌지만 여기 이 지도 보이시죠? 도시 네 방향에 《이상한 나라의 앨리스》에 나오는 네 명의 동상이 세워져 있어요. 그거라도 찾아보실래요? 그리고 이건 앨리스 그림이에요. 아이가 색칠하면 좋아할 것 같은데…. 더 필요하면 말씀하세요. 얼마든지 드릴게요."

심술을 부리고 싶었던 나는 도리어 머쓱해진다. 미안해할 이유가 전혀 없는데 그들은 자꾸 내게 미안하다고 말한다. 나는 몇 번이나 고맙다고 말하며 관광 안내소를 나선다. 상냥한 아가씨들에게 위로를 받은 덕분에 다시 힘이 난다.

직원들과 나눈 이야기를 들려주자 아이는 오히려 팔딱팔딱 뛰며 기쁨을 감추지 못한다.

"뭐라구, 엄마? 그러니까 지금부터 길에서 앨리스랑 토끼랑 모자장수랑 여왕을 찾는다구? 완전 보물찾기잖아. 나 보물찾기 진짜진짜 좋아하는데! 엄마, 우리 내기할까? 누가 먼저 찾나. 이긴 사람 소원 들어주기."

오락가락하는 비를 맞으며 우리는 가장 먼저 바닷가로 달려갔다. 커다란 반원을 그리며 넓은 해안이 펼쳐져 있고, 그만큼 넓은 산책로가 이어져 있다. 무엇보다 근사한 것은 산책로를 따라 화려한 건물들이 어깨를 맞대고 끝없이 이어져 있는 것이다. 아, 이런 건물이 빅토리아풍이구나. 새삼 고개가 끄덕여진다. 산책로 끝에는 놀이동산처럼 꾸며진 독특한 구조물의 다리가 바다를 향해 놓여 있어 호기심을 자극한다. 전체적으로 우아하면서도 아기자기하다. 확실히 아일랜드나 스코틀랜드와는 또 다른 느낌이다. 바다를 바라보고 있는데 아이가 불쑥 환호성을 지른다.

"엄마, 나 찾았어! 내가 먼저 찾은 거지? 저기, 저기, 모자장수! 주전자를 들고 있어."

어떻게 보면 다소 생뚱맞게, 바닷가 앞 산책로에서 모자장수는 주전자를 들고 우스꽝스러운 자세로 서 있다. 제가 먼저 발견했다며, 아이는 우산을 든 채 굳이 펜까지 꺼내 지도 위에 동그라미를 친다. 그러더니 또 어디로 가야 하나, 즐거운 표정으로 두리번거린다.

그런 아이를 보니, 조금 전 원망과 심술로 가득 찼던 내 마음이 민망하다. 잘 알아보지도 않고 온 것은 나였으면서 나는 다른 누군가에게 짜증을 내려 했다. 여기까지 온 것을 후회하기도 했다. 하지만 아이는 자신에게 주어진 재료를 가지고 어떻게 하면 재미있을까, 어떻게 하면 더 기쁠까, 현재를 궁리한다. 참 현명한 마음이다.

"엄마, 모자장수는 찾았으니까 다음은 토끼야. 빨리 따라와!"

　시계방향으로 걸어가자 버스정류장 건너편 공원에 재킷을 입은 토끼가 있다. 일부러 못 본 척했더니 아이는 또 제가 먼저 찾았다며 기뻐한다. 토끼 앞에서 사진을 찍어달라며 토끼처럼 깡충깡충 뛰는 아이를 보고, 지나가는 사람들이 웃음을 터뜨린다. 사람들의 웃음이 무안했는지 금방 샐쭉해지는 아이. 그래도 마음을 푸는 데 오래 걸리지 않는다.

　기차역 앞에서 앨리스를 발견한 아이는 또 한 번 방방 뛰기 시작한다. 그런데 엄마는 앨리스를 보자 조금 서운하다. 앨리스는 우리가 상상했던 것만큼 예쁜 소녀가 아니다. 오랜 세월 거리에 서 있었던 탓에 녹물로 얼룩진 소녀의 얼굴은 괴기스럽기까지 하다. 하지만 아이는 그런 것 따위는 개의치 않는다. 동화 속 주인공을 만났다는 사실이 기쁠 뿐이다. 아이는 연신 방긋방긋 웃으며 앨리스의 자세를 흉내 내 제 치마도 살짝 들춰본다. 마지막으로 만난 여왕은 역시 심술궂은 얼굴이다. 손가락을 하늘 높이 치켜든 채 무언가를 가리키고 있는데 대충 봐도 앨리스가 있는 방향이다. 여왕은 금방이라도 그쪽으로 종종거리며 달려갈 것 같다.

동서남북 네 방향에서 《이상한 나라의 앨리스》의 등장인물을 모두 찾아낸 아이는 비가 내려 쌀쌀한데도 당당하게 아이스크림을 요구했다. 아이스크림을 먹는 아이 옆에서 나는 커피를 마시며 빗소리를 듣는다.

"엄마, 내가 먹는 아이스크림, 엄마도 먹어볼래?"

"어디 한 번 줘봐. 아~"

아이가 아이스크림을 내 입에 쏙 넣어준다. 차가운 아이스크림과 따뜻한 커피가 동시에 입 안에 들어오자, 두 가지의 상반된 맛이 오묘하게 섞인다. 딱 랜디드노 같다. 차가움과 뜨거움, 실망감과 성취감, 아늑함과 외로움이 공존하는 곳. 루이스 캐럴은 평화롭고 아름다운 이 도시에서 어떤 생각을 하며 하늘을 보고, 바다를 보고, 앨리스 리델을 보았을까.

찰스 루트위지 도지슨. 이것이 루이스 캐럴의 본명이다. 그는 책을 낼 때만 루이스 캐럴이라는 필명을 사용했다. 옥스퍼드에 있는 크라이스트처치 칼리지 재학 시절 헨리 리델 학장의 집에서 어린 세 자매를 만났던 캐럴. 그는 내성적이고 괴팍한 성격에 말더듬이어서 사람들과 잘 어울리지 못했지만 어린이들에게만은 달랐다. 늘 재미있는 이야기를 들려주는 다정한 아저씨였다.

그는 리델 학장의 세 자매 중 둘째딸 앨리스를 유독 예뻐해 그녀를 주인공으로 이야기를 만들어냈는데, 어느 날 강가에서 보트를 타면서 앨리스의 자매들에게 들려준 이야기가 바로 《이상한 나라의 앨리스》다. 하지만 그의 삶은 동화 속 세상과는 거리가 멀었던 것 같다. 그는 평생 독신으로 살면서, 다른 가족의 여름휴가에 눈치 없게 쫓아다녔던 사람이었고, 앨리스 리델에 대한 지나친 관심으로 결국 리델 집안과 인연을 끊어야 했다.

그런 그가 여름이면 방문했다는 이곳 랜디드노에서는 어떤 기분이었을까? 어느 여름, 누군가는 모래밭을 뛰어다니고 누군가는 바다에서 헤엄을 치고 누군가는 연인의 손을 잡고 걸었을 이곳에서, 루이스 캐럴은 어떤 생각을 하며 앨리스 리델의 곁에 머물렀을지.

다음날은 웨일즈의 또 다른 도시인 콘위로 넘어가는 일정이다. 전날과 달리 날씨가 좋다. 파란 하늘 아래의 랜디드노 바다는 어떨까. 우리는 자연스레 해변으로 걸음을 옮겼다.

햇볕은 어제보다 따사롭지만 바람은 어제만큼 춥다. 고작 9월 초순일 뿐인데 영국은 왜 이리도 추운 것일까. 아무리 옷을 단단히 여며도 바닷가 마을이다 보니 칼바람이 옷 속으로 파고든다. 털모자를 쓰고 히트텍에 기모안감이 든 후드티까지 겹쳐 입었는데, 바닷가에 도착한 지 10분이 지나자 도저히 더 있을 수 없을 지경이다.

"지안아, 어디 좀 들어가서 따뜻한 차라도 마시자."

"왜?"

"너무 추워서. 넌 안 추워?"

"난 하나도 안 추워. 바다에 더 있고 싶어. 진흙이 정말 푹신푹신해. 엄마도 밟아봐. 진짜 부드러워."

당연하다. 아이에게는 내의와 두꺼운 티셔츠, 재킷과 털조끼까지 입혀주었으니 엄마 보다는 덜 추울 것이다. 하지만 나는 추워도 너무 춥다. 숙소로 돌아가 두꺼운 옷으로 갈아입고 싶지만 아이를 챙겨서 숙소까지 다녀오는 일도 버겁게 느껴진다.

"엄마, 우리 모래놀이하자. 나 이 진흙이 진짜 좋아. 엄마도 이리와서 진흙 좀 밟아봐."

바닷가에서 노는 것이 한없이 좋은 아이. 그래, 아이가 행복하다면 나도 버틸 때까지 버텨보는 수밖에.

"알았어. 조금만 더 있자. 근데 엄마 진짜 추워, 지안아. 조금만 더 놀고 따뜻한 데로 가자. 그리고 모래놀이는 혼자 해. 엄마는 추워서 뭘 할 수가 없을 것 같아. 여기 그냥 앉아 있을게."

"추우면 움직여야지. 여기 진흙 좀 밟아봐. 여기를 엄마가 밟아줘야 해."

나는 아이가 원하는 대로 진흙도 밟아주고 돌도 치워준다. 얼마나 그렇게 했을까. 오들오들 떨다 보니 감기라도 걸리면 어쩌나 걱정이 된다. 내가 아픈 건 둘째 치고 아이한테 옮기기라도 하면 큰일이다.

"지안아, 이제 그만 가자."

"싫어. 엄마가 더 있어도 된다고 했잖아. 난 이 놀이가 아직 안 끝났단 말이야."

"엄마 춥다고. 넌 안 춥지만 엄마는 춥단 말이야."

"아이 참, 엄마! 그쪽이 아니라 이쪽을 밟아달라고! 내가 말했잖아."

엄마의 말은 들리지도 않는지, 제 뜻대로 안 되자 엄마에게 야단치듯 말하는 아이. 순간 나도 울컥 화가 난다. 아무리 아이지만 어쩜 이렇게 제 생각만 하나. 너무너무 화가 나서 휙 돌아서버린다.

"엄만 추워서 갈 테니까 너 혼자 놀든지 따라오든지 맘대로 해."

화가 나서 성큼성큼 해변을 등지고 나오는데, 어라? 이 녀석이 따라오질 않는다. 돌아보니 아이는 바닷가를 뱅뱅 돌며 여전히 모래놀이 중이다. 기가 막혀서 성큼성큼 더 걸어가다 돌아보니, 어쭈? 여전히 아이는 엄마 쪽을 쳐다보지도 않고 혼자 놀고 있다. 이건 완전히 기 싸움이다. 좋아! 그럼 누가 이기나 어디 한 번 해보자.

나는 산책로를 완전히 빠져나온 뒤 아이의 시야에서 보일 듯 말 듯한 곳에 웅크려 앉았다. 얼마나 시간이 흘렀을까. 바닷가 쪽으로 차

한 대가 돌진한다. 그 차를 보고 놀란 것일까, 아이가 벌떡 일어나더니 놀이를 멈추고 산책로 쪽으로 뛰어온다. 으이구, 이제 항복이냐? 아이를 흘겨보며 나도 일어서는데, 아이가 모래밭 끝에서 철퍼덕 넘어지고 만다.

"아유, 정말!"

나는 자리에 선 채 아이를 바라본다. 벌떡 일어나기에 괜찮은가 했는데, 아이가 꼼짝 않고 그 자리에 서 있다. 느릿느릿 다가가보니 세상에, 젖은 모래로 범벅된 얼굴에 코피가 흐르고 있다. 아이의 옷 위로 시뻘건 피가 뚝뚝 떨어진다. 물론 벌써 울음도 터져 있는 상태다.

"엄마아아…."

그 모습을 보는데 어찌나 속이 상하는지. 서둘러 다가가 무릎에 앉혀놓고 코피도 막아주고 얼굴에 묻은 모래도 털어준다. 그리고는 기어이 엄마의 잔소리를 하고 만다.

"아우, 진짜. 내가 못 살아. 그러니까 엄마 말을 들었어야지. 엄마 말 안 듣고 네 맘대로 하니까 이런 일이 생기지."

얼굴도 씻고 옷도 갈아입으러 다시 숙소로 돌아가는 길, 엄마 손을 꼭 잡고 걷던 아이가 손가락에 힘을 주더니 이렇게 말한다.

"엄마, 미안해. 내가 뛰면서 앞만 보지 말고 아래도 봐야 했는데 안 그랬어. 정말 미안해."

병 주고 약 주고, 하여간 아이들은 못 말린다. 나는 마음이 짠해져 그대로 꼬옥 안아준다.

"하필 우리가 서로한테 마음이 상해 있을 때 이런 일이 일어나서 엄마도 너무 속상해. 벌떡 일어난 것은 정말 기특했어. 아주 잘했어. 많이 안 다친 것도 다행이야. 그러니까 앞으로 우리 더 조심하자. 서로 마음이 안 맞아서 이런 일도 생긴 거잖아. 좀 더 서로의 마음을 헤아려주자. 응?"

아이도 고개를 *끄덕끄덕*, 엄마도 고개를 *끄덕끄덕*.

숙소에서 나오자 기온이 쑥 올라가 있다. 따뜻한 공기와 매섭지 않은 바람에 마음이 한결 보드라워진다. 바닷가에는 조금 전과 비교도 안 될 만큼 많은 사람들이 산책을 하고 있었다. 다들 어디에 숨어 있다가 쏟아져 나온 것일까.

"어? 엄마, 말이야, 작은 말."

"아냐, 지안아. 이건 덩키, 당나귀야."

"당나귀? 아, 귀여워…."

당나귀 옆으로 다가갔더니 당근을 가져온 소년이 지안이에게도 반 토막을 내민다. 무서워서 싫다고 할 줄 알았는데, 아이는 소년이 가르쳐준 대로 손바닥을 펴서 당나귀에게 당근을 먹인다. 2파운드를 내면 당나귀를 탈 수 있다기에, 나는 아이에게 2파운드를 준다. 코피까지 터졌는데 당나귀와의 추억이라도 만들어줘야 싶어서. 아이는 행복한 표정으로 당나귀 위에 올라탄다. 모래밭 이쪽 끝에서 저쪽 끝까지 바닷바람이 당나귀를 밀어준다. 당나귀를 타고 즐거워하는 아이를 보자, 조금 전 그렇게 속상했던 마음이 조금씩 누그러진다.

아이는 생전 처음 타본 당나귀가 무척 마음에 들었나 보다. 빨리 당근을 사오잔다. 곧 출발해야 해서 그럴 수 없다고 했는데도 미련을 버리지 못한다. 심지어 자기가 당나귀와 있을 테니 엄마 혼자 뛰어가서 당근을 사오란다. 하지만 벌써 버스시간이 다 되어간다.

"지안아, 이제 우리 가야 되니까 당나귀한테 작별인사 할래?"

아이는 엄마아빠와 포옹할 때처럼 당나귀를 꼭 껴안아준다. 그리고 당나귀와 헤어져 몇 걸음 걷다 말고 엄마를 껴안는다.

"왜, 아쉬워?"

"응, 아쉬워. 너무너무 아쉬워."

"엄마는 지안이가 당나귀를 이렇게 예뻐할 줄 몰랐네."

"나도 당나귀가 이렇게 예쁜 줄 몰랐어."

이제 그만 걷자고 해도 아이는 뭐가 그리 아쉽고 허전한지, 더 깊이 엄마 품으로 파고든다.

콘위로 가는 시내버스에 올라타자, 이틀 동안 누비고 다녔던 랜디드노가 점점 멀어진다. 저기는 우리가 저녁을 먹었던 레스토랑, 저기는 아빠한테 편지를 부쳤던 우체국, 저기는 우리에게 지도를 주었던 관광 안내소. 아주 짧은 시간 동안 아주 잠깐 스쳐가는 도시라고 생각했는데, 이 도시를 속속들이 아는 것처럼 모든 건물과 거리가 낯익고 다정하다. 투둑, 투둑, 빗방울이 버스 차창을 때린다. 조금 전만 해도 화창했는데 언제 또 이렇게 구름이 몰려들어 비를 뿌리는 걸까.

"지안아, 우리가 이상한 나라의 앨리스가 된 것 같아."

"왜?"

"랜디드노에서 이틀 있었는데 한참 있었던 것 같아."

"맞아. 날씨도 계속 이랬다 저랬다 하고."

"엄마랑 지안이가 싸우고 토라지기도 했고."

"내가 넘어져서 코피도 흘리고."

"뭔가 아주 뒤죽박죽이었던 것 같아."

"맞아, 여긴 이상한 나라였어."

아이의 말처럼 랜디드노야말로 이상한 나라가 아니었을까.

'앞으로 엄마와 지안이가 싸우면 안 된다는 것. 서로서로 상대방을 배려하고 생각해줘야 한다는 것'이라는 교훈으로 랜디드노의 일정을 마무리 지으려고 하는데, 문득 《이상한 나라의 앨리스》의 대사가 떠오른다.

"교훈이 없을 수도 있어요."

"매사에 교훈 찾는 걸 아주 좋아하시네!"

맞다. 교훈적인 내용이 전혀 없는, 그저 아이가 중심이 되고 아이의 눈높이에서 아이에 의해 모든 것이 이해되는 《이상한 나라의 앨리스》야 말로 진정한 동화다. 그 눈높이를 맞추지 못하고 내가 어리석게 굴었던 도시, 랜디드노. 이곳은 내게 아주 오래오래 기억될 이상한 나라다.

본명은 찰스 루트위지 도지슨.

영국 체셔 주에서 성공회 사제의 열한 명의 자녀 중 셋째로 출생했다.

럭비 공립학교와 옥스퍼드 대학의 크라이스트처치 칼리지에서 수학한 후, 26년간 옥스퍼드 대학의 수학 교수로 근무하면서 동화와 수학, 논리학 서적들을 펴냈다.

캐럴은 대학생 시절 학장이었던 헨리 리델의 집에 하숙하면서 그 집의 아이들과 자주 어울려 놀았다. 특히 학장의 둘째딸인 앨리스 리델에게 매료되어 그녀를 주인공으로 한 동화 《이상한 나라의 앨리스》(1865)와 그 속편인 《거울 나라의 앨리스》(1871)를 썼다. 유머와 환상으로 가득 찬 이 작품들로 캐럴은 근대 아동문학 확립자의 한 사람이 되었다.

저서 : 동화 《이상한 나라의 앨리스》 《거울 나라의 앨리스》 《괴물 스나크잡이》, 수학책 《유클리드와 그 경쟁자와 다수의 시집》

웨일즈 콘위
《아더 왕의 전설》

"용감해지고 싶은 자,
콘위로 가자!"

에든버러의 홀리루드 공원 꼭대기에 앉아 있을 때
였다.

"엄마, 저게 뭐야?"

"그러게, 저게 뭐지? 커다란 비석 같은 게 세워져 있
네?"

"한 번 가보자. 가까이에서 보게."

"아주 좋은 생각이긴 한데 어떡하지? 엄마가 지금 다
리가 너무 후들거려서 저기까진 못 올라가겠어."

그래봤자 엎어지면 코 닿을 거리였다. 평지였다면 한

열 발자국 정도? 하지만 우리가 서 있던 곳은 안전장치 하나 없이 뻥 뚫린 바위산 꼭대기. 바람은 우리를 저 아래에 있는 에든버러 시가지로 날려 보낼 것처럼 요란하게 불었고, 나는 행여나 아이가 날아갈까 봐 손을 꼭 붙들고 있었다. 평소 고소공포증도 없는 내가 똑바로 서 있기조차 힘든 곳이라니. 딱 내 키만 한 바위 하나만 더 오르면 되는데, 나는 도저히 아이를 붙잡고 엉금엉금 기어서 거기까지 도달할 자신이 없었다.

그날 저녁 한인민박 주인은 내 이야기를 듣더니 '아니, 어떻게 그게 뭔지도 모르고 거기까지 갔냐' 하는 표정으로 말했다.

" '아더의 자리' 잖아요. 아더 왕 아시죠? 원탁의 기사에 나오는. 먼 옛날 아더 왕이 거기에 꽂혀 있던 전설의 검 엑스칼리버를 뽑아들었대요. 그리고 그 언덕에 앉아 퇴각하는 군대를 바라봤대요. 사실 아더 왕이 실존인물이다 아니다 이곳에서도 의견이 분분한데, 대부분은 그냥 믿고 가는 눈치예요. 아더 왕이 웨일즈 지방 출신이라고 하지만 스코틀랜드의 척박하면서도 웅장한 풍경을 보면 그런 왕의 전설 하나쯤 믿고 싶은 거죠."

그 순간 노래 하나가 떠올랐다.

'희망이여, 빛이여, 아득한 하늘이여, 나라의 백마가 울부짖는다. 지축을 울리는 말발굽, 바람을 가르는 갈기, 나 소리 높이 외친다, 나 소리 높이 외친다, 위대한 이 나라의 통일을 위해 오늘도 달린다, 오늘도 달린다.'

어릴 때 텔레비전으로 봤던 〈원탁의 기사〉의 주제가였다. 이 노래가 흘러나오면 나와 동생은 애국가를 부를 때처럼 벌떡 일어나 큰소리로 따라 불렀다. 그 아더 왕의 이야기가 이곳에 있다니. 나는 잊었던 숙제가 생각난 것처럼 즉시 아더 왕의 이야기를 찾아보았다. 그리고 여행의 동선을 따져가며 찾아낸 곳이 웨일즈의 콘위였다.

웨일즈 북서부에 있는 자치주 콘위는, 랜디드노에서 시내버스를 타고 30분 거리에 있다. 남쪽에는 웨일즈 최고봉인 스노돈 산(1,085m)이 있는 스노도니아 국립공원이 있고, 콘위는 그 산자락을 타고 콘위강으로 이어지는 지점에 있다. 덕분에 풍광은 경이로울 정도다. 항구가 있어 예전에는 진주를 비롯한 어업이 발달했지만, 지금은 요트와 유람선이 많은 관광도시로 변했다. 하지만 비수기에 간 탓인지 우리에게 콘위는 관광도시라기보다 소박한 어촌처럼 보인다. 그리고 이 어촌마을에 어울리는 듯 어울리지 않는 듯, 아더 왕의 고함소리가 쩌렁쩌렁 울릴 것 같은 콘위 성이 우람하게 서 있을 뿐이다.

"엄마, 저기 좀 봐. 아빠가 보면 좋아하겠다."
지도를 펼쳐든 채 유스호스텔의 방향을 가늠하고 있는데 아이가 호들갑스럽게 외친다. 아이가 가리킨 곳을 보니, 구 시가지에 중세의 기사들 대신 온통 시커먼 바이커들이 바글대고 있다. 승용차도 피해

간다는 할리 데이비슨, 독일의 자존심이라는 BMW, 이탈리아의 감성이 드러나는 두카티….

버스로 한적한 바닷가 길을 달려오다가 콘위 성과 마주쳤을 때도 그 위풍당당한 모습에 약간 주눅이 들었다. 그런데 버스에서 내리자마자 가죽바지와 가죽재킷으로 중무장한 바이커들이라니. 용맹한 아더 왕의 자취를 찾아오기는 했지만 이거야 콘위의 첫인상이 너무나도 위압적이다. 하지만 그렇다고 기죽을 우리가 아니다. 우리는 오히려 힘을 내어 씩씩하게 언덕길을 오르기 시작했다.

우리가 예약한 유스호스텔은 전망이 끝내준다고 했다. 그것은 바꿔 말하면 내가 무거운 트렁크와 배낭을 지고 아이의 손을 잡은 채 언덕길을 올라가야 한다는 뜻이기도 하다. 하지만 왕의 발자취를 찾

아온 콘위여서일까, 아니면 이미 몇 번의 비슷한 경험을 해봐서일까. 이번에는 버틸 만하다. 그냥 평지에 있는 숙소를 찾아갈 때보다 조금 더 힘든 정도, 팔이 아프고 어깨가 뻐근하다는 정도, 중간에 만난 인도 청년이 한참동안 말을 시키면서 짐 하나 들어주지 않고 가버리는 것이 서운하다는 정도, 뭐 그 정도일 뿐이다.

달라진 건 나만이 아니다. 다섯 살과 여섯 살은 이렇게 다른 것일까. 작년에는 함께 오르막길을 오르면서 아이가 짜증을 내거나 안아달라고 조를까봐 조마조마했다. 하지만 아이는 이제 엄마를 배려할 줄 안다.

"엄마, 힘들지 않아? 좀 멈췄다 갈까?"

"엄마, 내가 좀 들어줄까?"

"엄마, 내가 끌어줄게. 비켜봐."

실제로 도움이 되는 건 아니지만, 나는 아이의 마음이 이렇게 성장해버린 게 대견하기만 하다. 그렇게 우리는 서로에게 의지하고 중간중간 쉬기도 하면서, 언덕길이라는 난코스를 통과해 즐겁게 목적지에 도착했다.

"엄마, 여기는 어떤 동화의 나라야?"

전망대에 오른 것처럼 콘위가 한 눈에 내려다보이는 유스호스텔 침대에 앉아 아이가 묻는다. 나는 머릿속에 떠오르는 이야기를 정리해본다. 사실 콘위는 엄밀히 따지면 아더 왕과는 상관이 없는 곳이다. 아더 왕이 웨일즈 출신이긴 하지만 그는 남웨일즈 브리튼가 왕의 혈통이다. 그의 정신적 토대가 되는 도시는 웨일즈의 콘위가 아니라 잉글랜드 남서부의 콘월. 콘위는 영국의 왕이었던 에드워드 1세가 북웨일즈를 정복하기 위해 세운 콘위 성이 있는 곳일 뿐이다.

그럼에도 불구하고 이곳을 찾아온 이유는 아더 왕이 웨일즈 출신이니 웨일즈의 성을 방문하고 싶었고, 마침 콘위가 우리 동선에 있는 랜디드노와도 가까웠기 때문이다. 하지만 무엇보다 매력적인 점은 콘위 성이 처음 세워졌던 13세기 말의 모습 그대로 보존되어 있다는 점이었다. 그래서 나는 아더 왕이 머물렀던 곳은 아니지만 그 시대의

분위기를 충분히 느낄 수 있을 것이라는 주관적인 판단으로 콘위를 찾은 것이다.

그렇다면 콘위 성을 지은 에드워드는 1세는 어떤 인물일까. 나는 영국에 오기 전에 꼭 봐야 할 영화 중 하나가 〈브레이브 하트〉라고 생각한다. 스코틀랜드의 독립을 위해 싸운 윌리엄 월레스의 이야기인데, 스코틀랜드 사람들은 〈브레이브 하트〉 이야기를 꺼내면 밤을 새워 열변을 토할 만큼 이 영화에 대한 사랑이 대단하다. 윌리엄 월레스는 용맹하게 싸우다 잉글랜드 군에게 사로잡히고 마는데, 영화 속에서 월레스와 스코틀랜드인들을 탄압하는 냉혹한 폭군이 바로 에드워드 1세다.

영화에서도 그렇지만 실제로 에드워드 1세는 웨일즈와 스코틀랜드를 손에 넣기 위해 온 힘을 기울였고 잔혹한 수법도 많이 썼다. 월레스를 교수형에 처한 다음 사지를 찢어버렸는데…. 앗, 이 이야기는 여기서 멈춰야겠다. 자칫 예쁜 동화가 잔혹 동화로 변하면 안 되겠기에.

다음날 우리는 콘위 성으로 가기 위해 만반의 준비를 했다. 추위 때문에 또 신경이 날카로워지는 일이 생기지 않도록, 아이도 나도 트렁크 속에 있는 옷을 모조리 꺼내 입었다.

그런데 통유리로 된 유스호스텔 식당 앞에 섰을 때 우리의 발길을 붙잡는 것이 있으니, 아아, 새벽부터 줄기차게 내리던 비가 여전히 무시무시한 기세로 내리고 있다. 창문을 열어보니 산 속이어서 그런지 바람이 무서우리만치 불어댄다. 귀신이 나와도 전혀 이상할 것 없는 분위기다. 우리는 통유리에 코를 박고 하늘을 올려다본다.

"어? 손바닥만큼 파란 하늘이 보이는데?"

"아, 그 뒤로는 또 시커먼 먹구름이야!"

"와, 드디어 햇빛이다!"

"어? 근데 저건 뭐지? 옆엔 계속 비가 내리잖아."

"비가 바람 따라 사선으로 내려."

하늘을 봐도 도저히 날씨를 가늠할 수 없다. 우리는 창문 앞에 나란히 앉아 저 멀리 푸른 능선과 초원들 사이로 인형의 집처럼 촘촘히 박혀 있는 영국풍의 집들을 감상한다. 아이는 중간 중간 아무도 없는 넓은 식당에서 장난감을 가지고 놀기도 하고, 그림을 그리기도 한다. 라디에이터를 드럼 삼아 혼자만의 음악회를 열기도 한다. 그렇게 두 시간 정도를 흘려보내며 하늘이 바깥으로 나갈 신호를 보내주기만 기다리고 있는데, 늘 그렇듯 결정적인 신호는 하늘이 아니라 아이가 보내온다.

"엄마, 배고파."

바람은 유리창을 때려 부술 기세로 내리고 있지만 다행히 비는 잠시 소강상태다. 그래, 기회는 이때다. 비가 오면 어느 처마 밑에 들어 갔다 나오면 되겠지. 우리는 옷을 단단히 여미고 털모자에 목도리, 마스크까지 한 뒤 힘차게 현관문을 연다.

"애걔? 이게 뭐야? 하나도 안 춥잖아."

"그러게, 바람도 안 차네? 그럼 이 소린 뭐지?"

"엄마, 바람이 휘파람 부나봐. 소리만 크고 하나도 안 추워. 아, 웃겨."

소리는 여전히 으스스한데 막상 몸에 닿는 바람은 살랑거리는 정도다. 온화한 기운이 피부로 스며든다. 도대체 우리는 두 시간동안 무엇을 하고 있었던 것일까? 완전히 겁쟁이 모녀였던 것이다. 아이는 누가 볼 새라 마스크를 벗어던지고 신나게 산길을 뛰어 내려간다.

"엄마, 우리 성부터 다녀오자. 그게 좋겠어. 밥 먹고 나서 또 비 오면 어떡해."

"너 배고프다며?"

"좀 괜찮아졌어. 빨리 성부터 가자."

하지만 오후 2시가 넘은 시간, 아이에게 밥부터 먹이고 싶은 게 엄마 마음이다. 아이를 달래 가벼운 점심을 먹을 겸 케밥 집으로 들어간다. 나도 엄마지만 역시 엄마 말은 듣고 볼 일이다. 케밥을 한 입 베어 물자마자 또 비가 퍼붓기 시작한다. 그래, 지금은 쫙쫙 쏟아 붓고 우리가 콘위 성에 오를 때는 제발 구름들 좀 보송보송 말려주렴.

어쩐지 으쓱한 기분이 들어 아이를 바라보니, 비가 오거나 말거나 아이는 케밥을 오물거리며 셀카 놀이에 열중하고 있다. 온갖 표정을 지어내며 열심히 셔터를 눌러대는 모습이라니, 크, 아이는 제가 벌써 10대인 줄 안다.

처마 밑으로 빗방울이 5초에 한 번씩 떨어지는 것을 보고, 밖으로 나왔다. 우산을 쓸 필요가 없는, 비옷으로 충분한 빗방울이다. 1차선으로 된 비탈길을 내려가니 바닷가에 하얀 요트들이 줄지어 서 있는 것이 보인다. 제법 굵은 빗줄기가 바다를 휘저어놓은 탓일까. 점점이 박혀 있는 요트들 사이로 시큼한 비 냄새와 비릿한 바다 냄새가 뒤엉켜 올라온다.

콘위 성이 가까워지자, 우리를 시험이라도 하듯 빗방울이 거세진다. 어느새 바람도 강해져 있다. 하지만 여기까지 왔는데 후퇴할 우리가 아니다. 성을 정복하기 위해 성벽에 사다리를 놓고 죽기 살기로 기어오르는 병사들처럼, 우리는 씩씩거리며 성을 향해 나아간다.

입장료를 내자 아저씨는 아이에게만 성 내부 지도와 빨간 펜을 선물로 준다. 아, 나이 드는 것도 서러운데 이런 곳에서도 차별을 받는다. 힐끔 보니 지도에는 구석구석 숫자가 적혀 있다. 아이는 또 지도 위의 번호마다 동그라미를 쳐가며 성 안에서 탐험을 시작하겠지. 우리는 다시 한 번 씩씩하게 바람 속으로 뛰어든다. 폐허로 남겨지기에는 너무나도 아름답고 고요한 콘위 성을 만나기 위해.

"엄마, 이쪽으로 가야 해. 아니라니까, 엄마! 이쪽으로 가야 순서가 맞다니까."

지도를 쥔 아이의 손에 이끌려 뒤죽박죽 둘러보기는 했지만 굳이 어디가 어디인지 구분하지 않아도 좋았다. 콘위 성은 뼈대만 남은 채 뻥 뚫린 천장으로 하늘을 이고 있다. 계단 하나하나가 구름 위로 이어져 있는 듯하다. 벽돌을 차곡차곡 쌓아올려 지은 성은 미로처럼 복잡하지만, 지붕이 없는 덕에 구획으로 나눠진 성의 내부를 살피기에 좋다.

"지안아, 콘위 성 어때?"

"멋져!"

"그건 다른 성을 봤을 때도 했던 말이잖아. 다른 표현 없어?"

"다른 거 뭐?"

"음, 비유를 해볼까? 콘위 성은 뭐뭐처럼 뭐뭐하다. 여기 뭐뭐에 지안이의 생각을 넣어봐. 예를 들어 엄마는 이렇게 말할게. 콘위 성은 지안이가 만든 레고 성처럼 예쁘다."

유치원에서 했던 비유 놀이가 생각나 말했더니, 아이는 잠시 생각을 하다 이렇게 대답한다.

"콘위 성은 옥수수처럼 기다랗다."

음, 아무리 봐도 엄마 눈엔 옥수수 같지 않은데…. 벽돌이 층층이 쌓여 있는 모습이 옥수수처럼 보인 걸까? 아이들의 상상력은 늘 어른의 고정관념을 깨준다.

이제 비가 제법 많이 내린다. 비옷을 타고 흘러내리는 빗방울이 굵

다. 하지만 아이는 우산을 쓰자고 말하지 않는다. 나 역시 우산 이야기를 꺼내지 않는다. 한국이었다면 어림도 없는 일이다. 비 오고 바람 부는 날, 차를 타지 않는 이상 바깥에 나가지 않던 우리다. 하지만 아이는 콘위에 와서 한 뼘 더 씩씩해진 것 같다.

여행 초반, 나는 쑥스러움을 많이 타는 아이에게 연습을 시켰다.

"자, 지안아, 어떤 사람이랑 눈이 마주쳤어. 그럼 어떻게 해야 하지?"

아이는 대답 대신 씨익 웃기만 했다.

"어? 상대방이 인사를 하네. 헬로우! 그럼 지안인 어떻게 할 거야? 자, 같이 해야지. 헬로우!"

마지못해 '헬로우'라고 중얼거리면서 아이는 못내 어색해했다. 하지만 아이의 그런 성격을 알 리 없는 아일랜드와 영국 아저씨 아주머니들은 여행 내내 눈이 마주칠 때마다 인사를 해왔다. 그때마다 새치름한 표정으로 슬금슬금 엄마 뒤로 숨던 아이.

그런데 콘위에 온 뒤로 아이가 달라졌다. 주방에서 엄마가 라면을 끓이거나 상추를 씻고 있으면, 아이는 식당에서 혼자 놀다 말고 쪼르르 달려왔다.

"엄마, 나 저 할아버지랑 인사했다. 눈이 마주쳐서 내가 먼저 '헬로우' 했더니 할아버지도 나한테 '헬로우' 했어."

"엄마, 엄마, 내가 '익스큐즈미' 했다. 엄마한테 오다가 어떤 아저씨랑 마주쳤는데 어떻게 해야 할지 몰라 '익스큐즈미' 했더니 아저씨가 비켜줬어. 그래서 내가 '땡큐' 했다!"

아직은 할 줄 아는 말이 그것뿐인 게 아쉬울 뿐이다. 아는 말이 늘어나고 조금 더 용감해지면, 아이는 먼저 다가가 말을 걸고 대답을 하고 질문까지 하게 되겠지. 그렇게 곧 세상 누구와도 친구가 될 수 있을 것이다.

용감해진 아이와 콘위 성 바로 앞에 있는 상점으로 들어갔다. 입구에 갑옷이 세워져 있어 성에 들어가기 전에도 호기심이 생겼던 가게다. 기사들의 칼도 전시되어 있고, 웨일즈의 상징인 붉은 용도 다양하게 진열되어 있다. 누가 사가기나 할까 싶은 갑옷과 투구까지 팔고 있다. 중세시대를 재현한 박물관에 들어온 기분으로 찬찬히 둘러보고 있는데, 갑자기 아이가 뛰어온다.

"엄마, 우리 이제 나가자."

"왜?"

"여기 싫어. 무서워."

"그냥 가게잖아. 가게가 뭐가 무서워?"

"저기… 저 방에… 내가 제일 싫어하는 게 있단 말이야."

내가 자꾸 말을 하며 지체하자 아이의 얼굴이 점점 일그러진다. 금방이라도 울음을 터뜨릴 것 같아 나는 할 수 없이 출입구 쪽으로 걸어간다. 가게를 나오기 전 아이가 무섭다던 방을 슬쩍 들여다봤더니, 아이고, 거기엔 진짜 아이가 무서워하는 것이 가득 들어 있다. 그 사이 엄마가 나오든 말든 도망치듯 상점 밖으로 뛰어 나가는 아이. 콘 위에 와서 용감해졌다고 잔뜩 뿌듯해하고 있었는데…. 아, 저 놈의 해골이 뭔지.

　　서양 판타지 문학의 성립에 가장 큰 영향을 준 켈트족의 영웅 아더 왕에 대한 이야기다. 6세기경 켈트족을 다스렸던 왕으로 알려져 있지만, 그가 실제로 존재한 왕이었는지에 대해서는 의문의 여지가 많다. 하지만 아더 왕과 신비의 검 '엑스칼리버' 이야기는 전 세계 수많은 사람들에게 알려져 있고, 영국 내 통일 왕국을 건설한 최초의 왕으로 간주된다. '아더 왕 이야기'는 켈트족의 다양한 신화와 전설에 기독교 전승이 덧씌워진 것으로, 여러 중세 작가 특히 프랑스 출신 작가들에 의해 만들어졌다.

　　아더 왕은 대마법사 멀린의 도움으로 왕이 되는데, 왕위에 오르는 과정에서 왕만이 사용할 수 있다는 보검 엑스칼리버를 얻게 되어 즉위 후 많은 나라를 정복한다. 왕이 된 후 카메리아드 왕의 딸 귀네비어 공주와 결혼하였으며 '원탁의 기사단'의 지도자가 된다. 아더 왕은 예수 그리스도가 최후의 만찬에 사용했다는 성반(성배로 알려져 있기도 하다)을 찾는 모험을 떠났다가 치명상을 입고 고향으로 돌아온다. 그 후 엑스칼리버를 호수에 던져 없애고 애벌른으로 떠난다는 등의 이야기가 있다.

　　아더 왕과 원탁의 기사단 이야기는 이후 유럽 사회 기사도의 모델이 되었고, 대마법사 멀린의 이야기는 세계에 강력한 힘을 행사하는 마법사의 전형이 되었으며, 성반을 찾는 그의 모험 이야기 역시 이후 많은 작품들에서 각색되어 사용되고 있다.

노팅엄
《로빈후드의 모험》, 하워드 파일

"네 마음속에 빛을 밝혀두렴.
그것이 용기란다."

"지안아, 어떡해…."

"왜, 엄마? 무슨 일이야?"

"바퀴가, 바퀴가… 안 움직여."

이른 새벽, 콘위의 유스호스텔을 나와 노팅엄 행 기차
를 타러 가는 길이었다. 마음은 급한데 27킬로그램짜리
트렁크를 질질 끌고 내려오는 길은 더디기만 했다. 급기
야 트렁크 바퀴가 울퉁불퉁한 보도블록에 걸리자, 나는
기차 시간에 늦을까 조바심이 나서 거칠게 손잡이를 잡
아당겼다. 요령껏 당겼더라면 괜찮았을까. 보도블록을

빠져나온 바퀴는 더 이상 제 구실을 할 수 없게 되었다.

"그럼 어떡해? 새로 사야 돼?"

"여기서 이런 가방을 어디 가서 사. 아, 엄마 진짜 바보 같다."

작년에 크로아티아 여행을 앞두고 산 가방이었다. 엄청난 무게를 견디며 크로아티아의 돌길을 한 달 이상 누볐으니 이미 건강한 녀석이 아니다. 그래도 여행 중반에 이르도록 잘 버텨주었고 이제 노팅엄과 런던만 가면 되는데…. 찬찬히 살펴보니 고장난 바퀴만 문제가 아니다. 반대쪽 바퀴도 형편없이 닳아서 이미 동그랗지 않다. 그래도 네 바퀴이고 내리막길이니 어떻게 되지 않을까. 중심을 잡지 못한 채 기우뚱거리는 트렁크를 밀면서 걸음을 재촉하는데 앞으로의 일이 막막하기만 하다.

영국 노팅엄 역에 도착한 뒤 예약해둔 호텔을 찾아가는데, 하필이면 모두 오르막길이다. 나는 무게 때문에 꼼짝도 하지 않는 트렁크를 그나마 멀쩡한 두 바퀴에 의지해 껴안듯이 끌고 간다. 트렁크가 움직이는 게 신기할 뿐이다.

이럴 때 의적 로빈후드가 나타나 우람한 팔로 내 가방을 번쩍 들어주면 얼마나 좋을까. 혹시나 하는 기대로 주변을 둘러본다. 하지만 월요일 오후, 사람들은 바쁜 걸음으로 제 갈 길을 서두를 뿐, 웨일즈 콘위에서 네 번이나 기차를 갈아타고 노팅엄까지 온 우리에게 관심이 없다.

아, 로빈후드! 여기는 이미 당신이 살았던 그 시절의 노팅엄이 아닌가 보네요.

셔우드 숲에는 점점 더 많은 사람들이 모여들었다.
저마다 이런 저런 이유로 고향에서 도망쳐 온 사람들이었다.
굶주림을 견디다 못해 사슴을 잡아먹다 도망친 사람들도 있고,
귀족들에게 땅을 빼앗기고 쫓겨난 사람들도 있었다.
셔우드 숲에 모여든 사람들은 로빈후드를 대장으로 삼고,
자기들을 억울하게 범죄자로 만든 사람들을 혼내주거나,
약한 사람을 괴롭히는 귀족들의 재물을 빼앗아 가난한 이들에게 나눠주었다.
"간밤에 우리 집 마당에 누가 돈을 던져놓고 갔지 뭔가."
"우리 집도 그렇다네."
셔우드 숲 주변 마을 사람들은 누가 돈을 놓고 갔는지 알 수 있었다.
사람들은 로빈후드와 부하들이
자기들을 도와주는 것에 고마워하며 이들을 존경했다.

－《로빈후드의 모험》 중에서

로빈후드는 중세 영국의 전설적인 영웅으로 1160년에 태어나 1247년까지 살았던 것으로 추정된다. 일설에 의하면 로빈후드는 원래 백작이었는데 국법을 어겨 부하들과 셔우드 숲으로 숨어들었다고 한

다. 하지만 그것이 사실인지 아닌지는 알 수 없고, 로빈후드의 유골
이 발견되었다는 뉴스가 나오지만 그 또한 정확하지 않다. 분명한 것
은 그만큼 영국인들이 로빈후드를 실존인물로 믿고 싶어 한다는 것
이다. 그가 평민의 입장에서 평민을 위해 탐욕스러운 권력자들과 싸
웠던 의적이기 때문이 아닐까.

우리나라에서도 홍길동과 일지매가 두고두고 리메이크 되듯이, 로
빈후드도 여러 세대의 여러 작가들에 의해 재창조되었다. 가장 오래

된 것은 14세기 후반 랭랜드의 장편 시《농부 피어스의 환상》이다. 그후 스코틀랜드의 역사가인 윈턴의《스코틀랜드 연대기》, 월터 스콧의 소설《아이반호》, 16세기 말에 쓰인 셰익스피어의 초기 희곡《베로나의 두 신사》에도 로빈후드가 등장한다.

홍미로운 것은 로빈후드에 관한 수많은 작품 중에서, 재미와 완성도가 뛰어나고 대중적으로 가장 사랑 받는《로빈후드의 모험》은 영국 작가가 아닌 미국 작가 하워드 파일의 작품이라는 사실이다.

그 로빈후드의 도시 노팅엄에 왔다. 우리의 종착지인 런던에 가기 전 마지막으로 들른 도시다. 총기 사고가 빈번해서 '슈팅엄'이라는 별명이 붙었다고 하지만, 하루를 머무는 동안 우리에게 무슨 일이 생기겠나 싶어 슈팅엄에 대한 걱정은 일찌감치 내려놓았다. 진짜 걱정은 우리가 단 하루 동안 이곳에서 무엇을 보고 느낄까 하는 것이다.

사실 나는 로빈후드가 숨어 지냈고, 시인 바이런과 소설가 D.H 로렌스의 작품이 탄생한 광활한 숲 셔우드에 가보고 싶었다. 그런데 하필 비 예보가 있다. 분명히 이번에도 정확히 들어맞을 것이다.

여행에서, 특히 아이와 함께 하는 여행에서, 날씨는 정말 중요하다. 아무리 보고 싶었던 것이라도 비가 오고 바람이 불고 추위가 느껴지면 오감이 순수하게 열리지 않기 때문이다. 오감뿐 아니라 감성도 닫혀버린다. 그러므로 이름도 근사한 셔우드 숲에 대한 동경은 그만 내려놓기로 한다. 그림 그리기 좋아하는 아이에게, 사슴이 뛰어놀고 다람쥐가 나무를 오르내리는 예쁜 숲이나 초록 색연필이 닳도록 그려달라고 해야겠다.

우리는 체크인을 한 뒤 부지런히 노팅엄 성으로 향한다. 성이 문을 닫는 한 시간 전에는 도착해야한다는 생각으로 쇼핑센터를 지나고, 세인트 피터 교회를 지나고, 맥도널드를 지나, 서쪽으로 서쪽으로. 노팅엄 성은 약 1천 년 전 정복왕 윌리엄이 쌓은 요새에서부터 시작되었다고 한다. 암반 위에 세워져 성 아래에 동굴이 있다는 것도 흥미롭고, 내부가 미술관과 박물관으로 바뀌었다니 아이가 볼 만한 것도 많을 것이다

"엄마, 저 아저씨가 로빈후드야?"

암반 위에 세워진 성이라고 하더니, 높은 곳에 서 있는 노팅엄 성은 커다란 성벽으로 둘러싸여 그 너머가 잘 보이지 않는다. 대신 성벽을 따라 커다란 나무가 그늘을 드리우고 있고 가장 눈에 띄는 위치에 로빈후드 동상이 서 있다. 그런데, 음, 로빈후드가 이렇게 생겼단 말이지. 케빈 코스트너나 러셀 크로우를 바란 건 아니지만, 짤막한 키에 튼실한 다리를 가진 로빈후드 동상을 보니 어쩌 실망스럽다. 동상의 외모를 보는 게 우습긴 하지만, 어떻게 된 게 셔우드 숲에 가지 못한 것보다 더 서운하다.

"엄마, 사과 봤어? 사과가 왜 있지? 웃기지 않아?"

공원을 걷던 나는 아이의 말을 이해하지 못했다. 뜬금없이 사과라니, 여기에 사과가 왜 나오지? 아이는 답답했는지 기어이 엄마를 끌고 가 사과를 보여준다. 언제 나타났는지 두 아가씨가 로빈후드 동상의 머리 위에 사과를 올려놓고 사진을 찍고 있다.

"사과를 왜 머리에 놓지? 사과가 모자인가? 진짜 웃겨."

윌리엄 텔을 모르는 아이는 손가락으로 두 언니를 가리키기까지 하면서 엄마가 민망해할 정도로 까르르댄다. 지안이의 웃음소리에 우리를 향해 살짝 윙크까지 해주는 예쁜 두 언니들.

이렇게 노팅엄 성에 들어가기 전까지 우리의 기분은 최고였다. 그러니 성 안에서 아이가 생각지도 못한 행동을 했을 때 엄마는 넋 놓고 당황할 수밖에.

원통형 기둥 사이에 자리 잡은 성문을 지날 때에도 아이는 씩씩했다. 알록달록 꽃들이 피어 있는 정원에서도 괜찮았다. 나무로 형상을 만든 로빈후드와 중세 기사 앞에서는 사진을 찍어달라며 다양한 포즈를 취하기도 했다. 그런데 성 안에서 로빈후드 여자친구 복장을 한 언니와 인사를 나눈 뒤, 지하로 내려가다 말고 아이는 갑자기 멈춰 서더니 이렇게 말하는 것이 아닌가.

"엄마, 나 여기 안 내려갈래. 그냥 나가자. 나 무서워."

아직 성 안에 있다는 동굴은 근처에도 가보지 못했다. 지금 우리가 내려가는 곳은 아까 그 언니가 아이들을 위해 로빈후드 시대를 재현

해놓은 장소라며 특별히 추천해준 곳이다.

"지안아, 가보지도 않고 뭐가 무서워. 아까 그 예쁜 언니가 이 아래는 키즈 존이라고 했어. 옛날 옛날 로빈후드가 살았던 시대가 어땠는지 알 수 있대. 키즈 카페처럼 로빈후드 아저씨가 입었던 옷도 입어볼 수 있고, 로빈후드 아저씨가 살던 숲속 집도 들어갈 수 있대. 한 번 가보자, 어떤 곳인지."

"소리가 무서워. 이상한 소리가 들리잖아."

귀를 기울여보니 새가 지저귀는 소리 사이로 두런두런 말소리가 들린다. 나는 다시 한 번 아이를 달래본다.

"여기 있는 사람들은 다 친절하기 때문에 지안이를 무섭게 하지 않을 거야. 내려가서 확인해보고 정말 무서우면 그때 다시 올라오자."

내키지는 않아 보이지만 아이는 큰마음을 먹은 듯 고개를 끄덕인다.

예상대로 지하는 셔우드 숲을 그대로 재현해놓았다. 숲속 분위기를 내기 위해 창문에 초록색 커튼과 리본을 빽빽이 드리워 놓았는데, 그 때문에 어두웠다. 아이가 무섭다고 했던 말소리는 한쪽 벽에 있는 텔레비전에서 흘러나오는 소리다. 정확히 어떤 내용의 영상인지는 모르겠지만 중세시대 복장을 한 사람들이 인터뷰를 하고 있다.

한쪽 구석에는 로빈후드와 친구들이 입었을 법한 갈색과 초록색 옷들이 걸려 있고, 그들이 먹었을 만한 음식들도 플라스틱 모형으로 만들어놓아 소꿉놀이에도 제격이다. 하지만 아이는 어두운데다 성황당처럼 여기저기 리본이 늘어뜨려져 있는 이 방이 마음에 들지 않나 보다.

"싫어, 엄마. 나 올라갈래. 무서워."

금방이라도 울음을 터뜨릴 것 같은 표정이다. 이대로라면 노팅엄 성의 동굴은커녕 내일 가기로 한 노팅엄 시티 동굴도 갈 수 없다. 셔우드 숲을 제외하면 우리가 노팅엄까지 온 이유는 이 두 곳을 보기 위해서라고 해도 과언이 아니다. 게다가 아일랜드의 작가 박물관에서도 아이는 들어가자마자 나가자고 하지 않았던가.

이래서는 안 되겠다는 생각이 들었다. 노팅엄에 오기 전 우리가 콘위 성에서 나눈 이야기는 용기에 관한 것이었다. 그런데 다른 곳도 아니고 키즈 존이 무섭다고 울상이 되어버리다니. 아이의 감정을 다 이해하지 못하지만 이런 행동은 깨줘야 할 필요가 있다는 생각이 들었다.

"지안아, 여기 앉아봐."

"싫어. 그 의자 싫어."

"그럼 엄마가 앉을게. 엄마 다리 위에 앉자."

그제야 아이는 입술을 삐죽거리며 엄마의 다리 위에 올라앉는다.

"지안이는 세상에서 뭐가 가장 무서워?"

"거미, 파리, 모기 같은 벌레. 캄캄한 거, 혼자 있는 거."

"엄마도 거미, 파리, 모기 같은 벌레들 다 싫어. 그런데 무섭다기보다는 좀 성가셔서. 시끄럽기도 하고, 물기도 하니까. 캄캄한 건 무섭다기보다 좀 불편해. 그래도 집이나 엄마가 아는 장소가 캄캄한 건 괜잖아. 어디에 뭐가 있는지 다 아니까. 그리고 혼자 있는 건, 사실 엄마가 좋아하는 거야. 편하고, 하고 싶은 것도 다 할 수 있으니까. 하지만 지안이는 아직 여섯 살이니까 벌레도, 캄캄한 것도, 혼자 있는 것도 무서워할 수 있다고 생각해. 기억은 잘 안 나지만 엄마도 여섯 살 때는 그런 것들이 무서웠던 것 같아."

아이의 표정이 조금 누그러진다. 제가 무서워하는 것을 엄마도 어렸을 때는 무서워했다고 하니 안심이 되나 보다.

"그런데 지안이가 여기를 무서워하는 이유는 엄마가 잘 모르겠어. 다시 말하지만 여기는 우리나라로 치면 키즈 카페 같은 데야. 다른 점이라면 친구들이 없고 환하지 않다는 거지. 하지만 엄마가 옆에 있

잖아. 혼자 모르는 장소에 갔는데 어둡기까지 하면 무섭지만, 지금은 엄마가 같이 있잖아. 그리고 지안아, 찬찬히 잘 둘러봐. 저건 그냥 옛날 사람들이 입던 옷들이야. 또 이것 좀 봐. 이건 소꿉놀이 하라고 있는 거 같은데? 로빈후드 아저씨가 살던 시절의 부엌이 그대로 꾸며져 있잖아."

"하지만 난 저 창문이 무섭단 말이야."

"저건 지안아, 옛날 로빈후드 아저씨가 살던 숲속 집을 꾸며놓은 거야. 저 초록색 리본들은 나무 잎사귀들인 거구. 엄마는 팅커벨이 살 것 같은 요정 집처럼 보이는데? 정말 근사해보여."

어느새 아이의 시선은 숲속 집을 지나 로빈후드의 부엌에 가 있다.

"지안아, 세상에는 진짜 무서운 것도 있어. 그런 건 지안이도 무섭고 엄마도 무섭고 다른 사람들도 다 무서워할 거야. 불이 난다거나 지진이 온다거나 몸이 굉장히 아프다거나. 그런 건 다들 무서워해. 그런데 사실은 전혀 무섭지 않은 건데 사람들이 무섭다고 생각해서 무서운 것들이 있어."

"그게 뭔데?"

"예를 들어 엄만 고양이."

"고양이가 왜? 귀엽잖아."

"그러니까. 너는 귀엽다고 생각하잖아. 그런데 엄마는 가까이 있으면 덤벼들 것 같기도 하고, 울음소리나 눈동자도 좀 무서워."

"근데 예전에 엄마가 고양이한테 주라고 고기 구워줬잖아, 크로아티아에서."

"그래, 무섭지만 지안이가 좋아하니까 엄마가 용기를 내서 빵조각도 떼어주고 고기도 구워줬던 거지. 지안아, 엄만 지안이도 엄마를 믿고 용기를 내주면 좋겠어. 여기에서 엄마랑 같이 놀아보자. 엄마는 지안이가 저 부엌에서 맛있는 밥 좀 차려줬으면 좋겠어."

아이가 잠시 생각해 보더니 묻는다.

"뭐 먹고 싶은데?"

"뭐 해줄 수 있는데?

아이는 요리 재료를 살펴보더니 조심스럽게 말한다.

"닭고기랑 김치랑 피자랑 비빔밥."

"진짜 맛있겠다. 엄마 그거 다 만들어주라. 여기 앉아서 기다릴게."

"알았어. 그럼 엄만 여기 의자에 앉아서 쉬어. 내가 요리해줄 테니까."

아이는 이미 무서움을 잊었다. 벌떡 일어나 부엌으로 달려가더니 프라이팬과 주걱을 들고 닭고기와 피망을 옮겨 담는다. 로빈후드의 옷도 입어보면서, 노팅엄 성이 문을 닫을 때까지.

그 뒤로도 아이는 무섭다는 말을 꺼냈다. 2, 3층의 전시실을 둘러보다가 벽에 중세시대 옷이 팔을 축 늘어뜨린 채 걸려 있는 것이 무섭다고 했고, 사슴 박제를 보고도 무섭다고 했다. 왕의 옷을 입은 마네킹도, 단두대를 보고도 무섭단다. 하지만 조금 전 엄마가 했던 말을 이해한 것일까? 그전처럼 나가자고 조르거나 울먹이지 않는다. 그저 획 고개를 돌려 외면하는 것으로 싫은 마음을 표현할 뿐.

성문이 닫힐 시간, 밖으로 나오니 노팅엄 성에서 내려다보이는 시내 전망이 은빛으로 반짝거린다. 높은 산이 없어서 잉글랜드 중부로 내려온 것이 실감난다. 확 트인 시야 속으로 뭉게구름이 시시각각 모양을 달리하고 있다.

하늘과 도시를 번갈아보며 천천히 성을 돌아 나오는데, 아이가 노팅엄 성 한 구석에 세워진 놀이터를 보고 반색하며 뛰어간다. 미끄럼틀을 타고 말을 타고 모래놀이를 하면서 "조금만 더, 조금만 더!"를

외치는 아이. 나무로 만들어진 놀이기구들은 중세의 분위기를 간직하고 있어 더욱 멋지다. 이런 곳이 있는 줄 알았더라면 좀 더 일찍 성에서 나왔을 텐데.

하지만 이제는 정말 성문이 닫힐 시간, 아쉬워하는 아이와 정원을 가로질러 나오자, 여전히 성 앞에는 로빈후드가 활을 든 채 씩씩하게 서 있다.

"지안아, 로빈후드는 욕심 많은 나쁜 사람들을 혼내주고 그 사람들에게서 먹을 것과 돈과 보석을 빼앗아서 가난하고 착한 사람들에게 나눠주었대. 그런데 엄마 생각에는 나쁜 사람들을 혼내주면서 로빈후드도 좀 무서웠을 것 같아."

"왜?"

"'나쁜 사람들 중에 정말 힘센 사람, 활 잘 쏘는 사람이 있어서 날 혼내주면 어떡하지?' 하고 로빈후드가 생각하지 않았을까? 그런 생각이 들면 무섭겠지."

"응, 많이 무서웠을 것 같아."

"하지만 로빈후드 주변에는 로빈후드를 좋아하는 사람들이 많았어. 로빈후드를 믿고 따르는 사람들. 그 사람들을 실망시키지 않기 위해 로빈후드는 무서워하지 않고 용기를 낸 거야. 그래서 끝까지 착한 사람들을 도와줄 수 있었던 거지. 지안아, 사람들은 누구나 무서워하는 게 있어. 엄마 아빠도 무서운 게 아주 많아. 하지만 지안이를 사랑하니까, 엄마 아빠가 서로를 사랑하니까, 용기를 내는 거야. 용기

내서 무엇이든 하려고 노력하는 거야. 지안이도 그래줄 수 있을까?"

아이는 잠시 생각하더니 고개를 끄덕거린다. 나는 아이의 가슴에 내 손을 살며시 댄다.

"이 안에 불빛이 있어. 지안이를 사랑하는 엄마 아빠가 밝혀놓은 불빛. 그걸 지안이가 늘 생각해주면 좋겠어. 무서운 게 있을 때 그 불빛을 켜고 용기를 내봐. 그럼 힘이 날 거야."

"알았어, 엄마. 용기 내볼게."

"그럼 내일 동굴에 들어갈 수 있겠어?"

"아빠처럼?"

"응, 아빠처럼."

아이는 며칠 전 아빠가 후배와 함께 고수동굴에 갔다 왔다면서 보내준 사진을 떠올리나 보다.

"응, 나도 동굴에서 사진 찍어서 아빠한테 보내줄래."

가슴 속에 항상 불빛을 켜놓는 일이란 말처럼 쉽지 않을 것이다. 나는 어릴 때보다 마흔이 넘은 지금, 무서운 것이 더 많다. 어릴 때는 그저 불 끄고 동생과 둘만 자야 한다는 것이 무서웠고, 성적이 떨어지는 것이 무서웠고, 등교길에 죽은 쥐를 보는 것이 무서웠다.

하지만 지금은 가족 중에 누가 아플까봐, 오토바이를 타고 다니는 남편이 사고를 당할까봐 무섭다. 한밤중에 울리는 전화벨이 무섭고, 사람들이 날 어떻게 생각하는지 무섭고, 내 꿈을 향해 계속 나아갈 수 있을까 무섭다. 사는 데 온통 무섭고 두려운 것 투성이다. 그래서 실은 나도 어쩔 수 없이 용기를 내는 것이다. 무섭지 않은 척, 아무렇지 않은 척, 다 괜찮은 척, 그래도 살 만한 척.

하지만 아이는 아직 여섯 살, 어른이 되어 두려운 것이 더 많아지기 전에 두려움을 극복해내는 용기를 배워야 할 나이다.

다행히 아이는 다음날 노팅엄의 또 다른 명물인 노팅엄 시티 동굴에 잘 들어가 주었다. 동굴은 특이하게도 쇼핑센터 2층에 입구가 있었다. 옷가게와 액세서리 가게와 햄버거 가게를 지나 에스컬레이터를 타고 가는 동굴이라니, 마치 놀이동산에 온 것 같다. 덕분에 아이는 별 거부감 없이 동굴로 들어섰다.

노팅엄 시티 동굴은 가죽을 무두질하는 장소나 주거지로 사용되기도 했지만, 주로 방공호로 사용되었다고 한다. 평일 낮이라 방문객이 거의 없다. 지안이는 민망하게도 우리 앞에 있는 맨체스트에서 온 부부를 졸졸 쫓아다닌다. 그들이 멈춰서면 같이 멈춰서고 그들이 이동하면 따라서 이동한다. 용기를 내겠다고 했지만 조용한 동굴에 엄마랑 둘만 있는 것은 역시 무섭나 보다.

그래, 여기까지 온 것도 대견하니 아저씨 아주머니를 따라다니는 것쯤은 그냥 넘어가자. 혹시 그 부부에게 방해가 될까봐 내가 양해를 구하자, 그들은 괜찮으니 같이 다니자고 친절하게 대답해준다.

"어디서 왔니?"

　"코리아…."

　아이가 수줍게 대답하자 이 부부도 다른 사람들과 같은 반응을 보인다.

　"아이고, 꼬마가 아주 먼 길을 왔구나."

　호텔에 돌아와 내가 맡겨뒀던 트렁크와 배낭을 찾아오는 사이, 아이는 호텔 로비에 앉아 아빠에게 열심히 문자를 보냈다.

　'아빠, 나 방금 동굴 다녀왔어. 하나도 안 무서웠어. 아빠 사랑해. 보고 싶어요.'

　그러고는 자기가 얼마나 용감했는지 엄마에게 이야기하고 또 이야기한다. 그리고 놀랍게도 그 용기는 여기에서 끝이 아니다.

런던으로 가는 기차 안에서 아이는 또 한 번 작은 용기를 보여주었다. 드디어 런던으로 향하는구나, 하며 기대와 벅찬 가슴을 다독이고 있는데 기차가 움직이기도 전부터 울고 있는 아기가 있었다. 아기의 엄마아빠는 20대 초반으로 보이는 젊은 부부. 경험이 없으니 그렇겠지만, 아기와 함께 장거리 기차여행을 하면서 장난감 하나 안 챙겨왔나 보다. 아기는 계속 울고 엄마아빠는 어떻게 달래주어야 할지 몰라 난감한 표정이다.

"엄마, 어떡하지? 아기가 울음을 그치질 않아. 내가 놀아줄까?"

"그럼 장난감 가지고 가봐. 아기가 좋아하겠다."

"엄마랑 같이….'"

"아니지, 엄마랑 같이 가는 게 아니라 아기랑 놀고 싶은 지안이가 혼자 가봐야지."

"그게 뭐야. 말도 안 되지. 내가 갑자기 다가가서 아기한테 인형을 주면 이상하잖아. 엄마가 아주머니한테 '아기랑 같이 놀아도 돼요?' 하고 물어봐줘야지."

"그게 더 말이 안 되지. 엄마가 아기랑 놀 것도 아닌데 왜 엄마가 물어봐. 같이 놀고 싶은 네가 물어봐야지. 어차피 아기가 말을 할 수 있는 것도 아니고 너랑 둘이 뛰어다니면서 놀 것도 아니니까, 같이 놀아도 되냐고 거창하게 묻지 않아도 돼. 그냥 네가 가서 아기한테 인형을 주고 옆에 있어주면 자연스럽게 놀게 되는 거야. 싫으면 안 가도 되고."

"지금 당장 아기랑 놀고 싶은데 어떻게 해야 할지 모르겠어."

"가슴에 있는 등불을 밝혀두라고 했잖아. 용기를 내봐. 넌 아주 멋진 언니잖아."

아이는 잠시 갈등하다가 말한다.

"그럼 일단 가서 아기를 보고 올게."

지안이는 쑥스러운 미소를 지은 채 아기 옆으로 조심조심 다가간다. 그새 울음을 그친 아기가 들고 있던 기차표를 지안이에게 내민다. 아기의 엄마아빠가 쥐어준 유일한 장난감이다. 둘이 기차표를 몇 번이나 주고받더니 지안이가 쪼르르 자리로 돌아온다. 그리고 폴리포켓 인형들을 데리고 냉큼 아기에게 달려간다. 예쁜 인형들을 보고 눈이 휘둥그레지며 좋아하는 아기. 아기 엄마는 내게 고맙다는 눈빛을 보낸 뒤 지안이에게 자리를 내어준다. 덕분에 나는 창밖을 바라보며 오랜만에 나만의 여유를 누릴 수 있게 되었다.

이제 사흘 후면 친정 엄마가 런던으로 오신다. 오랫동안 꿈꾸었던, 아이 엄마라면 누구나 한 번쯤 꿈꿔봤을 3대가 함께 하는 여행. 생각만 해도 찌릿찌릿하다. 도란도란 아빠 이야기, 동생들 이야기 나누면서 '아, 여기 좋다. 저기 예쁘다. 이거 먹어볼까?' 그렇게 엄마와 함께 10대 소녀가 되어 낯선 곳을 걸으며 재잘거릴 생각을 하니 가슴이 콩콩거린다.

한 번 밝혀진 등불이 얼마나 환한지, 아기와 놀아주러 간 지안이는 한 시간이 지나도 돌아올 생각을 하지 않는다. 기분 탓일까, 런던으로 향하는 기차는 비를 뿌리던 먹구름까지 끌고 가면서도 다른 열차들보다 더 빨리 달리고 있다.

하워드 파일
Howard Pyle (1853년~1911년)

'미국 일러스트레이션의 아버지'로 불리는 하워드 파일은 1853년 미국 델라웨어 주 월밍턴에서 태어났다. 어릴 때부터 그림 그리기를 좋아했고 글재주가 뛰어나 일찍이 작가의 길로 들어섰다.

파일은 어린이 잡지 〈하퍼스 위클리〉를 비롯해 어린이 책과 잡지에 그림을 싣다가 1883년 《로빈후드의 모험》을 출간하면서 작가로서 명성을 얻게 된다. 로빈후드 이야기는 수 세기에 걸쳐 전설과 민요로 구전되고 여러 작가들에 의해 재창조되었지만, 하워드 파일만큼 짜임새 있고 매끄럽게 구성한 작가는 없었다. 《로빈후드의 모험》에 이어 파일의 명성을 굳혀준 작품으로 아더 왕의 모험을 다룬 4부작이 있다.

그는 책을 쓰는 일뿐 아니라 미술 교육에도 힘을 썼다. 1911년 고대 벽화를 연구하기 위해 이탈리아 피렌체에 체류하던 중 신장염으로 사망했다.

오늘날까지 파일은 훌륭한 아동작가인 동시에 미국 미술의 독자적인 길을 열었던 예술가이자 교육자로 평가 받고 있다.

저서 : 《후추와 소금》《환상의 시계》

하트필드
《위니 더 푸우》, 앨런 알렉산더 밀른

"위니 더 푸우처럼
둥글게 둥글게!"

드디어 런던이다. 간밤의 빗줄기는 어디로 갔는지, 반투명한 커튼 사이로 햇살이 비집고 들어온다. 오늘 아침 나는 평소보다 일찍 눈을 떴다. 누군가 들어왔다 나가는 소리, 옆 침대에서 뒤척이는 소리, 시계 알람소리, 화장실 전등을 켜고 끄는 소리에 밤새 깊은 잠을 잘 수 없었다. 런던의 한인 민박이 이렇게나 방음이 안 될 줄이야.

한 팔을 벌리기에도 좁은 복도 오른쪽에 부엌과 화장실, 샤워실이 있고 왼쪽에 방 네 개가 다닥다닥 붙어 있다. 방 하나에 침대가 다섯 개에서 여섯 개. 트렁크는 펼칠 공간도 없고 문에는 잠금장치도 없다.

아이는 엄마가 빠져나온 줄도 모르고 혼자 침대 위에서 쌕쌕거리며 자고 있다. 고단했는지 미동도 하지 않는다. 엉성한 침대 스프링 때문에 아픈 허리를 두드리며 조심스럽게 양치질 도구를 챙겨드는데, 문이 벌컥 열리며 민박집 아주머니가 들어온다.

"일어났네. 밥 먹어요. 밥. 사람들 많으니까 먼저 먹는 게 나을 거야."

그리고는 쾅! 문을 닫고 나간다. 순간 너무나 놀라서 멍하니 서 있는데 이번에는 아예 부엌에서 나를 부르는 큰소리가 들린다.

"애기엄마! 왜 안 나와? 먼저 밥 먹으라니까!"

그 소리에 아이가 뒤척인다. 아이가 깰까봐 그렇게 조심했건만. 나는 부글부글 속이 끓어오르는 것을 참고 부엌으로 나갔다.

"아이가 아직 안 일어나서요. 이따 같이 먹을게요."

"어휴, 그냥 먼저 먹어요. 애기는 일어나면 먹으라고 하고."

"아니에요. 낯선 공간에 혼자 두고 나와 있는 것도 그렇고, 같이 먹을게요."

화장실에서 칫솔질을 하는데 머릿속이 복잡하다. 여행을 하다보면 사람들 때문에 피곤한 순간이 종종 생기는데, 속상하게도 그때마다 상대방은 대부분 한국인이었다. 같은 민족이라 반가워서 그러는지, 만만해서 그러는지 때론 친근함을 넘어 무례를 범한다. 그리고 그것이 실례인 줄 모른다.

아이가 일어나 세수를 마치고 부엌으로 가니 주인아주머니는 없고 민박집 일을 도와주는 아저씨만 있다. 어제 저녁 8시쯤 비를 쫄딱 맞고 도착한 우리에게 맛있는 저녁을 내준 분이다.

"어디로 가세요? 런던에서의 첫날인데."

어제 아저씨는 우리에게 아이가 좋아할 만한 곳을 신나게 설명해주었다. 우리의 여행 스타일을 알 길이 없는 그 분이 소개시켜준 곳은 대부분 장난감 백화점 같은 곳. 우리는 눈을 살짝 맞춘 뒤 소리 높여 대답했다.

"하트필드요!"

"네? 어디요? 하트필드? 거기가 어디지? 런던이에요? 내가 런던에서만 10년을 넘게 살았는데 처음 들어보네."

그 말을 들은 나도 놀랍기는 마찬가지다.

"정말요? 정말 하트필드를 처음 들어보세요? 곰돌이 푸우 마을인데, 런던에서 기차로 한 시간 정도, 다시 버스로 40분 정도 가면 되는 곳이에요."

"그런 곳이 있었구나. 곰돌이 푸우라고요? 우리 둘째가 좋아하겠는데요. 다녀와서 알려주세요. 다음에 나도 아이들 데리고 가보게."

나도 신나지만 아이는 더 신나 보인다.

"엄마, 아저씨도 모르는 곳이래. 우리가 먼저 가다니, 진짜 신기하다."

"그러게. 우리가 재미있게 놀고 와서 아저씨한테 알려드리자."

민박집을 나와 버스를 타고 의기양양하게 찾아간 곳은 가장 가까운 지하철역인 킹스 크로스역. 아이는 어제 저녁에 이어 오늘도 빨간색 이층버스를 탄다고 신이 나 있다. 2층으로 올라가자는 것을 네 정거장만 가면 내려야 한다고, 앞으로 열흘 동안 실컷 탈 수 있다며 간신히 말렸다.

"엄마, 여긴 사람들이 너무 많다. 와글와글해."

"그럼, 런던이니까. 영국의 수도잖아."

"서울처럼?"

"응, 서울처럼. 그런데 신기하긴 신기하다. 40년 넘게 이렇게 복잡한 곳에서 살아왔으면서, 며칠 조용한 시골 마을에 있었다고 엄마도 지금 너무 정신이 없어. 땅이 빙글빙글 도는 것 같아."

킹스 크로스역에서 지하철을 타고 이스트 그린 스테이트 행 로컬 기차를 타기 위해 빅토리아역에 도착하니 도시 전체가 벌떡 일어나 일렁이는 것처럼 보인다. 어쩜 사람이 이리도 많은 걸까. 어쩜 이리도 빨리 걷는 걸까. 냄새와 소음과 사람들, 사람들. 내가 평생 이런 곳에서 살아왔다는 것이 믿기지 않는다. 마치 롤러코스터 위에 앉아 있는 것 같다. 식은땀이 흐르고 어지럽다. 시골 마을에서는 아이와 손을 잡지 않고 서른 보 이상도 떨어져 다녔는데, 여기서는 아이가 손을 빼려고 하면 나도 모르게 꽉 움켜쥐게 된다.

"엄마, 아파."

"지안아, 제발. 여긴 너무 복잡해. 엄마 손 놓으면 안 돼."

한 시간 동안 기차를 타고 이스트 그린 스테이트 역으로 간 뒤, 버스로 갈아타고 애쉬다운 숲 초입에 있는 하트필드에 내리자 마침내 살 것 같았다. 뾰족한 빌딩 대신 연두색 잎이 하늘거리는 미루나무와 밤나무들이 하늘을 향해 솟아 있다. 2층을 넘지 않는 낮고 넉넉한 농가와, 띄엄띄엄 등장하는 노인들의 느린 걸음에 절로 콧구멍이 벌렁거린다.

나는 아주 천천히 숨을 들이마시고 내쉰다. 딱딱했던 온 몸의 근육이 부드럽게 이완되는 느낌. 비로소 하늘과 땅 사이에 내 몸이 움직일 수 있는 공간이 확보된 듯한, 마음껏 팔을 휘저어도 되는 나만의 공간이 생긴 기분이다.

크리스토퍼 로빈을 따라 에드워드 곰이 층계를 내려옵니다.

쿵, 쿵, 쿵, 바닥에 머리를 찧으며 내려옵니다.

에드워드 곰이 아는 한 이것은 계단을 내려오는 유일한 방법입니다.

물론 가끔은 이것 말고 다른 방법도 있지 않을까 하는 생각이 들기도 하지만요.

음, 잠깐이라도 머리를 부딪치지 않고 가만히 멈춰 서서 생각해본다면 좋은 방법이 떠오를지도 모르는데.

그렇지만 또 생각해보니 역시나 다른 방법은 없는 것 같습니다.

아무튼 이제 계단 밑까지 다 내려왔습니다.

자, 여러분께 소개합니다.

위니 더 푸우입니다!

곰돌이 푸우라고도 하지요.

–《곰돌이 푸우 이야기》 중에서

"엄마, 할아버지가 왜 자꾸 우리를 보고 웃어? 저 할머니도. 여긴 할머니 할아버지만 사는 마을인가 봐. 그런데 우리만 보면 다들 웃어."

곰돌이 푸우 마을에 사는 사람들은 생김새도 마음씨도 모두 푸우처럼 둥글둥글한 것일까. 눈만 마주치면 다들 미소를 지어 보인다.

어디에서 왔냐며, 천천히 많이 둘러보고 가라며 환영의 인사를 건네준다.

마을 어귀에 있는 푸우 코너는 지금까지 봤던 그 어떤 상점과도 달랐다. 이곳이 곰돌이 푸우 마을임을 알려주는 단 하나의 상점이지만, 누구 하나 부담스럽게 달라붙어 물건을 사라고 재촉하지 않는다. 이 모든 인형들을 만져보고 안아보고 인사만 나누고 가도 좋다는 듯 자리를 비켜준다. 아이는 피글렛도 안아보고 이요르의 귓속에 손도 넣어보다가 그래도 역시 푸우가 좋다며 그 옆에 앉아 뒹군다. 그리고는 푸우 얼굴이 찍힌 식빵에 야금야금 꿀을 발라 먹으며 푸우 세상으로 뛰어든 것에 환호한다.

"자, 그럼 지도도 샀으니 우리도 푸우 브릿지를 찾아 떠나볼까?"

푸우 코너에서 파는 애쉬다운 숲의 지도에는 《위니 더 푸우》에 나오는 여러 장소가 표시되어 있다. 여섯 개의 소나무와 시냇물을 중심으로 푸우와 피글렛과 캉가의 집이 옹기종기 모여 있다. 반대편에는 '나의 집'이라고 쓰여 있고 로빈이 그려져 있다. 재미있는 것은 지도에 처음 보는 단어들과 사전에서 찾아볼 수 없는 단어들이 적혀 있다는 사실. 왜 이런 글씨들이 적혀 있는 것이지? 생각하다가 웃음이 절로 났다. 분명 지도를 만든 로빈이 철자를 잘못 쓴 게 틀림없으리라.

숲이 꽤 넓다고 들었기에 우리는 욕심내지 않고 푸우와 로빈이 막대놀이를 하던 푸우 브릿지만 찾아가 보기로 했다. 그곳도 푸우 코너

에서부터 걸어서 40분 정도 걸린다고 했으니, 우리 걸음으로는 얼마
나 더 걸릴지 모를 일이다.

"엄마, 이 길이 맞아?"

"아마도. 아까 저쪽 길은 아닌 것 같아서 돌아 나왔잖아. 여기가 맞
는 것 같은데, 왜?"

"아무도 없어서. 우리만 있어서."

"그러게. 또 우리뿐이네. 괜찮겠지?"

"걱정 마, 엄마. 여기가 맞을 거야. 한 번 가보자."

아이와 함께 여행을 하면서 몇 번 길을 잃은 적이 있다. 헤맨 적도
많다. 그래서 지금처럼 앞뒤로 긴 흙길 위에 우리 둘만 달랑 서 있는
것이 썩 유쾌하지 않다. 부스럭거리는 소리가 들릴 때마다 깜짝깜짝

놀라고, 한 번 무섭다는 생각이 드니 띄엄띄엄 서 있는 농가마저 으스스해 보인다. 하여간 사람의 마음이란. 조금 전까지 바글거리는 런던이 현기증 난다고 해놓고, 지금은 또 아무도 없다고 당황해하고 있다.

그런데 정말이지 푸우 브릿지는 어디에 있는 것일까. 아무리 가도 표지판 하나 없고, 사람이 없으니 길을 물어볼 수도 없다. 커다란 그림자가 불쑥 나타나 우리를 보따리 속에 집어넣어 어딘가에 감금시킨다 해도 아무도 모르리라. 아, 어쩌자고 나는 이곳에 아이와 둘만 온 것인가. 숲은 점점 깊어가고 엄마의 마음도 걱정으로 점점 더 너덜너덜해지는데, 그때였다. 갑자기 아이가 바짝 붙어서더니 엄마 손을 잡고 노래를 흥얼거린다.

"삐악삐악 병아리, 음메음메 송아지, 따당따당 사냥꾼, 뒤뚱뒤뚱 물오리…."

아무도 없고 아무 소리도 들리지 않으니 무심코 부른 노래겠지만, 신기하게도 두려움이 싹 걷힌다. 우리 뒤로 병아리, 송아지, 물오리, 심지어 사냥꾼까지 줄지어 따라오는 듯하다. 조금 전까지만 해도 나를 사로잡았던 공포가 순식간에 증발해버린다. 두려움이 사라지니 여유마저 생긴다. 곰을 만나러 가는 길인데, 이정도 스릴쯤은 괜찮지 않아?

아이의 노래를 들으며 한참을 걸었다. 레퍼토리가 무궁무진해서 매번 다른 노래를 부르는데도 끊이질 않는다. 검푸른 빛이 감도는 오솔길을 따라 걷는데 갑자기 확 트인 곳이 나왔다. 어, 여기는? 지도에

표시된 장소다. 이제 조금만 더 가면 푸우 브릿지가 나타날 것이다. 다시 숲으로 들어서려는데 입구에 꽂힌 가느다란 나무 푯말에 '푸우 브릿지'라고 쓰여 있다. 드디어 도착한 것이다. 우리는 신나게 달려간다. 점점 다가오는 푸우 브릿지. 작은 웅덩이를 가르고 있는 나무 다리가 만화처럼 앙증맞다.

아이는 기쁜 나머지 깡충깡충 뛰며 푸우 브릿지라는 단어에 멜로디를 붙여 즉석에서 노래를 만든다. 그리더니 푸우 스틱 놀이를 하자며 나뭇가지를 주워 온다. 푸우 스틱 놀이는 동화 속에서 푸우와 로빈이 즐겨 하던 놀이다. 시냇물이 흘러오는 쪽 다리 난간에서 서로 나뭇가지를 떨어뜨린 뒤, 얼른 반대편 난간으로 달려가 누구의 나뭇가지가 먼저 오는지 겨루는 방식이다. 여기까지 와서 그 놀이를 하다가 지면 아이가 속상해할까 봐 살짝 늦게 떨어뜨렸더니, 처음 해본 게임에서 엄마를 이겼다고 어찌나 자랑을 하는지 모른다. 조금 전 푸우 코너에서 샀던 연필로 그린 삽화처럼, 아이는 푸우 스틱 놀이를 끝내고도 한참동안 다리 난간에 매달려 시냇물을 감상한다.

덕분에 나는 좀 더 느긋하게 주위를 둘러보았다. 아무도 없는 깊은 숲. 세상에는 세 가지 색만 존재하는 듯하다. 초록색, 갈색, 하늘색. 하지만 이 색들은 끊임없이 명도와 채도를 달리하며 숲의 빈칸을 채우고 있다. 멀리 보이는 푸른 초원에는 서너 마리의 말이 그곳의 주인인 양 뛰어다닌다. 이렇게 고요하고 이렇게 청명한 곳이 세상에 또 있을까. 오는 길이 힘들었던 만큼 뿌듯하고, 무서웠던 만큼 감동적이다.

"어? 엄마, 이것 봐. 나무 밑에 편지가 한 가득이야."

푸우 브릿지 바로 앞 나무 밑둥에 신기하게도 편지가 가득 쌓여 있다. 그리고 그 위에는 푸우의 발도장이 찍힌 편지도 한 장 있다. 푸우가 로빈에게 쓴 편지인가 하고 읽어보니, 푸우가 자신에게 팬레터를 보낸 세상의 모든 어린이들에게 쓴 답장이다. 여행을 하면서 친구들에게 열심히 엽서를 보냈던 아이가 기대에 찬 얼굴로 엄마에게 묻는다.

"엄마, 친구들이 내 편지 받았을까?"

"그럼. 지금쯤 다 받았을 걸?"

"그럼 나도 답장 받을 수 있어?"

"아마도. 지금은 우리가 여행 중이니까 친구들이 답장을 써서 보내줄 수 없지만, 한국에 돌아가면 답장을 주는 친구도 있을 거야. 아니면 아빠랑 하빈이 언니가 있잖아."

"맞아. 아빠랑 하빈이 언니가 있지."

아이는 언제나 무슨 일이 있어도 자신의 편이 되어주는 아빠와 이종사촌인 하빈 언니를 생각하며 금방 안심한다. 그리고는 오늘 밤에는 자신도 푸우에게 편지를 한 장 써야겠으니 여기 나무의 주소를 알아두란다. 글쎄, 여기 주소가 어떻게 되지? 영국, 하트필드, 푸우 브릿지 앞 나무 1번지 밑동 아래 노란 깃발 옆. 이렇게 쓰면 되려나?

극작가이자 시인이었던 앨런 알렉산더 밀른은 어느 날 아들 크리스토퍼 로빈이 자기 방에서 장난감놀이를 하는 모습을 보고 동화에 대한 영감을 얻었다고 한다. 그동안 동물을 의인화한 판타지는 많았지만, 동물 인형에게 생명을 준 사람은 그가 처음이었다. 그 아이디어 또한 작가였던 밀른의 아내가 생각해낸 것이라고 한다.

"로빈! 너는 인형을 가지고 놀았으면 치워야지, 왜 어질러놓기만 하니?"라는 말 대신 "로빈! 곰 인형이 부엌으로 피크닉을 온 것 같은데, 언제쯤 집으로 돌아갈 건지 좀 물어봐줄래?"라는 식의 대화가 흘러 나왔을 로빈의 집. 존경스러운 마음이 절로 든다.

장난감이 없어도 실컷 놀 수 있을 것 같은 푸우 브릿지를 떠나, 런던으로 가는 막차를 놓치지 않기 위해 숲을 나서는데 아이가 씨익 웃는다.

"엄마."

"왜?"

"아까는 나 좀 무서웠어. 아무도 없어서. 그런데 지금은 안 무서워. 똑같이 아무도 없는데 하나도 안 무서워."

아이의 말이 맞다. 같은 길을 돌아 나오는데 지금은 그저 아늑할 뿐이다. 똑같이 부스럭거리는 소리가 들려도 놀라는 대신, 우리는 오히려 고개를 빼꼼히 내민다. 혹, 빨간 티셔츠를 입은 배불뚝이 푸우가 풀숲에 떨어진 도토리를 들고 머리를 긁적이며 걸어오지 않을까, 하고.

지금까지 곰돌이 푸우가 사랑을 받는 이유는 동물 인형 친구들 모두 일차원적인 솔직함을 지니고 있기 때문이라고 한다. 함께 울고 웃고, 토라졌다가도 사과하면 금방 헤헤 웃는다. 그렇기 때문에 수많은 캐릭터들 사이에서 우정과 즐거움, 그리고 상상력을 상징하는 글로벌 아이콘으로 인정받고 있다는 것이다.

민박집에 도착하니 김이 모락모락 피어오르는 하얀 쌀밥이 우리를 기다리고 있었다. 고맙게도 아저씨는 우리가 해놓은 빨래를 비가 와서 거둬놓았다며 내미는데, 아주머니는 하트필드가 어디냐고, 뭐 그런 데부터 갔냐고 중얼거린다. 기대를 저버리지 않는다. 게다가 황당하게도 어젯밤에 우리가 사놓은 아이스크림 하나를 꿀꺽 하셨단다.

"그 집 애 거였어? 난 또 웬 아이스크림이 다 있나 하고 물어봤더니 아무도 모른다고 해서 먹었지."

아주머니가 미안한 기색도 없이 그렇게 말하는데, 나는 또 아침에 있었던 일이 떠오르면서 속이 부글부글 끓는다.

그런데 엄마의 속도 모르는 지안이는 아주머니에게 노래를 불러준다. 또 제가 아는 세상에서 제일 재미있는 이야기, 바로 하빈 언니가 아이스크림을 먹다가 이빨이 빠진 이야기를 들려준다. 방에서 옷 정리를 하며 그 소리를 듣다가 아이를 불러 들여야겠다는 생각이 들었다. 그리고 일어서는데 피식 웃음이 새어 나온다. 그래, 까짓 것. 냉동실에 아이스크림이 있으면 먼저 먹는 사람이 임자지. 아이는 제 아이스크림을 빼앗기고도 저렇게 재롱을 떠는데, 둥글둥글한 사람들이 모여 사는 동화마을까지 갔다 와서 푸우처럼 웃지는 못할망정 부글부글이 웬 말이냐.

샤워를 하고 나왔을 때도 부엌에서는 여전히 하하 호호 웃음소리와 재잘거리는 아이의 목소리가 끊이지 않는다. 부엌 구석구석에서 푸우 친구들이, 병아리와 오리와 사냥꾼까지 다 모여 오늘 하루 있었던 일을 이야기하고 있는 것 같다.

나도 가서 웃으며 함께 이야기를 나눠야지. 엄마가 얼마나 겁쟁이였는지, 아이가 얼마나 용감했는지, 푸우 빵은 얼마나 달콤했는지 자랑도 해야지. 그렇게 잠을 잘 때까지 민박집에서 새로 만난 이들과 둥글게 둥글게 웃음을 나누어야지.

앨런 알렉산더 밀른
Alan Alexander Milne (1882년 1월 18일~1956년 1월 31일)

런던 태생의 스코틀랜드인으로 영국의 아동문학가, 판타지 작가, 추리 작가, 시인, 극작가.

런던의 웨스트민스터 스쿨과 케임브리지 대학교의 트리니티 칼리지를 다녔다. 대학 졸업 후인 1906년, 문학적 재능을 인정받아 유머잡지 〈펀치〉의 편집자가 되면서 경묘한 수필을 집필하였다.

제1차 세계대전 후 풍자적이고 해학적인 작품을 쓰는 작가로 널리 알려졌으며, 특히 아들 크리스토퍼 로빈의 봉제 동물인형인 곰돌이, 돼지, 캥거루, 호랑이 등을 의인화해서 만든 동화집 《위니 더 푸우》(1926)와 《푸우 모퉁이의 집》(1928)으로 세계에서 가장 사랑받는 캐릭터의 아버지가 되었다.

저서 : 희곡 《핌씨 지나가시다》《블레이즈의 진실》《도버가도》, 추리소설 《붉은 저택의 비밀》, 시집 《옛날 옛날에》《이제 우리는 여섯 살》, 동화집 《위니 더 푸우》《푸우 모퉁이의 집》

18

ENGLAND

런던, 옥스퍼드

《해리 포터(3)》, 조앤 K. 롤링

"우리가 꿈꾸는 동화는, 이렇게 사랑하는 우리가 같이 있는 것."

두근거리는 심장박동 소리가 두 배로 커졌다. 아이와 둘이 손잡고 걷던 여행길에 친정 엄마까지 합류했으니, 이제 남은 한 손으로는 엄마의 팔짱을 낄 수 있게 되었다. 엄마는 어제 저녁 런던 히드로 공항에 도착했다. 출발하기 전까지 엄마의 몸 상태가 좋지 않다고 해서 걱정이 태산이었는데, 엄마는 장거리 비행으로 누적된 피로에도 불구하고 공항으로 마중 간 딸과 손녀를 크게 안아 주셨다. 이제 남은 열흘 동안의 일정은 엄마와 나, 딸아이까지 3대가 함께 한다. 이것이야말로 여자가 그릴 수 있는 가장 아름다운 동화가 아닐까.

엄마와의 첫 일정은 런던 근교 리브스덴에 자리 잡은 '해리 포터 스튜디오'다. 2012년에 워너브라더스 사가 작정하고 팬들을 끌어 모으기 위해 만든 이곳은, 해리 포터 팬들에게는 성지나 다름없다. 호그와트의 메인 연회장은 물론 해리 포터와 친구들의 방, 침대와 옷, 마법의 지팡이, 그리고 그 지팡이를 팔던 다이애건 앨리에 이르기까지 영화 촬영에 쓰인 대부분의 소품과 세트장이 그대로 재현되어 있다. 심지어 방문객들은 영화 속 해리 포터처럼 빗자루나 자동차를 타고 하늘을 나는 장면을 찍어볼 수도 있다.

해리 포터 시리즈는 엄마와 내가 앞서거니 뒤서거니 돌려가며 푹 빠져 읽은 몇 안 되는 책 중의 하나다. 그래서 엄마도 나도, 덩달아 아이까지 신이 나서 호텔을 나섰다. 기대에 부풀어 식사도 하는 둥 마는 둥 했다. 아니 실은 아침이 되었는데도 전혀 배가 고프지 않았다. 간밤에 우리는 엄마가 꽁꽁 싸오신 백김치와 햇반과 라면으로 얼마나 푸짐하게 배를 채웠던가. 그 든든함이 위장 속에 그대로 남아 있었나 보다.

런던의 아침햇살이 방울방울 대기 속으로 퍼지는 거리. 아이가 할머니의 손을 잡고 가로수의 연둣빛 잎사귀들이 만든 그림자를 밟으며 걷다가 묻는다.

"엄마, 그럼 오늘은 우리도 해리 포터 버스 타?"

런던 길을 걷다보면 종종 해리 포터로 도배된 버스가 지나가는 것을 볼 수 있다. 잘 모르겠지만 이 버스를 예약하는 것이 아마도 런던에서 가장 쉽게, 그리고 가장 비싸게 해리 포터 스튜디오로 가는 방법일 것이다.

하지만 감사하게도 엄마는 런던에서 버스, 지하철, 기차를 모두 타고 싶다고 말씀하셨다. 우리는 호텔이 있는 패딩턴 역에서 지하철을 타고 유스턴 역으로 이동, 그곳에서 다시 기차로 갈아타고 왓포드 정션 역까지 간다. 그리고 거기서 까만 바탕에 해리 포터가 그려진 셔틀버스를 타고 해리 포터 스튜디오로 향한다. 마치 개학을 하고 호그와트로 향하는 학생들처럼 들떠서 재잘거리며.

해리 포터 스튜디오에 도착하자마자 나는 떨리는 마음으로 매표소 창구로 갔다. 내가 받은 확인 이메일에 에러가 났기 때문이다. 분명 메일을 받긴 했는데 열어보니 아무 내용도 없었을 뿐더러 예약번호도 빠져 있었다. 조심스럽게 매표소로 가서 미리 적어둔 예약번호를 말하자 세 장의 티켓을 건네주었다. 지안이를 위해서는 따로 해리 포터 패스포트까지 챙겨 준다. 살짝 긴장했지만 아무 문제없이 건네받은 세 장의 티켓을 들고 엄마 앞에서 자신감 급상승! 그동안 딸과 손녀가 잘 여행하고 있는지 걱정하셨을 엄마에게, 이렇게 아무 문제없이 잘해왔다고 보란 듯이 티켓을 흔들었다. 그럴 줄 알았다는 듯 엄마가 웃으며 고개를 끄덕이신다.

우리의 입장 시간은 오후 1시 30분. 하지만 사람들 마음은 다 거기서 거기인가. 느긋하게 입장할 줄 알았던 유럽인들도 호그와트의 마법 세계만큼은 빨리 들어가고 싶은지, 이미 출입구 앞에는 줄이 길게 늘어서 있었다. 우리도 얼른 줄을 섰다.

가이드라인 바로 옆에는 해리 포터가 더즐리 부부에게 구박을 받으며 잠을 자고 벌을 받던 다락방이 세팅돼 있다. 아, 이렇게 좁은 곳에서 작고 마른 어린아이가 얼마나 외롭고 추웠을까. 아이와 함께 방문해서일까, 아니면 내가 엄마가 되었다는 증거일까. 해리 포터의 방을 보는데 전에는 느끼지 못했던 감정이 스며든다. 아니나 다를까. 엄마도 옆에서 혀를 끌끌 차신다.

"아이구, 이런 데서 애기가 혼자…. 서양 집에는 꼭 이런 장소가 있어서 안 되겠더라."

하지만 지안이는 그 다락방이 썩 마음에 드는 모양이다. 어떻게든 들어가 보고 싶어서 눈동자를 떼굴떼굴 굴리다가 급기야 까치발을 들고 손을 뻗는다. 옷과 이불을 비롯해 벽장문에 매달린 빗자루와 쓰레받기까지, 엄마와 나는 구석구석을 훑어보며 눈이 동그래진다. 아직 스튜디오에는 입장도 하지 않았는데 입구에서부터 느껴지는 세심한 디테일에 감탄이 나온다. 입구가 이 정도이면 저 커다란 문 안에는 어떤 세상이 펼쳐져 있을까. 아이도 엄마도 들뜬 얼굴로 양쪽에서 내 손을 잡는다.

드디어 1시 30분. 출입문이 열리고 커다란 방이 나오자 안내인이 짧은 인사말을 한다. 곧이어 불이 꺼지고 양쪽 벽면에서 영상이 나온다. 해리 포터가 어떤 영화인지, 어떻게 만들어졌고 어떤 사람들이 참여했는지, 그리고 전 세계인들에게 해리 포터가 어떤 의미인지를 다큐멘터리 형식으로 편집한 영상이다. 내레이션을 다 알아듣지는 못해도, 할 수 있는 것과 하고 싶은 것을 전부 쏟아 부었다는 그들의 자부심과 열정이 방문객들의 가슴에 알알이 박힌다.

영화를 보면서 내가 가장 많이 한 말은 이것이었다. "와! 정말 똑같다, 똑같아!" 책에서 묘사한 것들을 어쩜 저렇게 똑같이, 혹은 가장 적절하게 재현했는지 영화를 보는 내내 입을 다물 수 없었다. 얼마나 많은 관찰과 상상력을 동원했을지 생각하면, 감독과 작가는 물론 수많은 스태프들의 손길 하나하나가 그저 놀라울 따름이었다.

이런 저런 생각을 하고 있는데 영상이 끝나고 불이 켜지더니, 드디어 삐거덕 소리와 함께 중세시대의 성문처럼 생긴 철문이 열렸다. 그 문을 사이에 두고 이쪽과 저쪽은 확실히 다른 기운이 흐르고 있는 듯하다. 그 많은 사람들이 아무 말 없이 파란 불빛이 새어 나오는 문 안쪽 세상으로 들어간다. 마치 신비한 마법의 세계가 그 커다란 입을 열고 온 힘을 다해 우리를 빨아들이는 것만 같다.

인생의 밑바닥에서 실패와 상처라는 현실 덕분에
보다 자유로워질 수 있었다.

실패는 모든 것을 빼앗아가지만
실패는 두려움마저 빼앗는다.

우리가 가진 능력보다 진정한 우리를 훨씬 잘 보여주는 것은
… 우리의 선택이다.

세상을 바꾸는 데에는 마법이 필요하지 않습니다.
이미 그 힘은 우리 내면에 존재합니다.
우리에게는 더 나은 세상을 상상할 수 있는 힘이 있습니다.

－조앤 K. 롤링

해리 포터 스튜디오에서 우리가 처음으로 맞닥뜨린 장소는 호그와
트의 메인 홀이었다. 해리 포터와 친구들이 식사를 하고 부엉이들로
부터 편지를 받았던 바로 그 장소. 옥스퍼드에 있는 크라이스트처치
의 식당을 모델로 삼은 곳. 양쪽 벽으로는 해괴한 새들의 모형이 등
잔을 입에 물고 길게 늘어서 있고, 앞쪽 단 위에는 덤블도어, 맥고나
걸, 해그리드가 실제 크기의 밀랍인형으로 서 있다. 그리고 왼편에
있는 문을 통과하면 다양한 영화 속 세트장과 소품들이 전시된 넓은
공간이 나온다. 드디어 시작이다.

"어? 할머니! 해리 포터, 저기 위에 해리 포터!"

"지안아, 이리 와봐. 여기가 해리 포터가 잠자던 방이야. 저기 침대

밑에 가방 보이지? 알파벳 H. P. 라고 쓰여 있으니, 저게 해리 포터 침 댄가 보다."

"할머니, 뭐가 막 끓어요. 마법의 약인가 봐요."

"지안아, 지안아, 여기 이 금색 공 좀 봐. 이게 퀴디치 게임할 때 날 아다니던 날개 달린 공이야. 아, 이름이 뭐더라? 맞다, 스니치! 이게 스니치라는 거야. 이걸 먼저 잡는 팀이 이겨서 해리 포터가 열심히 쫓아다녀."

"할머니, 거울 좀 보세요. 되게 커요. 나 이 거울 아는데."

"지안이도 아니? 소망의 거울. 여기에 서서 거울을 보면 자신이 소 망하는 것이 거울에 비쳐 보이는 거야."

이거야 원, 엄마와 지안이 사이에서 나는 투명인간이라도 된 것 같 다. 둘이 딱 달라붙어 만담이라도 나누듯 이야기를 주고받는다. 놀라 운 것은 엄마는 10년도 훨씬 전에 읽은 책 내용을 속속들이 다 기억하 고 계시고, 아이는 고작 영화 한 편만 띄엄띄엄 봤음에도 불구하고 마 치 최종판까지 다 본 사람처럼 아는 척을 하고 다닌다는 것이다.

으스스한 분위기가 흐르는 덤블도어 교수님의 방, 따뜻하고도 촌 스러운 론 위즐리의 집, 온갖 마법 약병들이 천장을 가득 메운 스네이 크 교수의 실험실…. 내가 영화 속으로 들어온 건지, 아니면 내 앞에 영화가 펼쳐진 건지, 우리는 그저 행복한 발걸음으로 그 넓은 공간을 뛰다시피 휘젓고 다녔다.

특히 마음에 든 것은 여기저기에 아이들이 직접 참여할 수 있는 수

업들이 진행되고 있다는 것. 가장 먼저 지안이가 자리를 잡은 곳은 콘티를 짜듯 영화의 씬을 종이 위에 그려보는 곳이었다. 아이들은 마치 자기가 감독이라도 된 듯, 영화에서 가장 기억나는 장면을 여섯 칸으로 나누어진 종이 위에 그리면서 온갖 상상력을 동원한다.

지안이 역시 화가 난 헤르미온느 언니도 그리고, 스니치를 잡으려는 해리 포터 오빠도 그리고, 귀가 없는 강아지도 그린다. 더불어 엄마도 신이 나셨다. 예쁜 헤르미온느의 얼굴과 마술 약, 그리핀도르의 망토와 부엉이를 그리며 색을 칠할지 말지를 고민하신다. 두 사람을 바라보다가 깜짝 놀랐다. 입을 뾰족 내밀고 고민하는 얼굴이 어쩜 그리도 내 얼굴과 똑 닮았는지.

그런가 하면 또 다른 곳에서는 마법의 지팡이 사용법에 대한 강의가 시작된 참이다. 거울 앞에서 장난꾸러기 아이들이 마법의 지팡이를 앞으로 밀었다가 뒤로 밀었다가 다리를 뻗기도 하면서 제법 진지하게 따라하고 있다.

"지안아, 저것도 한 번 해보자. 재미있을 것 같은데?"

"싫어. 안 해."

"왜? 재미없어 보여?"

"아니. 난 안 배워도 할 줄 알아."

쑥스러운 것일까? 사람들이 빙 둘러서서 구경하고 있는 마법의 지팡이 수업은 절대로 안 받겠다며 냉큼 다른 곳으로 향한다.

그러다 우리가 나란히 줄을 서서 기다린 것은, 직접 주인공이 되어 영화 속 배경 안에서 하늘을 나는 모습을 연출하는 영화 촬영장이다. 먼저 우리는 초록색 스크린 앞에 세팅된 론 위즐리네의 하늘색 자동차에 올라탄다. 우리가 올라타자 옆으로 조금씩 흔들리기 시작하는 자동차. 우리의 앞 차례였던 외국인 가족은 꽤나 리얼하게 과장된 표정을 짓기도 하고 손을 들기도 하면서 소리를 지르던데, 우리는 그저 웃기만 한다.

그 다음 칸은 선풍기 앞에서 까만 망토를 두르고 마법의 지팡이에 올라타는 것인데, 이번에는 지안이만 해보기로 했다. 쑥스럽다고 도망가면 어쩌나 했는데, 다른 언니 오빠들이 하는 것을 유심히 보더니 씩씩하게 올라탄다. 안내인의 설명에 따라 손을 옆으로 벌리기도 하고 아래로 내렸다가 흔들어 보며 제법 열심히 따라한다. 그러면서도 민망하고 부끄러워 죽겠다는 표정으로 혀를 연신 날름날름.

지팡이에서 내려오는 아이를 번쩍 안아들고 한바탕 요란하게 칭찬을 해준 뒤, 다음 방으로 이동하니 그곳에는 방금 전에 우리가 찍은 장면이 컴퓨터 화면에 재생되고 있었다. 세 사람이 하늘색 자동차를 타고 글렌피난 비아덕트 다리 위를 날아가고, 지안이가 마법의 지팡이를 타고 런던의 밤거리를 날아 타워 브릿지를 건너 호그와트로 향하고 있다. 쑥스러움 가득한 미소를 지은 채 천둥번개가 치는 하늘도 날고 바다 위도 날아가는 지안이.

아이는 컴퓨터로 자신의 모습을 보며 좋아서 어쩔 줄 모른다. 원하면 이곳에서 영상을 확인하고 CD나 USB로 촬영본을 살 수도 있고,

사진만 찾을 수도 있다. 예상대로 가격이 싸진 않았지만, 오기 전부터 이것만은 꼭 선물해주고 싶었던 나는 흔쾌히 비용을 지불한다.

스튜디오 1관을 다 보고 나오니 바깥에는 영화 속에 나오는 보라색 3층 버스와 헤그리드의 오토바이, 호그와트 브릿지, 그리고 버터 맥주를 파는 휴식공간이 있었다. 엄마와 나는 서로 버터 맥주를 먹어보라고 권하다가 결국엔 둘 다 마시지 않았다. 옆 테이블에 앉은 사람에게 물으니 딱 버터 맥주의 맛이란다. 캐러멜에 사이다를 부은 듯, 느끼하면서도 달달한 상상 그대로의 맛! 크, 안 시켜 먹은 게 다행이다.

잠깐 휴식을 취한 뒤, 우리는 스튜디오 2관으로 향했다. 이곳은 영화 속 캐릭터들의 특수 분장 효과를 볼 수 있도록 마네킹과 분장 소품들을 주로 전시해놓은 곳인데, 어쩐지 무서워서 서둘러 지나쳤다. 대신 바로 다음 공간은 소설을 읽으면 누구나 한 번쯤 가보고 싶어지는 다이애건 앨리. 이곳은 마법학교 학생들의 책이나 빗자루, 마법 지팡이와 부엉이까지 살 수 있는 대규모 쇼핑타운이다. 아쉽게도 머글들은 들어갈 수 없지만, 마법과 관련된 것들로 가득 찬 이곳은 보고 또 봐도 흥미롭기만 하다.

아름다운 조명 아래 세워진 정교한 미니어처 호그와트 학교를 끝으로 해리 포터 스튜디오를 나오니 기념품 가게가 있다. 스튜디오 못지않게 사람들을 흥분시키는 곳이다. 어린이들은 물론 어른들도 거의 제정신이 아니다. 해리 포터의 마법 지팡이와 헤르미온느, 론, 말

포이, 볼드모트의 지팡이에 이르기까지 캐릭터에 따라 마법의 지팡이도 각양각색이다.

손가락을 넣어볼 수 있는 하얀 부엉이도 탐나고, 모자를 쓰면 내 성향을 파악해서 그리핀도르에 넣을지 슬리데린에 넣을지 알려주는 모자도 탐난다. 부엉이 초콜릿은 도대체 무슨 맛일까. 아, 정말이지 어느 것 하나 갖고 싶지 않은 것이 없는데 가격은 무시무시하게 사악하다.

"할머니, 나 저거 갖고 싶어."

아이가 엄마와 둘이 여행할 때는 결코 하지 않았던 말을 조심스럽게 꺼낸다. 할머니가 계셔서일까, 아니면 정말로 갖고 싶어서일까. 아이가 가리킨 것은 아까부터 한참동안 만지작거리던 해리 포터의 마법 지팡이다. 스튜디오를 돌아다닐 때 해리 포터의 망토를 두르고 지팡이를 들고 다니는 어린이들과 종종 마주쳤다. 그때마다 부러운 듯 바라봤던 아이가 큰 맘 먹고 꺼낸 말이리라.

하지만 아무 쓸모도 없는, 심지어 불빛도 나오지 않는 나무 지팡이를 7만원 넘게 주고 살 수는 없다. 그것 말고 다른 것을 사자고 부드럽게 타이르는데 아이는 도무지 말을 듣지 않는다. 마음 약한 할머니는 지팡이를 사주겠다고 지갑을 꺼내시지만 아무리 생각해도 이건 아닌 듯싶다. 이미 우리는 해리 포터 스튜디오에 온 기념으로 적지 않은 가격의 영상 CD를 구입했다.

갖고 싶은 것을 갖지 못한 아이는 잔뜩 속상한 마음으로 스튜디오를 나와 셔틀버스에 올라탄다. 안쓰럽지만 세상은 자기가 갖고 싶은 것을 다 가질 수 없는 곳임을 아이도 알아야 한다고, 나는 스스로에게 최면을 걸 듯 중얼거린다. 그렇게 우리는 런던으로 돌아왔다.

다음날 우리는 체크아웃을 한 뒤, 옥스퍼드로 가기 위해 짐이란 짐은 다 들고 기차역으로 향했다.

케임브리지와 더불어 영국 학문의 중심지인 옥스퍼드. 템스 강 상류인 아이시스 강과 차웰 강 사이에 있는 이 도시는, 13세기에 처음 대학이 세워진 이래 현재에도 시내에 산재한 칼리지가 수도 없이 많다. 영국 출신의 유명한 인물들은 다 이곳을 거쳤다고 해도 과언이 아닐 정도로 수많은 명문대가 있고, 돌길로 이루어진 고풍스러운 거리는 걷는 것만으로도 학문에 대한 갈망을 불러일으킨다.

우리가 옥스퍼드에 머물면서 사흘 내내 찾아간 곳은 12세기에 수도원으로 시작되어 지금도 '처치'라는 이름이 남아 있는, 명문 중의 명문 '크라이스트처치'다. 해리 포터에 나오는 호그와트의 식당이자 대연회장이 이곳 대성당의 연회장인데, 그 식당 스테인드글라스에 《이상한 나라의 앨리스》 캐릭터들도 숨겨져 있다고 한다.

그 어떤 여왕의 정원보다 아름답게 가꿔진 꽃밭을 지나 크라이스트처치에 들어서자, 20년 전에 방문했을 때처럼 웅장한 건물이 두 날개를 활짝 펼치며 우리를 맞이한다. 건물을 타고 오르는 담쟁이넝쿨도, 건물 앞의 넓은 흙길도 그대로인 것 같다. 예전에 없던 것이 있다면, 한쪽 구석에 서 있는 《이상한 나라의 앨리스》에 관한 사인보드다.

"《이상한 나라의 앨리스》를 쓴 루이스 캐럴이 이 학교 수학교수였 거든. 그래서 대성당 식당에 들어가면 스테인드글라스에 앨리스랑 토 끼랑 여왕도 그려져 있대. 우리 누가 먼저 발견하나 한 번 해볼까?"

아이는 제가 먼저 발견할 것 같다며 김칫국부터 들이킨다.

"지안아, 여기 학교 어때? 굉장히 멋있지 않니? 우리 지안이 커서 여기서 공부하는 건 어때? 그럼 할머닌 아주 자랑스러울 것 같은데."

크라이스트처치를 배경 삼아 마치 안방에서 놀 듯 장난스러운 표 정으로 점프를 하는 아이에게, 할머니가 역시 장난기 가득한 목소리 로 멋진(?) 제안을 하신다. 하지만 아이는 단호하게 고개를 젓는다.

"싫어요, 할머니. 난 엄마가 있는 한국에서 학교 다닐 거예요."

음…. 꼭 이럴 때만 엄마 생각이 지극하다.

체코에서 수학여행을 온 고등학생들과 마치 '우리가 이 학교 졸업 했어요!'라는 기분으로 기념사진을 찍고 난 뒤, 드디어 대연회장으로 들어섰다. 역시 영화 세트와 실제 장소는 다르다. 해리 포터 스튜디 오에서 본 식당과 똑같기는 하지만 훨씬 더 묵직한 카리스마가 느껴 지는 공간이 보는 이들을 압도한다.

"근데 지안아, 엄만 못 찾겠다. 아무리 보아도 스테인드글라스에 앨리스가 보이지 않아. 내가 잘못 알고 온 건가?"

분명 창문 하나하나를 자세히 봤다고 생각했다. 하지만 그 어떤 스 테인드글라스에도 앨리스가 보이지 않아 막 포기하고 돌아서려는 찰

나, 아이가 엄마를 꼭 붙잡는다.

"엄마, 저기 있잖아. 안 보여? 저기 토끼, 저건 앨리스, 여왕도 저 끝에 있네. 정말 안 보여?"

기분이 묘하다. 집에서는 장난감이든 지우개든 언제나 엄마인 내 가 먼저 찾아냈는데, 막상 동화의 나라에 들어와 보니 무엇이든 아이 가 먼저 찾아낸다. 어른으로 너무 오래 살았던 것일까. 아이는 이리 도 쉽게 찾는 것을 나는 왜 발견하지 못하고 헤매고 있었던 것일까.

빛바랜 돌담이 이어져 있는 고즈넉한 학문의 거리를 구석구석 훑 다가 옥스퍼드 시내로 들어섰다. 학문의 도시답게 거리마다 학생들 로 활기가 넘쳐서 나도 기운이 솟는다.

문득 시야에 한 쌍의 젊은이가 들어왔다. 서로 좋아서 죽고 못 살 것 같은 표정으로 꼬옥 끌어안고 다정하게 키스를 나누고 있는 그들. 영국 어느 거리에서나 포옹과 키스를 하는 커플들을 만날 수 있지만 그들은 여느 커플과는 달랐다. 여자는 시각장애인이고, 누가 보아도 두 사람 다 지적장애를 가지고 있다는 것을 알 수 있었다.

어떻게 여기까지 외출을 했을까 염려될 정도로 사람 많은 거리 한 가운데에서 열 손가락으로 얼굴을 더듬으며 하얗게 웃고 있는 그들 을 보는데 순간 울컥했다. 주체할 수 없이 뜨거운 무언가가 가슴을 타고 솟구친다. 아, 저것이 사랑이구나. 저것이 기적이고, 저것이 마 법이고, 저것이 '우리는 오래오래 행복하게 살았습니다'로 끝나는 동

화의 맨 마지막 장이구나.

　마치 사랑의 속살을 본 느낌이었다. 계산하지 않고 꾸미지 않고 과장하지 않은, 있는 그대로의 사랑. 그저 함께 있는 것으로, 함께 숨 쉬고 속삭이고 서로의 따스한 체온을 느끼는 것으로 감사하는 사랑을, 눈을 뜰 수 없는 한 여자와 실실 웃기만 하는 그 남자에게서, 나는 본 것이다.

　하얀 가로등 불빛을 따라 숙소로 돌아오는 길. 우리에게는 해리 포터의 마법 지팡이도, 님부스 2000도 없지만 마치 공중에 떠 있는 듯 발걸음이 가볍기만 하다.

"할머니!"

"왜, 지안아?"

"아니에요."

"엄마!"

"왜?"

"아니야."

아이가 장난스럽게 미소를 짓는다.

"할머니! 엄마!"

"?"

"할머니! 엄마!"

엄마와 나는 동시에 "왜!"하고 대답한다.

"히히. 아니야."

"너어, 자꾸 장난치면 엄마가 간지럼 태운다."

"간지럼 싫어. 싫다니까! 할머니, 엄마 좀 봐요, 엄마 좀 막아주세요!"

자동차의 헤드라이트 불빛과 옥스퍼드의 조용한 돌길 위로 우리의 장난기 가득한 말소리와 행복한 웃음소리가 울려 퍼진다. 도망치는 발소리와 쫓아가는 발소리가 돌길 위에 콕콕 도장 찍히는 밤. 그새 엄마를 피해 앞으로 달려간 아이와, 그런 아이의 손을 잡고 계신 내 엄마의 긴긴 그림자를 바라보며, 나는 몸살이 난 것처럼 행복을 앓는다.

그렇다. 우리가 꿈꾸는 동화 속 행복과 마법은 거창한 것이 아니다. 이렇게 서로 사랑하는 우리가 같이 있는 것, 같이 걷고 같이 뛰고 같이 울고 같이 웃고 같이 먹고 같이 얘기하고 같은 박자로 새근새근 숨소리를 내며 잠드는 것. 단지 이것이면 되지 않을까?

조앤 K. 롤링의 전기를 집필한 마크 샤피로는 이런 말을 했다.

"어떤 저자에 관한 숨겨진 이야기는 그 책 못지않게 흥미로울 수 있는데, 롤링의 경우가 바로 그렇다. 그녀의 인생 이야기는 행복과 사랑, 그보다 많은 슬픔으로 점철되어 있는가 하면, 누구 못지않은 용기와 결단, 숨 막히는 난관을 딛고 일어서는 통쾌한 승리를 보여주고 있다."

기차가 네 시간이나 연착되어 오도 가도 못할 때, 자신이 마법사라는 사실을 모르는 한 소년이 마법학교에 가게 된 이야기를 떠올렸다는 그녀. 칭얼대는 딸아이를 달래가며 에든버러의 '엘리펀트 하우스'에 앉아 본격적으로 해리 포터 이야기를 채워나갔던 그녀. 정부 보조금으로 간신히 하루하루를 살면서도 소설을 쓰겠다는 자신의 꿈을 끝까지 포기하지 않았던 그녀의 삶을 생각하면, 나는 어쩌면 평생 멋진 글을 쓸 수 없을지도 모르겠다. 그녀만큼 배고픈 적도, 절실한 적도, 고통스러웠던 적도 없었으니 말이다.

또 나는 앞으로도 그토록 흥미로운 일이 내 삶 속에 파고들기를 원하지 않는다. 그래서 그녀에게 무한한 감사의 인사를 드리고 싶다. 그렇게 슬픔으로 점철된 삶을 통과하지 않고도 평범한 일상이 얼마

나 소중한 것인지를 깨닫게 해줘서, 사랑하는 사람들과 함께 있는 것이 얼마나 위대한 마법인지 가슴으로 느낄 수 있게 해줘서, 그녀의 동화, 영화, 마법의 세계에서 지금 우리 셋이 얼마나 즐거운지 소리 높여 외칠 수 있게 해줘서.

우리가 꿈꾸는 동화, 그것은 딱 하나다. 이렇게 사랑하는 우리가 오래오래 행복하게 같이 있는 것!

조앤 K. 롤링
Joanne K. Rowling (1965년 7월 31일~)

영국의 소설가. 그녀가 집필한 해리 포터 시리즈는 1997년 발행된 첫 번째 책 《해리 포터와 마법사의 돌》 이후 전 세계적인 인기를 끌고 있다.

어려서부터 상상하기를 좋아해 다섯 살 때 홍역에 걸린 토끼에 관한 이야기를 썼으며 대학에서 불문학과 고전을 읽으며 작가의 꿈을 키웠다. 졸업한 뒤에는 국제 사면 위원회에서 임시 직원으로 일하면서 틈틈이 글을 썼다.

1990년 어머니가 돌아가시고 직장마저 잃게 되자 포르투갈에서 영어강사로 일했고 현지 기자와 결혼해 딸 제시카를 낳았다. 하지만 3년도 되지 않아 결혼생활이 파경을 맞자, 롤링은 에든버러로 돌아와 3년여 동안 주당 69프랑으로 생활하며 해리 포터를 써내려갔다. 몇 군데 출판사에서 거절을 당했지만 출간과 함께 해리 포터 신드롬을 불러일으키게 되었고, 지금까지 성경 다음으로 가장 많이 팔린 책이 되었다.

저서 : 《해리 포터와 마법사의 돌》 《해리 포터와 비밀의 방》 등 해리 포터 시리즈 전권, 《캐주얼 베이컨시》 《쿠쿠스 콜링》

스트랫퍼드 어폰 에이번
윌리엄 셰익스피어

"To be or not to be! That is the question(죽을 것인가 살
것인가. 그것이 문제로다)."

깜짝 놀랐다. 정원에 들어선 순간, 꽃들이 만발한 그
곳을 쩌렁쩌렁 울리는 목소리! 아이는 무슨 일인가 싶어
미끄러지듯 달려가, 마당 한가운데 둥글게 앉아 있는 사
람들 틈을 파고든다.

"Oh, Romeo! Why are you Romeo? Tell me
Montague is not your father, and Montague is not your
name(오, 로미오! 당신은 왜 로미오여야만 하나요? 몬테규가 당신

의 아버지가 아니라고, 몬테규가 당신의 이름이 아니라고 내게 말해줘요).”

사랑에 빠진 줄리엣의 목소리가 파르르 떨린다. 비탄과 그리움은 어느새 정원에 서 있는 나무 꼭대기까지 다다른다. 그리고 이어지는 굵은 목소리! 아, 이번에는 오델로인가. 순진하고 아름다운 데스데모나를 바라보는 질투의 눈빛이 고통스럽기만 하다.

우리는 지금 셰익스피어의 고향 스트랫퍼드 어폰 에이번에 와 있다. 옥스퍼드에서부터 난생 처음 오른쪽 운전석에 앉아서 운전을 하고 이곳까지 왔다. 반대 방향의 도로, 반대 방향의 운전석. 한 마디로 말하면 엄마와 아이를 등에 업고 기어서 이곳까지 온 기분이다. 어찌나 긴장을 했는지 등줄기의 땀이 아직도 식지 않는다.

간신히 숙소 앞에 주차를 했을 때는, 새삼 집에 계실 아빠가 떠올랐다. 평생 이렇게 가족을 등에 업고 일만 하면서도 괜찮다 괜찮다 하며 웃어주셨구나, 우리 아빠는. 엄마만 쏙 영국으로 모시고 온 탓에 혼자 계실 텐데, 적적하실 텐데, 식사는 잘 챙겨 드시고 계시는 지….

참, 별 일이다. 처음으로 오른쪽 운전석에 앉아 운전을 해본 지금 나는 철이 들려고 한다. 엄마와 아이는 차에서 내리는 나를 얼굴빛이 정상으로 돌아올 때까지 꼬옥 안아주었다.

등과 어깨가 뻐근하지만 마음만은 뿌듯하다. 앞으로 2박3일 동안 우리는 어떤 투어에도 기대지 않고 셰익스피어의 고향과, 영국에서 가장 아름다운 마을인 코츠월즈를 찾아다니며 멋진 시간을 그려나갈 생각이다.

그의 생가에는 이런 나를 응원하듯 세 명의 배우들이 셰익스피어 작품 속 명장면들을 파노라마처럼 펼쳐내고 있다. 허공을 향해 때로는 격렬하게, 때로는 읊조리듯 대사를 말한다. 게다가 열정적인 그 눈빛, 눈빛! 가벼운 마음으로 셰익스피어 생가에 들어왔을 관광객들은 어느새 숨을 죽인 채 배우들의 몸짓 한 번, 대사 한 마디에 눈과 귀를 집중한다.

잉글랜드 중부에 위치한 스트랫퍼드 어폰 에이번은 에이번강이 휘돌아 흐르고 있는 작은 마을이다. 7세기경부터 발달한 시장 중심 도시라고 하지만, 구경하는 데에는 반나절도 걸리지 않는다. 그래도 사람들은 셰익스피어의 흔적을 찾아 성지순례를 하듯 이곳을 방문한다. 우리도 이곳에 오는 다른 관광객들처럼 가장 먼저 그의 생가를 찾았다.

한 가지 흥미로운 사실은 셰익스피어에 대한 자료는 5퍼센트의 사실과 95퍼센트의 추측으로 이루어졌다는 것이다. 태어난 기록도 없어 그의 생년월일은 유아세례 기록으로 추정할 뿐이다. 가업이 기울어 학업을 중단했던 시기도, 런던으로 상경하게 된 동기도 알 수 없고, 언제부터 극단에서 활동했는지, 정말 배우 활동도 했는지, 그 어

떤 것도 정확하지 않다. 심지어 그가 가공의 인물일지도 모른다는 가설도 있다. 동시대 철학자인 프랜시스 베이컨이나 극작가 크리스토퍼 말로가 그 실체일지도 모른다는 억측까지 나돌 정도로 셰익스피어는 온통 베일에 싸여 있는 인물이다.

나는 셰익스피어에 대한 정보를 찾아보다가 문득 이런 생각이 들었다. 혹시 이것은 이야기를 꾸며내기 좋아하는 셰익스피어가 의도한 것이 아닐까 하고. 어쩐지 셰익스피어는 자신의 삶조차 희극과 비극을 넘나들며 결말을 알 수 없는 이야기로 꾸며놓았을 것 같다. 그래도 분명한 것이 하나 있으니, 그것은 바로 그가 스트랫퍼드 어폰 에이번에서 태어났다는 사실이다.

부친이 가죽가방과 양모 사업으로 부를 쌓은 유지였던 만큼, 그의 집은 16, 7세기 영국 중산층의 생활상을 고스란히 보여주고 있다. 우리는 그가 태어난 침대, 맛있는 빵과 고기를 먹었을 부엌, 그리고 정원을 향해 열려 있는 창문을 둘러본다. 그러면서 나는 도대체 어디에서 그의 수려한 문구들이 탄생되었는지 돋보기라도 들이대고 싶은 심정이다.

하지만 아이는 가구가 있는 실내보다 마당에 훨씬 관심이 가는 모양이다. 다시 앞마당으로 뛰어 나가더니, 무슨 말인지 알아듣지도 못하면서 관람객들 틈에 앉아 세상에서 가장 진지한 표정으로 연극을 감상한다. 때로는 피도 눈물도 없는 유대인 샤일록이 나타나고, 때로는 리어왕이 나타났다 사라지는 자유로운 분위기의 야외무대. 아이

뒤에 선 나의 엄마는 꿈만 같으신지, 가슴에 손을 얹은 채 그들의 목소리와 살랑거리는 가을바람을 조용히 느끼고 계신다.

우리는 16세기 튜더 양식인 목재 틀에 하얀 석회를 칠한 멋스러운 건물들을 지나, 셰익스피어의 큰 딸 스잔나와 의사 사위인 존 홀의 집인 홀스 크로프트로 갔다. 셰익스피어의 집도 연갈색 벽에 장식용 회색 목재들이 벽을 지탱하고 있었는데 이곳도 마찬가지다. 소박해 보이는 외관과 달리 내부는 17세기 전반의 앤티크 가구가 놓여 있고 거실과 침실, 당시의 진료실 풍경도 엿볼 수 있게 되어있다.

이곳에서 가장 반가운 것은 한국어로 된 안내서였다. 하얀 종이에 명조체로 깨끗하게 인쇄한 뒤 코팅까지 한 안내서를 들고 1층과 2층을 넘나드는데 얼마나 기분이 좋던지. 영국을 여행하는 동안, 그 어떤 성당이나 교회에도 한국어 안내서가 없었다. 대신 안내인들은 일본어 안내서를 건네며 그것을 읽을 수는 없냐고 묻곤 했다. 그때마다 느꼈던 서운함이 지금 단번에 날아가 버린다.

하지만 아이는 이곳에서도 마찬가지로 정원이 더 마음에 드나 보다. 뾰로롱 울리는 새 소리에 대답이라도 하듯 뒷마당으로 달려가더니 그 넓은 풀밭을 쉬지도 않고 뛰어다닌다.

마지막으로 우리가 찾아간 곳은 셰익스피어가 유아세례를 받았고 또 죽은 후에 묻힌 홀리 트리니티 교회다. 창문마다 화려한 스테인드글라스가 있고 가장 안쪽 제단에는 빛에 반사되어 반짝이는 그의 묘지가 있다.

"여기 묻힌 유해가 도굴되지 않도록 신의 가호가 있기를, 이 묘석을 보존하는 자에게는 축복이 있을 것이며, 나의 유골을 건드리는 자에게는 저주가 있으리라."

아름다운 작품들을 통해 세상에 수백수천 가지의 새로운 관용구와 단어를 만들어낸 작가의 묘비명으로 어울리지 않는다는 생각이 들었지만, 정작 그는 아무 상관없다는 듯 그곳에 편안히 누워 있었다. 아내와 딸, 손녀딸과 사위까지 다 옆에 품은 채 말이다.

교회 뒤편으로 나오니 에이번 강이 시원스레 펼쳐져 있다. 햇살 좋은 가을과 셰익스피어의 푸근한 비호 아래 여유롭게 보트를 타는 사람, 강아지와 산책하는 사람, 두런두런 담소를 나누는 사람, 책을 읽는 사람까지, 그가 남긴 문화유산을 누리며 행복하게 사는 이곳 사람들이 거기에 있었다.

"참 좋겠다, 여기 사람들은. 셰익스피어 덕에 아주 호강하며 잘 사네."

천천히 강을 바라보던 엄마가 그렇게 말씀하시기에 나도 한마디 했다.

"이 사람들만 호강하는 게 아니라, 나도 호강하고 있는데."

"네가 뭘 호강해?"

"신기하잖아. 엄마가 영국에 온 뒤로 비가 안 내려. 계속 파란 하늘과 멋진 가을 날씨가 이어지고 있다고. 8월부터 우린 계속 추웠는데 엄마가 온 뒤로는 따뜻하기만 해. 이거야말로 셰익스피어처럼 엄마가 우리를 지켜주고 있다는 증거지."

엄마는 말도 안 된다는 듯 웃으신다. 그리고 다시 강을 바라보며 혼잣말을 하듯 조용히 중얼거리신다.

"가문의 영광이 따로 없잖아. 손녀딸에 손주 사위까지 할아버지 잘 만난 덕에 멋진 교회에도 묻히고, 여기 사람들은 두고두고 관광업으로 먹고 살고…."

엄마는 붉게 물든 커다란 플라타너스 잎이 뒹구는 벤치에 앉아 한

GOOD FREND FOR IESVS SAKE FORBEARE,
TO DIGG THE DVST ENCLOASED HEARE.
BLESE BE Y MAN Y SPARES TES STONES,
AND CVRST BE HE Y MOVES MY BONES.

참동안 에이번 강을 굽어보신다. 다리가 아프신지 종아리를 주무르면서 《로미오와 줄리엣》 동화책을 펼쳐든 손녀딸을 지그시 바라보신다. 그 순간 엄마의 머릿속에 갑자기 떠오른 생각일까, 엄마는 한국으로 돌아가면 가장 먼저 손녀딸에게 피아노를 사주고 싶다고 말씀하신다.

"할머니 할아버지가 우리 손녀딸 시집가는 것도 못 보고 먼저 갈 텐데, 나중에 지안이한테 딸이 생기면 이건 우리 할머니 할아버지가 사준 거라고 하면서 지안이 딸에게도 물려줬으면 좋겠구나…."

비단 내 부모님만이 아닐 것이다. 누구든 자기 핏줄에게는 가장 좋은 것, 가장 귀한 것을 남겨주고 싶은 마음 아닐까. 셰익스피어가 의도했건 하지 않았건 그로 인해 영국은 문학에 있어서만큼은 세계 최고를 자부하는 나라가 되었다. 심지어 영국의 사상가인 토머스 칼라일은 "셰익스피어를 인도와도 바꾸지 않겠다."라는 발언까지 했다.

그리고 지금까지 그랬듯 앞으로도 전 세계인들은 단지 셰익스피어의 고향이라는 이유로 이곳을 찾을 것이다. 그가 태어난 집과 그의 딸의 집과 무덤이 있는 교회를 벅찬 가슴으로 둘러볼 것이다. 이름도 어렵고 교통편도 좋지 않은 이 작고 작은 시골 마을을 말이다.

어느 각도에서 빛을 비추느냐에 따라 수천 가지의 빛을 뿜어내는 다이아몬드처럼, 셰익스피어의 이야기도 해석하기에 따라 수천 가지의 의미와 상징을 가진다. 비극마저도 가슴 떨릴 정도로 아름답게 써내려간 그를 떠올리며 걷는 시골길, 무대의 막이 내려오듯 어둠이 내려온다. 하나 둘 켜진 가로등 불빛이 어느새 길어진 우리의 그림자를 밝혀주고 있다. 부디 저 길 끝 어딘가에서 우리나라 작가들도 환하게, 선명하게 빛났으면 좋겠다.

윌리엄 셰익스피어

William Shakespeare (1564년 4월 26일~1616년 4월 23일)

영국이 낳은 세계 최고의 시인 겸 극작가.

16세기 중반 영국 남부의 작은 마을 스트랫퍼드 어폰 에이번에서 태어났지만 정확한 생일은 물론, 그의 생애에 대한 대부분이 의문투성이다. 하지만 엘리자베스 시대의 극작가 가운데 가장 위대하고 중심적인 존재일 뿐만 아니라, 세계의 연극사상에서도 가장 크고 높은 봉우리이며 그동안 발전해왔던 영국 연극이 셰익스피어에 이르러 절정을 이루었다.

그는 당시의 다른 작가들과 마찬가지로 처음에는 배우로, 다음에는 옛 희곡 작품의 개작가로, 이후 독립된 극작가로 단계적인 발전 과정을 밟아간 것으로 보이며, 《헨리 3부작》의 제1부를 내놓은 1590년경부터 작품을 쓰기 시작한 것으로 추정된다.

이로부터 그는 2편의 장시와 38편의 희곡과 154편의 소네트를 완성하였고 소재는 당시의 경향에 따라 역사·신화·전기·옛 희곡·중세의 로맨스 등에서 따왔으며 희곡의 종류도 당시의 유행에 따라 희극·사극·비극을 고루 시도했다.

셰익스피어의 가장 중요한 업적은 중세의 연극에서 흔히 볼 수 있었던 평면적이고 진부한 인물 대신 햄릿, 이아고, 맥베스 같은 입체적이고 사실적인 인물을 창조함으로써 일대 혁신을 이룬 것을 들 수 있겠다.

저서 : 희곡 《한여름 밤의 꿈》《말괄량이 길들이기》《십이야》《베니스의 상인》《로미오와 줄리엣》《리어 왕》《맥베스》《햄릿》《오셀로》《줄리어스 시저》

여행이 4분의 3쯤 흘렀을 때 아이에게 물었습니다.

"지안아, 우리가 지금 아일랜드, 스코틀랜드, 잉글랜드를 쭉 여행하고 있잖아. 그중 어디가 제일 좋았어? 뭐가 제일 생각나? 엄만 지안이가 언제 가장 재미있었는지 궁금해."

아이가 생각하는 동안, 엄마의 머릿속에는 파노라마처럼 여러 풍경들이 스쳐지나갑니다. 아일랜드의 더블린부터 벨파스트를 거쳐 에든버러와 스카이 섬, 안윅 성과 호수 지방, 랜디드노까지, 촤르륵 촤르륵 기억의 영사기가 돌아갑니다. 아이는 찡긋 웃더니 금방 해맑은 표정으로 외치더군요.

"오늘! 오늘이 제일 재미있었어. 여기가 제일 좋아."

아이는 해리 포터가 퀴디치 게임을 했던 안윅 성에서 열광했습니다. 호수 지방에서 피터 래빗을 보고 좋아서 어쩔 줄 몰라 했고, 랜디드노에서 앨리스와 당나귀를 만났을 때 깡충깡충 뛰어다녔습니다. 그런데 오늘이 제일 좋다니, 엄마는 당황스러울 수밖에 없습니다.

오늘은 아이와 함께 용기에 대해 길고 긴 이야기를 한 날입니다. 노팅엄 성에 들어가자마자 이상한 소리가 난다고, 어둡다고, 무섭다고, 아이가 도망치고 싶어 해서 엄마의 미간이 찌푸려졌던 날입니다. 즐거운 것도, 신기한 것도, 특별한 것도 없었던 오늘이 가장 재미있었다고 하니, 처음에는 이 말을 어떻게 받아들여야 할지 몰라 당황스러웠습니다.

찬찬히 아이를 바라보니 아이의 두 볼이 발그레 상기되어 있습니다. 눈빛도 반짝반짝 살아 있습니다. 정말 오늘이 세상에서 제일 재미있는 날이었나 봅니다. 가슴도 두근거리는지 갑자기 엄마를 꼭 안아줍니다. 그제야 깨닫습니다. 아이는 오늘을, 지금 이 순간을 사는 존재입니다. 전날 제 아무리 재미있는 일이 폭죽처럼 빨주노초파남보로 터져 올랐다 해도, 아이들에게는 오늘 이 순간이 더없이 즐겁고 행복합니다.

아이와 여행을 하면서 가장 많이 받는 질문은 이것입니다.

"어린애가 기억이나 하겠어요?"

스코틀랜드에서 우연히 만난 한국인 가족에게 "온 가족이 다함께 배낭여행이라니, 정말 좋으시겠어요"라고 말했더니, 그 엄마는 이렇게 대답했습니다.

"좋긴 한데 한편으론 돈이 좀 아까워요. 애들은 버스에 앉아서 하루 종일 실뜨기나 문제내기만 하거든요. 창밖 좀 보라 해도 쳐다보질 않아요."

제가 지겹도록 받는 질문도, 그 엄마의 대답도, 다 이해가 가는 말입니다. 하지만 저는 제게 그렇게 묻는 분들에게 같은 질문을 하고 싶습니다.

어른인 우리는 지금까지 여행했던 그 모든 곳을 기억하고 있을까요? 구석구석 누빈 곳의 지명, 감동받았던 절의 이름, 고색창연한 성당 조각상들의 이름, 우연히 만나 함께 여행했던 사람들의 이름까지….

우리는 그 모든 여행을 기억하기 위해서 하지 않았습니다. 우리 역시 오늘을 위해 여행했습니다. 보고 듣고 느낄 수 있는 지금 이 순간 행복하기 위해, 감사하기 위해, 가방을 꾸렸고 비행기에 탔고 구석구석 걸어 다녔습니다. 그러니 기억 따위는 못해도 그만입니다. 지금 이 순간 행복하면 그만입니다. 다 기억할 수는 없지만 우리의 가슴 속 어딘가에 남아 있을 잔상 덕분에 우리는 더 지혜로워졌을 것입니다. 더 넓은 가슴으로 사람과 관계를 맺고, 더 깊이 생각할 수 있게 되었을 것입니다.

버스 창밖은 쳐다보지도 않고 실뜨기를 하는 그 아이들도 마찬가지입니다. 모든 것을 다 보지는 않았지만 아빠 엄마와 오랜 시간 흔들거리는 버스를 타고, 길을 헤매기도 하고, 음식점에서 주문에 실패하기도 하고, 백패커에서 라면을 끓이는 아빠 엄마를 보면서 분명 가슴 속에 무언가가 채워졌을 것입니다. 혹 채워지는 것이 없더라도 좋았을 것입니다. 말도 통하지 않는 낯선 땅에서 아빠 엄마 누나 동생이 지겹도록 함께 했다는 것만으로도 의미가 있을 테니까요.

저 역시 동화나라를 찾아왔지만 여행의 끝은 《파랑새》로 귀결된다는 것을 알고 있습니다. 파랑새는 이미 우리 집에 있었음을, 사랑하는 가족들과 아프지 않고 미워하지 않고 다독이며 함께 살아가는 일이 세상에서 가장 아름다운 동화임을, 깨닫게 되었습니다. 그럼에도 불구하고 나는 또 아이와 배낭을 꾸려 동화나라든 현실세계든 여행을 떠날 것입니다.

고백하건대 우리의 여행은 거창하지도, 대단하지도 않습니다. 낯선 사람들과 친구가 되어 그들의 영혼에 귀를 기울이는 것도 아니고, 오지를 다니며 험준한 곳을 소개하는 것도 아닙니다. 그렇다고 봉사를 하고 나눔을 베푸는 이타적인 여행도 아닙니다. 그저 엄마와 아이가 서로에게 집중하고, 거울을 보듯 자기 자신을 들여다보며, 한 발짝 한 발짝 보조를 맞춰 나아가는 지극히 개인적인 여행입니다. 그러면서 우리 두 사람이 나란히 성장해나가는 이야기입니다.

　너무나 만만한 여행이니 당신도 용기를 내었으면 좋겠습니다. 당신과 당신의 아이가 오늘, 지금 이 순간, 낯선 땅에서 이야기를 나누고 웃음을 터뜨리기 바랍니다. 그리하여 당신도 "오래오래 행복하게 살았습니다"로 끝맺는 동화 속 주인공이 되시기를 바랍니다.

　당신 안에 숨어 있는 피터팬, 그 친구에게도 제 안부를 전해주세요.

아이와 함께, 아일랜드 영국

첫판 1쇄 펴낸날 2014년 12월 1일
첫판 2쇄 펴낸날 2015년 12월 4일

지은이 | 정유선
펴낸이 | 박남희

종이 | 화인페이퍼
인쇄 | 청아문화사
제본 | 정민제본

펴낸곳 | (주)뮤진트리
출판등록 | 2007년 11월 28일 제318-2007-000130호
주소 | 서울시 마포구 토정로 135 (상수동) M빌딩
전화 | (02)2676-7117 팩스 | (02)2676-5261
E-mail | geist6@hanmail.net

ISBN 978-89-94015-71-2 03810

* 잘못된 책은 교환해드립니다.